他们长得这么像，
好像生来就是为了走散后更好相逢一样。

钱塘路 著

昨日今朝
Past and Present

长江出版社
CHANGJIANG PRESS

Contents

[001] 第一章 初见

[024] 第二章 哥哥

[044] 第三章 回家

[070] 第四章 等等我

[100] 第五章 十七岁

[126] 第六章 不辞而别

[149] 第七章 好久不见

[213] 第八章 昨日永恒

[240] 番外一
日记本

[247] 番外二
好运气

[252] 番外三
除夕夜

[257] 番外四
夏令营

昨日今朝
Past and Present

江沨 × 江晚

第一章
初见

七年后，我和江沨重逢了。

就在我牵着一年级（2）班的学生从学校里走出来的时候，他站在一年级家长等候区的最前方，西装革履，眉骨立体，头发全梳在后面，正在低头看表。

我不知道为什么能在人群中第一眼就看到他，也不知道为什么只看到他低下头的侧脸，就能确信那是江沨，但我确实可以，从小到大都可以。

他和周围等待着的爷爷奶奶格外不同，不像是来接孩子的，倒像是准备参加什么大型会议。

即使我现在在教语文，也很难第一时间准确地描述我的感受。脚步一顿，我甚至想扭头就跑，然而还是晚了。

他抬起头，准确无误地直接看向我的眼睛。他的那双眼睛还是那么黑，颜色墨似的浓。

我手里拉着的领队的小姑娘突然蹦起来清脆地喊"江爸爸"，然后拉着我的手就往前冲。

这天是开学的第一天，我作为新上任的语文老师兼班主任，实在是不够称职，此时只能隐约地记起手上拉着的小姑娘叫江玥。

原来江沨已经有孩子了，我想。七年了，他也差不多该是这个年龄结婚生子了。

"江爸爸，你怎么来接我啦？"小姑娘把我拉到江沨面前后手仍没松开，另一只小手拉住江沨，脆生生地向他介绍我，"这是我们的班主任和语文老师，江老师——"

还没说完，她又惊呼："哇——你们都姓江啊！"

自从江沨抬起头跟我对视后，我就一直低着头不再看他，但是仍能感受到他落在我身上的目光。

这天是我上任的第一天，教务主任此刻一定正在学校的铁门后抱着胳膊观察，看我这个新来的老师究竟称不称职。

于是我弯下腰，尽最大努力平复呼吸，缓慢而温柔地对江玥说："这是你爸爸吗？快回家吧，老师要去送一送其他的小朋友哦。"

我说完左手微微发力，从她的小手中挣脱出来。此时我才发现我的手心里都是汗，潮湿又黏腻，我忍不住将指尖在掌心用力擦过。

和江玥道过别，我把剩下的学生依次交给家长，挂上在镜子前练了三天的标准微笑和他们寒暄，顺便表扬这些我还没有记全名字的小不点儿。到最后，我的脸已经笑得有些僵硬了。

明明是背对着江沨，我却知道他仍站在原地——他在等我。

我应该直接离开，像七年前一样，但是脚下像是生了根似的，瞬间盘根错节，动弹不得。

况且教师公寓正好在他那个方向。

余光中，一辆商务奔驰停在学校门口，一位助理模样的女人把江玥带上了车。关门前，江玥大声地冲我喊："江老师——再见！"

"再见。"我转过身和她挥手。

车开走后，江沨朝我走来。

说不紧张那一定是在撒谎，但我仍挂着没来得及收回的微笑，体面地开口："好久不见。"

江汛闻言眉头微蹙，一言不发地拉过我，把我塞进停在路边的另一辆黑色轿车里。

九月初的春城暑意未消，仍是闷热又潮湿的，车内的温度却很低，我还能闻到淡淡的烟味。

江汛沉默地开着车，似乎没有和我交流的意愿。几秒后，我收回目光，把车窗放下两寸宽的缝隙，望着窗外呼啸而过的香樟树，深呼吸一口新鲜空气，才尽量语气平稳地开口："好巧，在这里遇到你，你怎么会来春城？"

他仍没说话，连眼神也不给我一个，只是把另一侧的窗户也降下一些，专心开车。

半个小时后，车驶进城中的别墅区，绕过绿化带，停在一幢别墅外，江汛率先推门下车。

我正低头解安全带时门被拉开，他扣住我的胳膊把我拖下车，又反手摔上了车门。

"你干什么？"我扬声问，却得不到回答。

我跌跌撞撞地被他拽进别墅内，上到二楼，停在走廊尽头的房间门口。

手腕被攥得生疼，我忍不住挣扎起来，吼道："江汛！你干什么？！"

听到这话，江汛终于转头看了我一眼，单手拧开门锁，声音低沉地开口："老实待着。"

来不及反应，我已经被他推进门内，下一秒，房门关闭，又被上了锁，发出"咔嗒"的声响。

我忙握住把手来回拧动，又拍门继续叫江汛的名字，拍到手掌发麻时才停了下来。我知道他不会回应我，继续下去也是徒劳。

没过多久，汽车的引擎声响起，我走到窗边向下望去，看见载我来的那辆车启动，缓缓驶出大门，声音由近及远，最后房间归于宁静。

又等了片刻，确定江沨真的离开之后，我环顾房间，试图找到房门钥匙，或是其他什么工具。

这间屋子很大，但也空旷，家具并不多，全部翻找一遍无果后，我坐在床边，后知后觉地感到疲惫。无论是第一天出任班主任，还是刚出校门就遇见江沨，桩桩件件的事情堆叠在一起，我的精力早已被耗尽。我放弃了试图逃脱这里的想法，倚在床头，想稍做休息，却在不知不觉间睡着了。

潜意识里，我知道这里不是我住的教师公寓，不该睡得太沉，但一闭上眼睛，我的身体就像是投进水中不断下沉，什么也听不到，看不到，感受不到了。

似乎是睡了长长的一觉，我醒来时，窗外已经完全暗下去了，室内也只亮着一盏廊灯。在不甚明亮的灯光下，我看见床尾一侧坐着一个人。

我坐直了些，再次看过去，真的是江沨，不知道他什么时候回来的，又坐在那里看了多久。或许是还没有从梦境中完全脱离的缘故，我几乎忘记自己是如何被他带到这里的，和他对视片刻后，我说："你回来了。"

江沨没有说话，也没有动，有一瞬间，我甚至以为他是我的幻觉，于是又扬声叫他："江沨。"

这一次，他终于有所回应了，起身朝我走来。

他还穿着下午见面时穿的那套西装，靠近后，我闻到了从他身上散发出来的烟味，不算浓烈，但我忍不住咳了一声，他听到后停在原地。

他很高，我需要仰着头才能与他对视，但光线实在是太暗，又被他遮挡住大半，我捕捉不到他的表情，模糊地与他对视片刻后，只听见他低声说："你该叫我哥哥。"

听见江沨的这句话，有什么冰凉的液体顺着脸不断下滑，又滴落到手背上，过了好一会儿，我才意识到是我在流泪。

我并不想在江沨面前哭，忙抬起手去抹，泪却越流越多，眼前逐渐模糊起来，像是又回到了不久前的梦境中。昏暗的楼梯转角处，也有人对我说"你该叫我哥哥"。

我梦到了八岁那年的情景。

过完八岁生日的第二天，我被江怀生从边界的一座小城带走，前往海城。

飞机上，他帮我扣好安全带，又把毯子掖在我的腋下，低声说："以后跟着爸爸生活好吗？你妈妈要去很远的地方，没办法照顾你了。"

早在妈妈把我送到他手上时，我就哭哑了嗓子，此刻一开口，我还打了个哭嗝，说："妈妈要死了，我知道。"

他动作一顿，然后随意地摸了一把我的头发，被我偏头躲开。

我第一次坐飞机，不敢看窗外，但是更不想听江怀生以"爸爸"的口吻跟我说话，只能把脸转向窗外。

飞机离地时，巨大的轰鸣声让我不知所措，我只能紧紧地攥住书包的背带。

地面越来越远，最后缩小成像地图那样一块块的形状，我把头靠在窗上，闭上眼睛，心里想着妈妈，也想外公和外婆。再睁开眼睛时，我看到飞机冲破厚厚的云层正在下降，听到江怀生说"海城到了"。

至此，我离开了妈妈和外公、外婆。

下了飞机，坐上车，我又被江怀生带进一幢别墅，听到他说"到家了"。

江怀生的家有三层楼，和我家一样，但走进去我才发现，他的家里是多么华丽，像童话书里插图上的城堡。

客厅屋顶很高很高，连吊灯都是用水晶做的，吊灯下面有一架巨大的黑色的钢琴——我之所以注意到它，是因为有一个男孩儿正背对我们在弹钢琴。

我不知道他在弹什么，只是感觉钢琴的声音很响，他每按一下琴键，我的心也跟着狠狠地跳。琴声连贯起来时，我听到了风声，像是坐在妈妈的摩托车后座上，她载着我，穿越无垠的树林，抵达湖边，风把她的笑声送到我的耳旁。

霎时间，我变成了一块浸满湖水的海绵，被他的琴声挤压，于是湖水源源不断地顺着眼睛向下倾泻。

最后一个音结束，我如梦初醒，马上抬手擦干眼泪。外婆在跳跳童装店给我买的浅蓝色羽绒服的袖口处洇湿了一大片，变成了深蓝色。

我听到江怀生叫他："江汎，过来。"

那个背挺得直直的男孩儿离开了钢琴凳，朝我们走了过来。

我见过他。

一周前的星期天，我照旧带着二年级的课本守在妈妈的病床前。其实二年级的课程对我来说已经很难了，尤其是背诵古诗词。

我趴在病床边，一边读"碧玉妆成一树高，万条垂下绿丝绦"，一边看课本里的插图。老师说这是柳树，只是我从来没有真的见过，我们这里最常见的只有白桦和云杉。

读了两遍，我开始背诵时，不知道怎么回事，病房里的旧彩电突然接收到遥远的来自海城的信号，播放起海城的慈善晚会。

我和妈妈一起看过去。屏幕里，江怀生面对着镜头，宣布给海城市下属的县捐资修建两所小学。他说完话后，台下的人全都鼓起掌来。

屏幕里相机的闪光灯闪得我闭了闭眼睛。

外婆放在窗台上的收音机已经很旧了，声音总是断断续续的，此刻又抑扬顿挫地唱道："无情无义真禽兽，有何面目出人头！"

"江怀生"这个名字对我来说并不陌生。我所在的小城里，连坐火车都不方便，流言的传播速度却像火箭一般迅速。

自我记事以来，邻居们只要见到我，总喜欢故作怜爱地摸摸我的头，说："多漂亮的孩子，可惜——"然后几个人讳莫如深地对视，露出一点儿笑容，又改口对我说，"没事，去玩吧。"

慈善晚会播放到一半，妈妈从被子里伸出细瘦苍白的手，指着电视机对我说："他是你爸爸。"

这是我第一次听妈妈主动提起"爸爸"。顺着她的目光，我再次看向屏幕，目光扫过江怀生，停留在站在他身旁的男孩儿身上。

男孩儿穿着一身和江怀生同款的黑色西服，领结闪闪发亮。他看上去比我大一点儿，很好看，比广告里的小模特还要好看，只是脸上一直没有表情。

我看着他，听不清江怀生究竟说了什么。没过多久，江怀生弯腰，把话筒递给他。我不禁竖起耳朵，想听一听他的声音，可是他刚张开嘴巴，信号又没了，屏幕上跳满了雪花。我觉得有一点儿遗憾。

此时此刻，电视里的那个男孩儿走到我面前。他果真比我大，也比我高，我只到他的胸口，只好仰起头看他，他却看向我的袖口。我连忙把手背在身后，低下了头。

他这天没有穿西服，也没有戴和水晶一样亮的领结，但仍然很好看，我又忍不住稍稍抬起头悄悄地看他。

江怀生拉过他的手，把我的手放在他的手心里，说："这是江晚，你弟弟。"又对我说："小晚，这是江汎哥哥。"

江怀生终于放开我了，我的手被他攥得发烫，幸好江汎的掌心是干燥的，带着一点儿凉意。

江汎握住我的手，把我往前牵了一下，然后问江怀生："爸，我什么时候多了个弟弟？"

"一直都有，"江怀生对他说，语速有些快，"带弟弟上楼去玩吧。"

江渢看了看我，没有继续问问题，牵着我的手带我走上了楼梯。

屋子里很热，其实下飞机之后都很热，我不知道为什么明明是冬天，这里却像春天一样暖和。

我想脱下羽绒服，但是江渢一直牵着我，我抽不出手。等上到楼梯的转角处，看不到江怀生之后，我才开口喊他："江渢——"

他站在高一级的台阶上，转过头来。

他太高了，我连仰着头都看不到他的脸，只听到他说："你该叫我哥哥。"

这一幕在往后的很多年里都常常光顾我的梦，没有明亮的光线，也没有精致的背景，像是匆匆拓下的一张旧胶片，承载了尘封十七年的过往。

那一年我八岁，江渢十一岁。

江渢继续拉着我上楼，把我带进三楼他的房间里，然后转过头，问我叫他什么事。

话音刚落，他似乎看清楚了我的脸，眉头皱起，用另一只手来蹭我的眼角，问："怎么又哭了？"

他这么问，一定是刚刚看到了我擦在羽绒服上的眼泪。

我也不知道为什么又哭了，其实我自己都没有感觉到。他的语气并不算十分友好，但是动作亲切，我几乎马上就信任他了。

我抬起胳膊，想自己擦掉眼泪，他却先一步拉住我的手，从睡衣口袋里掏出一块粉色的手帕递了过来。

看我没有接，他把手帕塞进我手里，说："用这个。"

我看了看他，举起手帕，还没擦到眼睛，却先闻到一股淡淡的香味，带着一丝清凉的气息，像是夏天涂的痱子粉味道。我太热了，忍不住把手帕停在鼻子前，又嗅了嗅。

江汎有些不自在地问我："你闻什么？"又解释道，"这是我妹妹送我的，女孩儿才用这个。"

外婆也有一块水红色的手帕，我点点头，认同他的话，把眼角的泪擦了。

我应该说一句"谢谢哥哥"，张了张嘴巴，却发不出声音来，像是喉咙里卡了一根生硬的鱼刺。

因为我隐隐地知道他是谁，是邻居们常说的"江怀生早有老婆孩子"的那个孩子，是江怀生"真正的"孩子。

江汎没有在意我的沉默，又问我几岁。我回答昨天刚刚满八岁。

"好小。"他坐在地毯上，拍拍旁边的空位置，招呼我，"快来，趁着江浔还没回来，我们把这个《哈利·波特》的城堡拼好，当作送给你的生日礼物。"

他的话让我小小的心像是被一只大手攥了一下，酸酸涩涩的。

其实我经常收到外公送的礼物，有时是一捧野花，有时是两只山雀，但是这么郑重的"生日礼物"还是第一次听到。

我不知道那个积木要怎么拼，但是很乐意充当他的助手。等拼好门框，他高兴地拍拍我的肩膀，说："有个弟弟真好，江浔只会捣乱，不过哥哥还是要让着妹妹。"

只差一点儿，我就叫他"哥哥"了，甚至为了战胜内心的畏惧，我把指甲深深地掐在掌心里，可是简单的两个音节堵在嗓子里，怎么也吐不出来。

一时间，我感觉脸更热了，情不自禁地想拿出那块手帕，再闻一闻，降降温。

不等我动作，江汎先一步撩开我的头发，把手背贴上我的额头，问:"你的脸很红,是不是发烧了?"

"哥哥"两个字又被我吞了回去,我摇摇头,对他说:"不是的,我太热了。"

"怎么不早说?"他起身帮我拉开拉链,把羽绒服脱下来,里面是一件印着米老鼠的蓝色毛衣,也是外婆买给我的。

"这么喜欢蓝色啊!"江泖说,抬起头时又惊讶地说道,"哇,你的眼睛也是蓝色的!"

像是发现新大陆一般,他把羽绒服扔在地毯上,双手捧住我的脸,盯着我的眼睛自言自语:"怪不得觉得哪里不一样,怎么会是蓝色的?"

我的脸被他捧得紧紧的,眼睛和他对视。

江泖的眼睛是很黑的黑色,比夜晚的天空还要黑,却比天上的星星还要亮,我能在他的眼睛里看到我自己。

"因为我妈妈的眼睛是蓝色的。"我告诉他。

坐在地毯上,我和江泖配合默契地拼好城堡的一半时,桌子上的闹钟响了。他站起来说:"你拼吧,我要写作业了。"

我迅速地跟着站起来,说:"我也写。"

江泖问我有什么作业。

其实我根本没有作业,而且也不会再回到原来的学校了,但是我想和江泖在一起。不知道为什么,仅仅相处了一个下午,我对他却已经完全地信任和依赖起来,于是我局促万分地撒了个谎:"写日记。"

"那你先写吧,只有一张椅子。"江泖说,然后把我带到书桌前,"写好了叫我。"

说完,他从书包里拿出一本语文书,坐在地上看。我看到语文书上印着"六年级"。

书桌正对着一扇窗,写完日记后,我抬起头,看到窗外的天已经黑了。下午我来的时候，明明还是晴空万里，此刻浓厚的乌云飘在窗边，仿佛要挤进屋子里一样。

我正想告诉江沨我写完了，江怀生的声音从门外传来，他让我们下楼吃饭。

跟江沨在一起一个下午，我差点儿就忘了这是江怀生的家。听到江怀生的声音，我顿时又紧张起来，慌乱地合上日记本，站了起来。

江沨回复他"知道了"，然后走过来，拉起我的手下楼。

到餐厅后，江怀生想要摸我的头，我下意识地躲开了，紧紧地贴着江沨站着。

江怀生的手顿了顿，又收了回去，他说："快坐下吃饭吧。"

餐桌上有两个纸袋，江沨打开其中一个，犹豫地问江怀生："我妈不是说不让吃麦当劳？"

"别告诉你妈。"江怀生低声说，"晚上给她打电话的时候，你也先不要说弟弟的事情。"

他又看了我一眼，坐到了餐桌的另一边。

这个餐桌很大、很长，跟我家小小圆圆的餐桌不同。他坐远了，我甚至觉得看不清他的脸，松了一口气。

"哦。"江沨把两个袋子都打开，递给我一个用纸包着的汉堡包。

我只在电视广告上见过这个，听到他问我："你能吃辣的东西吗？这个应该有点儿辣。"

从小到大，外婆教我最多的就是要有礼貌，江沨这天帮我这么多次，我却连一声"哥哥"都没有叫，不禁有些羞愧，点了点头。

如果早知道错过的这一声"哥哥"要迟那么多年才能开口，那我一定会在八岁的第二天，在他第一次牵住我的手站在楼梯上说"你该叫我哥哥"时，就喊他"哥哥"。

一遍不够我就叫两遍、三遍……一百遍。

我还没吃完手里的汉堡包，江怀生家的大门被打开了。

先是进来一个小女孩儿，她应该是江汭的妹妹江浔。她脱掉鞋，光脚跑过来，扑到江汭的腿上，紧紧地搂住江汭的腰，说："哥哥，我回来啦！"

江汭放下手里的饮料，双手环住她的肩膀，问："怎么回来了？妈妈呢？"

与此同时，江怀生突然站起来，由于动作太大碰倒了椅子。木质的椅子重重倒在大理石上，发出刺耳的声音，惊得江汭怀里的小女孩儿打了一个哆嗦。

江汭把她抱得更紧了，说："爸，你干什么？"

话音刚落，大门再次被推开，我听到江汭叫了一声"妈妈"。

于是我也慌乱地站起来，把手里没吃完的汉堡包重新包好，放在桌子上。

我扭过头去，就看到江汭的妈妈正走过来。

她是我见过的除了我妈妈以外最漂亮的人，一只手推着大行李箱，另一只手拎着皮包，说："那边天气不好，航班取消了，过几天再去吧。"

走到餐桌边，她抬起头，看见了我，目光只在我脸上停留了不到一秒钟，就移开了，平静地对江汭说："江汭，先带妹妹上楼。"

江怀生扶起椅子，说："把弟弟也带上去。"

听到这话，江汭的妈妈突然把手里的包摔在地上，包带上的金属磕在地板上，像是要把地板磕碎。她吼道："什么弟弟？江汭没有弟弟！快点儿，带着妹妹上楼！"

江浔缩在江汭怀里，被突如其来的争吵声吓得号啕大哭。江汭弯腰把她抱起来，没有多问，往楼梯的方向走去。

我看着他的背影，突然也很想放声大哭，想喊一声"哥哥"。但是我知道我不能，我已经没有资格了。我只能紧紧攥着毛衣的下摆，等待发落。

可江沨走出两步，忽然停了下来，侧过头看着我，说："跟着我。"

我眨了一下眼睛，不小心落下两行泪，眼泪凉凉地滑过脸颊。但我顾不上擦，马上跟在他身后。

江沨把江浔抱在右手上，伸出左手让我牵。我的手心湿漉漉的，怕牵不紧，于是我用力握住了他的四根手指。

江沨的妈妈却突然在后面喊："江沨，放开他！你知道他是谁吗？！"

一道闪电突然冲破云层，砸在地上，一瞬间把室内的每个角落都照亮，包括江沨拉着我站立的楼梯拐角。雷声平地乍起，谁都没再说话，连江浔的哭声都停下了。

我很害怕，比妈妈把我交到江怀生手里时还害怕，比坐在飞机上看着越来越远的家时还害怕。

我想让江怀生马上把我退回去交给妈妈，或者是让这个阿姨直接把我丢出去淋雨。因为我害怕，害怕她即将说的话，害怕江沨知道我不是他"真正的"弟弟，我害怕他松开我的手。

然而她还是嘶吼出来，一道闪电又毫无征兆地落下来，我分不清她的声音和雷声哪个更大。有一瞬间，我什么都听不到了，只看见她的嘴唇张张合合，她又大步走过来拽我。

我的第一反应是抬头去看江沨，他也正低头打量我——他知道了。

"我……我不是……"我试图向他解释，却无从说起，又低下头，想握紧他的手。但或许是我的手心里浸满了汗，滑得握不住，很快我就和他分开了。

"陈蔓！孩子们都在，你在说什么？！"江怀生气急败坏，又一脚踢倒他刚扶起的椅子。

"我说的话有错吗？！这么多年我一直睁一只眼闭一只眼，你还把人带回家了？！"

江汛的妈妈双手按住我的肩膀来回地剧烈晃动,说出的话让我有些诧异,原来他们早就知道妈妈和我的存在。

江汛没有再来牵我,也没有看楼梯下的任何人,只是低声说:"我先把江浔抱上去。"

他走了,我被留在一片狼藉的餐厅里,耳朵里是歇斯底里的吼叫声。

接着餐桌上的东西都被扫到了地上,茶杯和花瓶碎了满地。有一块玻璃碎片弹起,划过我的右脸,有一点儿疼,但我没有在意,捡起江汛给我的只吃了一半的汉堡包,转身跑了出去。

屋外的雨像是天上坠下的瀑布铺天盖地地砸下来,我忍不住抬头,想看看是不是天上被撕开了一道口子,闪电不停地从那里掉出来,把江怀生家的院子照得很亮。

不远处的泳池呈现迷人的蓝色,和妈妈的眼睛那么像。我着迷似的走过去,蹲在泳池边,用手去触碰那片蓝色。分不清是雨水还是泪水,不断砸在水面上,迸出一朵朵水花。

我小声叫"妈妈",告诉她:"海城一点儿都不好,我想回家。"

一周前,在电视上看到江怀生的那天晚上,我没有被妈妈赶回家写作业,而是和她一起并排躺在病床上。

不太明亮的灯光下,她抚摸着我的头发,说以后长大了,要常常回来看外公、外婆。

我不解地问她我要去哪里?

妈妈说海城。她说:"妈妈一直都没有去过,你替我去看一看好不好?"

外婆是南方人,外公则来自俄罗斯,他们结婚后,定居在遥远的边界地区,我和妈妈都在这里出生、长大。

我的妈妈是全世界最漂亮的妈妈，她有和外公一样的蓝色的眼睛，像湖水一样清澈明亮，也有话本里说的芙蓉面、杨柳眉。外婆总说，妈妈年轻的时候，喜欢她的男生多到都要把我们家的门槛给踏破了。

如果没有遇到江怀生，妈妈一定仍然是这座小城里最美丽的女孩儿，骑着外公的摩托车，穿越一排排高耸的白桦树到湖边钓鱼，笑声能惊起一路的山雀。等天将黑时，她会在湖边燃起火堆，把这天的收获通通烤掉。

不过，如果她没有遇到江怀生，也就不会有我了。

九年前，江怀生的公司派人到这里考察，发展出口贸易，他遇到妈妈时，谎称自己单身。考察期共三个月，临走前，他指天誓日，求妈妈等他回来。

就像外婆听的戏本里唱的一样"你上京一去无音讯，我盼你日夜倚柴门"，妈妈不顾外公、外婆的反对，在十二月底的一个大雪纷飞的夜晚生下了我。

后来我听外婆说，那一晚诊所的木门被北风吹开三次，妈妈从病床上抬了三次头，想看是不是江怀生回来了，却只有寒风灌满整间屋子。她的身体一直不算好，我出生后，她更是常常缠绵病榻。

这天早上，我背着书包到医院陪妈妈，快中午的时候，电视里的"江怀生"突然出现在病房门口。

妈妈早就支开了外公、外婆，把我叫到病床前，望着我和她一模一样的蓝色的眼睛，不断抚摩着我和她如出一辙的黑色头发，亲我的脸颊，含着泪又问一遍："替妈妈去海城看看好不好？"

我摇头，声嘶力竭地哭喊起来，说："我不去！"

她却第一次不顾我的意愿，把我交到了江怀生的手里。

海城一点儿也不好。

漫天雷声里,我听见自己说:"妈妈,我好想你啊。"然后我不小心掉进了泳池里。

周围终于安静了下来,雷声、雨声,还有争吵声我全都听不到了,只有池水不断淹没我的"咕噜"声。

我用力睁开眼,想最后看一看妈妈的眼睛,眼前却是一片漆黑,连闪电也没有了。

混沌之间,有人来拉我的手,来人的手和池水一样冰凉。

那晚的最后,风雨好像都停了。

救护车呼啸而来,刺耳的汽笛声划破混沌夜空,让我清醒了一瞬。但我睁开眼,眼前还是一片昏暗,什么也看不清。

手早就僵住了,我用尽力气弯曲指节,搭在拉住我的那只手上,然后彻底失去了意识。

再醒来时,我正躺在病床上。我坐起身环顾房间,看到床头柜的一角有一只窄腰宽口的玻璃花瓶,和江怀生家里那只一样,不过没有碎。我摸了摸侧脸,被玻璃碎片划破的地方贴着一块纱布。

病房的门突然被推开,我连忙扭头看去,进来的却是一个陌生的阿姨。她拎着保温桶,穿着一件水红色的外套,看起来很和蔼。

看到我醒着,她马上跑过来,叫道:"哎哟,小宝贝儿,你醒啦?"

"小宝贝儿是在叫我吗?"我这么想着,竟然情不自禁地问出声了。

"不是你还能是谁呀?"她笑盈盈地说,"江先生让我来照顾你。"

江先生,应该就是"江怀生"。我点点头,说我不用照顾,我叫江晚。

"这孩子,都昏迷两天了,怎么不用照顾?"她边说边伸出食指点了一下我的额头，亲昵地说，"那我叫你小晚吧。"

她的动作让我想起外婆，我说好，谢谢阿姨。

"你叫我徐妈就行了，什么谢不谢的。"她又笑起来，眼角的皱纹弯弯的。

保温桶一被打开，香味瞬间溢满了病房。我拒绝了她喂我的提议，自己捧着碗，小口小口地喝着粥。

其实我一点儿胃口也没有，但是她太热情了，还叫我"小晚"，我没办法再拒绝。

粥很热、很香，冒着腾腾的热气，很快，我的眼睛也被蒸热了，泛起一点儿酸意。

徐妈坐在一旁，一脸笑意地看我喝粥。看了一会儿，她突然说："你这娃娃真是漂亮，跟你哥哥简直是一个模子里刻出来的。"

"除了眼睛不太一样。"她又补充。

听见"哥哥"这两个字，我的心脏很快地跳动了两下，我猜想她说的应该是江沨。

原来我和江沨长得很像，所以他妈妈才一眼就看出了我是谁。

喝完一整碗的粥，我从徐妈那里得知，跟我一起住进医院的还有江沨的妈妈，江沨和江怀生正在隔壁陪她。

想起她刚回到家时，江沨叫的那一声"妈妈"，我顿时难过又自责。虽然她说了我和我妈妈的坏话，还不准江沨牵我的手，但她是江沨的妈妈，我不想江沨像我一样，只有到医院才能见到妈妈。

希望阿姨能够早一点儿康复，我在心里许愿，又想，江沨就在隔壁的话，或许会顺带来看看我。如果他来的话，我一定会补上一句"谢谢哥哥"。哪怕他路过病房，从门上的玻璃窗口看我一眼，那也足够了。

直到天沉沉地暗下来，病房里的白炽灯打开了，灯光映在玻璃上，我都没有等来除徐妈以外的任何人。

护士来给我拔针，还把我右脸上的纱布揭开，换了一块新的，然后宣布我可以出院了。

徐妈拿出一件大衣裹在我的病服外面，办理完出院手续，带我坐上停在医院门口的汽车，回到江怀生家里。

但是我没再进那幢三层小楼，而是被徐妈牵着手，走进泳池一角的一间木屋里。

她说："小晚，你先住在这里，有什么缺的东西就告诉我。"

站在门口，我朝里打量。

这间屋子很像是我家院子里的储物室，不过要更大一些，还带一间浴室。房间里有床和衣柜，也有和江飒一样的书桌椅，地上铺了同样颜色的地毯。

还来不及高兴，我看到床脚的书包，是我落在江飒的房间里的那个。于是我隐约地知道，我再也没有理由进他的房间了。

这间屋子的窗户开得很高，我要踩到椅子上才能够看到窗外的景致。

第二天一大早，我趴在窗上等了很久，终于看到了江飒。他牵着江浔，走出院门，登上一辆黄色的校车。车门关上后，我又看不见他了，但随即看到江怀生正向这里走过来。

我马上跳下椅子，躲在衣柜和墙的夹缝里，他却在门口敲门，敲了很久，不断叫我的名字，说我不开门他就去拿钥匙。我只能走过去打开了门，却不抬头看他。

江怀生并不在意，也没有走进来，而是让我跟上他，重新回到了餐厅里。餐桌上被摔碎的茶杯和花瓶都已经恢复原样，像是没有发生过任何事。

坐下后，江怀生告诉我，江飒的妈妈身体不好，和我妈妈一样，不能有太大的情绪波动。他说,要委屈我暂时住在木屋里,缺什么东西就找徐妈要。

我点头,示意听明白了。

他又说,在江沨的妈妈面前,还有在外人面前,我不可以叫他爸爸,也不可以叫江沨哥哥。

我看着他,又点了点头,犹豫了一会儿,问他:"那我可以回家吗?我想回家。"

"小晚,你妈妈——"江怀生停顿了一下,说,"等你妈妈的病好了,我就送你回去,好吗?"

我不想再和他说话,只好继续点头。看来我只能自己想办法回家了。

江怀生通知我,寒假之后,我要开始在海城上小学。他问:"你是读三年级对吗?"

他连我读几年级都不知道。但是想到江沨的书上印着六年级,不知道为什么,我觉得三年级应该比二年级离他更近一点儿。

于是我又对江怀生点了点头。

虽然我猜测,江沨一定被他妈妈嘱咐过,不可以再跟我玩,但一连多天,他真的不和我说话,我还是感到非常难过,又毫无办法。

一周后的一天清晨,我穿着徐妈新给我买的红色外套,光脚坐在门口的木台阶上,等太阳慢慢升起。天色大亮时,别墅的大门突然被推开,江沨走了出来。他又穿了黑色的西服,像我在电视上看到的那样,不过领结换了一枚红色的,和我的外套颜色一样。

我忽然感到有些暗暗的、没来由的喜悦,觉得他更好看了,不由得多看了几眼,不过没有被他发现。

明明别墅的大门正对院门,前几天,江沨都是直接走出去乘坐校车，留给我一个背影，这天他却掉转方向，朝我走过来。

想到江怀生的话，我下意识地想起身躲到小屋里去，脚下却像是扎根一样，动弹不得，我甚至迎着他的目光，仰头跟他对视。

我坐在三级楼梯上，还是没有江沨高。他自上而下地看着我，目光落在我脸侧的纱布上，说："伤口不要沾水。"

早上洗脸的时候，我不小心把纱布沾湿了，伤口有些痒。我本来并不在意，但面对江沨，我用力地点了点头，答应他马上换一块纱布。他"嗯"了一声，转身去上学了。

因为这一份突如其来的关心，我一直相信，我们总会再和好的。我非常盼望那天到来，希望在离开海城之前，能够叫江沨一声"哥哥"。

从小到大，我经历过的冬天都是白色的，雪夜一过，推开门，积雪几乎没过大腿。我很喜欢玩雪，外公总会拿着铁铲，在家门口堆一个和我一样高的雪人。我越长越大，雪人也越来越高。

可是今年冬天，还没有等到下雪，我就离开外公了。

不同于我家，海城的冬天却是绿色的，花园里的植物生机勃勃，气象台预报这里未来的一个月都是晴天。

江沨放寒假的第一天下午，我坐在书桌前，翻看三年级的课本。这些课本都是江沨曾用过的，徐妈没有丢，一直收在储藏室里，正好拿来给我预习用。

听她这么说，我对待这些稍显陈旧的课本更加小心翼翼了，轻轻翻开封面，扉页上写着江沨的名字。他读三年级时，字已经很好看了，不像我，即使很用心地写了，一行字仍是大小不一。

我从语文书开始看起，刚读完一句"独在异乡为异客"，就听到院子大门被打开的"咯吱"声。

以为是江沨出门了，我连忙站上椅子向窗外望去，却看到了一辆陌生的汽车驶进院子。车刚停下，一个穿着蓝色外套的小胖子跳了下来，跑到楼下大喊："江沨哥哥！"

我不知道他是谁，他却能轻而易举地喊出"哥哥"两个字，令我第一次感受到了忌妒这种情绪，它像爆竹一样在我的体内炸开。我多希望我也可以这样大声地叫江沨"哥哥"。

车上又下来了两个大人，蓝色衣服的小胖子继续大叫着，别墅的大门就向他打开了。

看到推开门的是江沨的妈妈，我松了一口气。可紧接着，我看到了江沨。他跟在他妈妈身后向两个陌生的大人问好，大人们拍了拍他的肩膀。

小胖子终于找准时机使劲扑向江沨，嘴里还在胡乱叫唤。江沨非但没有躲开，反而拥住他的肩膀，稳稳地接住了他。

他围着江沨不停地叫着"哥哥"，一会儿说"江沨哥哥你能教我写作业吗"，一会儿又说"江沨哥哥我们一起看动画片吧"。

相隔半个院子，我看到江沨全都点头答应了他。

踮脚站得太久，我觉得脚尖发酸快要站不稳了，正想下去休息一下，又听到小胖子尖叫道："江沨哥哥，你的《哈利·波特》的城堡拼好了吗？能不能送给我呀？！"

听到这句话，我终于站不稳了，双脚发酸，身体一晃，狠狠地跌下了椅子，后脑勺儿摔在地上。尽管地板上铺了地毯，但我仍然疼得眼前一阵阵发黑。

摔下来的时候，我又踢倒了椅子，椅背重重地砸在我的膝盖上。一时间，我分不清哪里更疼，眼泪瞬间涌了出来。可我顾不上擦，因为我还没有听到江沨的回答。

我摇摇晃晃地站起身，想重新趴到窗台上，可是椅子腿被摔断了一根，怎么也立不起来了。

尝试几次之后，我终于放弃了，把椅子推倒在一旁，自暴自弃地坐在地上。我整个人被巨大的失落与悲伤情绪攫住了，眼泪不受控地大颗大颗地坠落，洇湿了一小块地毯。

想起刚见到江汛的那天，他拍着地毯招呼我过去一起搭积木的情景，我心中又生出小小的希望——刚刚没有听到他的答复，说不定……说不定他会对小胖子说"不行"，他或许会告诉他"这是送给我弟弟的，不能给你"。

这个想法让我的精神为之一振，我擦干眼泪再次站起身，躲到门后听院子里的动静。

等他们的交谈声彻底消失后，我推开门绕着院子走了一圈，发现泳池的一角有几盆茂盛的散尾葵正对着大门。

我想，这个角度刚刚好——只要等小胖子坐车回家时，看到他手里没有抱着东西，就能证实我的猜测了。

花盆又大又重，我吃力地挪动它们，试图摆放得紧凑一点儿，好让我能藏在后面不被发现。

暮色朦胧时，我终于完成了这项大工程。我抱着膝盖躲在花盆间，散尾葵茂盛的叶子恰好把我遮挡了起来。

渐渐地，晚霞弥漫了整片天空，泳池的水面上映着飘来飘去的金灿灿的云彩，像是游动的小船。

没过一会儿，天又变成了暗红色，太阳要下山了，气温也在逐渐下降，我想回屋子里拿件外套，可是又担心他们恰好推门出来。我把双臂抱在一起，下巴抵在膝盖上，再等一等，我对自己说。

快睡着时，我猛地又听到了小胖子的尖叫声。他哭喊着、大闹着，要求留下和江汛哥哥一起睡。

我揉揉眼睛，悄悄地拨开面前的几片叶子，看到他被同行的大人强行抱了起来，两手空空地塞进了车里。

江沨没有把《哈利·波特》的城堡送给他！我雀跃地想，又长长地松了一口气。

我揉着已经麻木的小腿，准备等他们都走光后，就赶快回到床上睡觉。

可是在车门关上前的一刹那，江沨从屋子里出来了，怀里抱着一个巨大的盒子。没关紧的车门马上又被打开来，那个盒子也被塞进了车里，一声尖锐又雀跃的"谢谢哥哥"顺着风吹进了我的耳朵里。

我突然觉得很累、很累，连心脏都没力气跳动了，更别说站起来走回屋子里。

我重新把下巴抵在膝盖上，紧紧地环抱住自己。

如果海城现在也能下大雪就好了，我就能把自己埋在雪里，不被任何人发现。

这是我记忆中最热，也是最长的一个冬天。

我想我和江沨永远都不会和好了。

第二章
哥哥

海城的四季都温暖湿润，一年又一年，我仍难以区分这里的季节。但是冬天过去，春天降临，就像太阳升起又落下一样理所应当。

杨小羊走在我旁边感叹："没想到跟你已经'七年之痒'了，要是能考进同一所高中就好了，再来一起共度三年！"

她边走边挥动着手，说："人生能有几个十年呀——"

被江怀生带到海城的那个冬天过去后，我被安排进海城第一小学读三年级，当时的同桌就是杨小羊。她那时扎着两个羊角辫，对我笑着说"你好啊，新同桌"。

刚转学过去的日子并不好过，因为我异于常人的蓝色眼睛，我总是被几个不友善的男同学骂"怪物"。实际上我并不在意，杨小羊却十分正直和善良。

她自觉比我大一岁，每每听到诋毁我的话，总是伸开双臂挡在我面前，大声威胁那些同学要去告诉老师。我向她道谢，她说："谁让你是我同桌呢？"

于是从小学三年级到初中结束，我们一直是同桌。

这天是中考后填报志愿的日子，从学校出来，我们并排走到路口。准备分别时，杨小羊再次跟我确认："江晚，你志愿填的是第一高中吧？"

我说:"是。"

我们就读的中学里也设有高中部,且是海城的重点高中,升学率首屈一指。我和杨小羊都获得了直升的资格,只是我自愿放弃了,没想到杨小羊也不准备直升。她说:"不和你做同桌,上学也太没意思了,而且我又不是考不上其他学校。"

从头到尾,她都没有问过我放弃直升的原因,不像我们的班主任,甚至还要给我的家长打电话沟通。

即使她打电话过去,江怀生也不会管这些小事。这些年,他的生意越做越大。去年底,他开始长期驻扎在国外的分公司,回家的次数寥寥。

至于陈阿姨——江汛的妈妈,则更不会参与我的事情。

那一个混乱的夜晚过去后,不知道江怀生和她说了什么,她默许了我的存在,也没有再为难过我分毫。

其实她平时总是很得体,也很温柔,偶尔遇到不得不交流时,我会喊她"阿姨"。

和杨小羊分别后,我沿着熟悉的路,往江怀生的家走去。

没过一会儿,雨丝细细密密地洒下来,太阳还挂在天上,是夏雨。

因为难以从温度上区分开海城的四季,于是我对这些事物就有特别的记忆节点。

细细密密的雨丝是夏天,总是打雷的是冬天,院子里的鸢尾花开了就是春天,落了就是秋日已尽。

海城的雨神出鬼没,我早已习惯,不需要打伞,只是稍稍加快了步伐。

街角有一家新开的甜品店,临街的橱窗大而明亮,目光扫过,我看到了一个熟悉的身影。她也看到我,扬了扬手,喊:"晚晚——"

江浔圆圆的眼睛弯起来,快要笑成了一条缝。她穿着小学的制服裙,到我的胸口高,仰着脸说:"晚晚,毕业快乐!"

我大江浔三岁，她这天也从小学顺利毕业。我说："你也是，毕业快乐。"

江浔说谢谢，又告诉我她这天和同学约好回学校拍毕业照。

或许是因为突然降雨，她被困在檐下，我把外套脱下来，不顾她的推辞，塞给了她挡雨。

"晚晚，谢谢你，这个给你。"江浔把一块小蛋糕递给我，披着外套跑进雨里。跑出去两步后，她又折返回来，站在台阶下说，"哥回来了。"

我不知道她是否还记得那一晚，她被江怀生和陈阿姨的争吵吓到号啕大哭，又被江渢抱到楼上。

我开始读四年级时，江浔也升入了小学，和我是同一所学校，只是我们从不讲话，即使坐同一辆校车，也是一前一后出门。

直到有一天，她常坐的位子被高年级的同学霸占。车上没有其他空位，老师也不在，她攥着书包带无措地站在过道里，车辆颠簸时，她也跟着左右摇晃。

我起身走过去，扶稳她，把她带到我的座位上，又给她扣上了安全扣。

坐下之后，江浔的脚还碰不到地面，她来回晃动着小腿，轻轻攥住了我的衣角，小声说："晚晚，谢谢你。"

此后每天在校车上，我们都会交谈几句，但是一回到江怀生的家里，在陈阿姨面前，就心照不宣地拉开距离。

偶尔几次，江浔也会来敲我的门，探头探脑的，像个小特务。她确认周遭没有危险后，会悄悄潜入我的房间，和我分享她的甜点或是玩具。

她一直叫我"晚晚"，我心里把她当作妹妹来看。

江浔同样是一位善良的女孩儿。她或许知道发生过什么，但提起江渢的时候，从不会说"我哥"，而是说"哥"。

"哥刚刚回来了。"江浔又说了一遍，挥挥手，披着衣服跑远了。

第二章 哥哥

来到海城的七年，我的生活乏善可陈，如果不是提起江沨，或许到这里就该戛然而止。

我曾在一个冬天的夜晚里，藏在散尾葵后抱紧自己，小小的心里充斥着绝望，还有一丝丝报复。我想，我和江沨永远都不会和好了。

然而我们根本就不存在争吵，只是刚好错过了。

在我升入他就读的小学时，他已经被中学提前录取了；我考进他的初中时，他刚好迈入高中；如今我又报考了他所在的高中，但是他刚刚结束高考。

从我向江怀生点头确认我要上三年级那时起，冥冥之中，就好像是推倒了一块多米诺骨牌，而我的本意只是……只是想要离他近一点儿。

偶尔我也会想，如果那一夜，江浔和陈阿姨的航班没有延误，她们没有推开那扇门，没有看到我……或是更早一些，在妈妈的病房里，我没有打开那台旧彩电，电视里没有出现江怀生，妈妈也不会想到要把我交给他，那一切应该都会变得不一样。

书上说，人不能总是对过去发生的事耿耿于怀。我觉得我远不到耿耿于怀的地步，只是有些遗憾。也许我和江沨是可以顺理成章地成为一对真正的兄弟的。

雨丝逐渐稠密，我沿着街边的绿化带继续前行。

海城的植被茂盛，街边的梧桐树能够挡掉大半的雨，和雨丝一同落下的，还有透过叶片缝隙落下的光斑。

前几年里，江沨就像当年的我一样，需要常常去医院才能见到妈妈。我们没有反目成仇，而是在同一屋檐下和平共处，已经算是万幸。

但人心总是不足，我沿着他走过的路，读初中，升高中，远远地一步一步地跟在他身后。连我自己也不知道为什么，或许还是像当年躲在花盆后面一样，对他抱着一丝隐秘的期待吧。

刷卡进了小区，我习惯性地绕开主干道，走到偏僻的回收站去看。

江怀生的家位于海城的别墅区,连垃圾站都管理得很到位,可回收站的小房子里常有干净的、满满的塑料瓶和纸箱。

每周回家,我都会去捡一些,然后藏在院子里那些散尾葵花盆的后面,等天黑后,再抱出去卖掉。

我曾趁在学校上电脑课的时候,搜索过从海城到我家的机票,要一千三百块钱。这些年我陆陆续续地已经快要攒够了,只是坐飞机好像需要身份证,我的身份证在江怀生那里。

我抱着塞满瓶子的纸箱,推开门,听见院子里传来热闹又嘈杂的声音。

脚步一顿,我想到江浔说的"哥回来了"。

我大概有半年没有见过江沨了。

江沨升入初中后开始住校,只有每周六的晚上的餐桌边,我才能见到他。读高中后,他更是鲜少回家,我们上次见面还是过年的时候。

我抱紧手里的箱子,跨进院门,本想直接绕过泳池回我的房间,却没想到泳池边架了两张桌子,还撑着街角冷饮店用来遮阳的大伞。所有人都聚在桌前,桌面上摆满了汽水瓶和麦当劳的袋子。欢声笑语不断,每个人看起来都很开心。

不想被注意到,我停下脚步,院门合上时却发出"咯吱"一声,所有人顿时安静下来,转头看向我。

我抬头,越过人群,看到江沨坐在稍微靠边的位置。我总是能一眼看到他。

他穿着黑色T恤衫,一只手搭在膝盖上,另一只手拿着可乐。虽然离得很远,但我清楚地看到可乐玻璃瓶上的水珠正顺着他的指尖按着的位置向下滴。

我不由自主地攥了一下手。

江汛也朝我看过来，脸上没有表情。不知道是不是坐在遮阳伞下的缘故，他的眼睛显得很黑。

我被他看得一时忘了动作，抱着箱子继续呆站在原地。

间隔了几秒钟，江汛旁边的男生突然叫他，问："江汛，这是你说过的弟弟吗？他跟你长得好像。"

我被他的话惊呆了，甚至有些不敢相信。江汛跟别人提到过我是他弟弟——这个事实让我挪不动脚步。

我想听听江汛会怎么回答，他却没有说话。

七年来，我和江汛确实越来越像，我们的鼻子、嘴唇简直如出一辙，只是好像每次回到家，他都变得更高了一些，像是我梦里那些只生长在家乡的挺拔的白桦树。

见他不回答，提问的男生直接向我走来，目光在我怀中的箱子上停留片刻，问："弟弟，抱着这么多空瓶子干什么？"

我这才如梦初醒，说："路上捡的垃圾。"说完，我转身把箱子扔进了垃圾桶，里面发出瓶子碰撞的声音。然后我没有再看他们中的任何人，径直走回屋子。

坐在书桌前，翻开徐妈拿来的江汛的高中课本，我却看不进去一个字。

他们的嬉笑声沿着窗户缝不断传来，我脑子里反反复复回荡着那个男生问江汛的话："这是你说过的弟弟吗？"

把课本翻到扉页，用视线描摹早就熟记于心的江汛的名字笔画，片刻后，我鬼使神差地掏出铅笔，在他的名字旁边，轻轻地写下"哥哥"两个字。

门突然被敲响，我连忙合上书，心虚地去开门，门外是问江汛问题的那个男生。他一看到我，就开口叫："弟弟。"

我说："我不是你弟弟，我叫江晚。"

他没有在意我不礼貌的话，笑了一下，自来熟地问："小晚，要不要出来一起玩？"

我茫然地抬头看着他。他稍微弯下腰跟我对视，说："还没有自我介绍，我叫陆周瑜。周瑜，你知道吧？三国里的那个。"

我愣愣地点头："知道，被气死的那个。"

"对，是的，"他笑起来，"你怎么这么可爱？走吧。"

他说着就要来牵我的手，我刚想后退一步躲开，他又说："你哥哥还在等着呢。"

小时候外公就教过我，打蛇打七寸，"哥哥"这两个字，可能就是我的七寸了吧。

还没反应过来，我就被陆周瑜直接拽出门，拎到了江渢旁边的位置。

"坐啊。"他轻松地说。

犹豫两秒，我拉开了椅子。

即使偶尔在同一张餐桌边吃饭，我和江渢也是坐在餐桌的两边，我已经很久没有和他离得这么近了。

院子里有十几个人，分坐三桌，每个人脸上都带着高考后的放松神情。

坐下后，陆周瑜拍拍手，示意大家看他。他从书包里掏出一副扑克牌，去掉外盒，把牌分成两摞，交叠在一起来来回回地洗。

他的动作十分熟稔，把洗好的纸牌码在桌上，然后他问我："小晚，真心话大冒险会玩吗？"

我点了点头，虽然没有玩过，但也知道规则并不复杂。

游戏过程如我想的一样，大家只需要机械地抽牌，再看输家受一些无伤大雅的惩罚，很是无聊。直到新一轮里，一个女生抽到最小的牌，众人沸腾起来，起哄她和江汛一起喝"酒"。

那个叫胡蝶的女生朝江汛走过来，我看见她泛红的脸，才后知后觉到，或许玩游戏只是个噱头。

她走近江汛，有些羞涩，但也大胆地对江汛举起可乐瓶，说："我愿赌服输，你愿意配合一下吗？"

在心照不宣的起哄声中，江汛稍作停顿，又似是无奈地拿起桌上的半瓶可乐，对周围人说："行了，别乱叫。"

他伸长胳膊，把瓶口抵在嘴边，仰头喝了一口。

好像只是一瞬间发生的事，我还没有看清，江汛就回到原位了，握着可乐瓶的手搭在桌角。他穿着短袖 T 恤，小臂上已经有薄薄的一层肌肉，随着动作的牵引看起来十分有力。

胡蝶小声对江汛说"谢谢"，起哄的声音却比刚刚还要大，掺杂着几声尖叫声。

我觉得吵，别过头不再去看，却无意间瞥到陆周瑜的神情。和其他人截然不同，他看上去像在出神。

他喜欢胡蝶，我猜想。所以他看起来有点儿难过，因为胡蝶喜欢江汛是再明显不过的事。

但又进行两局游戏之后，陆周瑜抽到最小的牌，选了真心话，被问到是否有喜欢的女生。

他却说："没有呀。"

从玩游戏开始，我就一直抽到不大不小的牌。如果不是难得坐在江汛旁边，我应该已经回去继续看书了。

却没想到新的一局，我翻开牌，手里是一张红桃 A。我盯着牌面上的小小红心，有预感一般不自觉地看向江汛手下的牌。

似是注意到我的目光，他看我一眼，翻开倒扣的牌，牌面上是一张大王。

这一局我输了,而他是赢家。

我说不清自己是什么感受,隐隐的期待多过紧张情绪。

江沨把大王牌平放在桌子上,食指一下一下地敲击着牌面,低头想了一会儿,又抬起头说:"暂时没想到,要不先放着,等我想想再说。"

他这样说,马上遭到反对:"虽然是你弟弟,但是你也不能偏心啊。"

"不会是舍不得你弟弟吧?"

"不是,"江沨不甚在意地笑笑,把牌塞回去,拿在手里洗,又说,"是真没想好。"

可能大家跟我并不熟,玩游戏的注意力也不在我身上,并没有再提出异议,很快又开始新的环节。

不知道过了多久,直到所有人都拥到泳池边,我才回过神,意识到我还坐在原地发呆。

江沨也还坐着,朝我侧过头来。

我以为他要起身,连忙想要让开一点儿。他却制止了我的动作,把一张大王牌掷在桌面上,要求道:"让我看看你的眼睛。"

被迫直视着江沨,我不由得想起七年前第一次与他见面那天,他双手捧着我的脸,惊讶地看着我的蓝色眼睛。

我还记得那时候,江沨的眼睛也同样令我惊奇——我从没有见过那么深的颜色,几近于纯黑。

我大概知道江沨为什么突然提出这个要求,因为此时此刻我的眼睛和他一样,也是接近于纯黑的颜色。

我被看得不自在,伸出手想抠出眼睛里的东西,坦白道:"我戴了黑色的隐形眼镜。"

我并不近视,如果江沨问我为什么戴,我可能会说"因为戴上之后和你很像"。我忍不住想他听到了这话会有什么反应,大概也只是不在意地"哦"一声吧。

但江浉并没有问，于是我也什么都没有说。他又和我对视了几秒，之后起身去他同学那里了。

晚饭时，陈阿姨宣布她给江浉和江浔报了一所欧洲名校的暑期夏令营。每年寒暑假，陈阿姨都会为他们两个安排各类活动，不过江浉从不参加。夏天他说太热，冬天又说太冷，加之学业繁重，他只愿意留在海城学习。

这一次，他又搬出同样的说辞，陈阿姨却难得不满起来："你已经高考完了，还留下学什么？"

她又说江怀生也在当地出差，他们可以顺便见一面。

听她说起江怀生，我忍不住抬头，望向餐桌另一边的江浉。

七年前的那一晚之后，连我都能觉出他和江怀生之间的罅隙。

近几年，江怀生很少回家，但是每次回来都会带许多的礼物。礼物在茶几上依次排开，琳琅满目，其中也有给我的，但我从来没有收过，任凭它们留在那里。江浉也是如此。

几天之后，那些礼物会被徐妈一起收进储物室里。

每当这种时刻，我都会被反复提醒，江浉有多不喜欢江怀生，就会有多不喜欢我，甚至更多。

提到江怀生，江浉更加沉默了，连借口都不再找。

气氛僵持不下，陈阿姨轻叹一口气，支开江浔，让她去客厅看电视。至于我，她只是看了一眼，没有说话。

我知道她接下来会继续劝江浉。我无意听他们的对话，马上放下碗，说我吃好了，匆匆离开。但我还是听见陈阿姨放缓语气对江浉说："不管怎么样，他是你爸爸。"

下午被陆周瑜问到时，我把捡来的塑料瓶全扔进了垃圾桶，怀抱一丝侥幸心理，我走过去，看到瓶子都还在，不由得有些高兴。走近了，我发现垃圾桶后还多出了两个塑料筐，筐子里整整齐齐地码着玻璃瓶，应该是他们聚会后扔掉的。

我若把空玻璃瓶拿去冷饮店，一个可以换一块钱。

确认院子里没有其他人后，我费了点儿力气，把塑料筐挪到了花盆后面。

来回两趟，累得有些喘，我在原地坐下，向后靠着花盆，像是七年前那个夜晚一样。我环抱住膝盖静静地想，这些年攒下的钱，再加上这两筐"价格不菲"的玻璃瓶，应该足够我买一张机票了。

回家——七年来，这个念头一直藏在我心里，如今触手可及，我却有点儿不敢相信了。我忍不住闭上眼睛，吸了吸鼻子。

已经离开家乡七年了，那些高耸的白桦和云杉的味道，我不知道自己是否还记得。

不一会儿，突然闻到了一丝烟味，我睁开眼睛，透过散尾葵叶片的缝隙，看到江泓正站在门厅处，入户灯昏黄的光自上而下地将他笼罩。

白烟袅袅地从他嘴唇间升腾，又被风吹散——他在抽烟。

意识到这点，我有些后悔坐在这里。可现在我也不能出去，只能保持安静地望着门厅，准确地说，是望着站在门厅的江泓。

他已经十八岁了，有了大人的体格，高而挺拔，胳膊的线条在灯光下起伏，身形却又仍保持着青年独有的瘦削。

他的上半张脸都隐在阴影里，我只能看到一截线条锋利的下巴。

我不得不承认，江泓很英俊，而且沉稳，所以被同学喜欢也是理所应当的。

突然间，我的脚踝处传来一阵毛茸茸的触感，惊得我颤了颤。这动作有些大，我撞到了身前的塑料筐，玻璃瓶摇晃发出碰撞的声音。

我低头去看，只看见一团模糊的影子，辨别不出是什么。不过紧接着，影子发出一声娇软的"喵"。原来是猫，听声音，还是一只奶猫。

我试探着轻轻触碰它，猫被我的动作吓得又叫了一声，却没有跑掉。暖意从掌心中弥漫开来，手感极好，我忍不住继续触碰它，但鼻腔闻到的烟味突然浓了，这才记起江沨还在院子里。我猛抬起头，就看到他正走过来。

我知道躲不掉，但又不想被江沨看见那些卖钱用的瓶子，便迅速揣起脚边的小猫，主动从花盆旁边绕出去，正好和走近的江沨面对面。不久前我还看不清他的脸，此刻他却完完整整地出现在我面前。

七年前我还只到他的胸口高，看他时需要仰视，现在已经到他的鼻尖了，堪堪能够和他对视。

对于我的突然出现，江沨似乎并不惊讶，只是把手上的烟拿远了一些，问："你在干什么？"

灯光下，我看清手里的猫，还不及手掌大，是一只橘猫。我向上举了举猫，说："听到有声音来看看。"

江沨看了看我和猫，点头，没有再问。仿佛他也只是听到声音，走过来随便看看，得到答案后，又转身走了。

我看到他的背影被路灯拉得很长。

第二天下午，我坐在书桌前听到了行李箱滚动的声音，以及江浔脆生生的"哥哥再见"。陈阿姨带她去参加夏令营了，江沨果然没有同行。

晚餐时，餐桌边只剩下我和江沨。往年的寒暑假，虽然他不参与陈阿姨安排的活动，但也不常在家，我和他鲜少有这样独处的时刻。

尽管没有交流，我却没来由地感到放松。

徐妈从厨房出来，手在围裙上蹭了蹭，开口打破沉默，问我们明天早饭想吃什么。

江沨没出声，我知道他对饮食并不挑剔，于是说："我都可以。"

徐妈说好，又问江沨，他这才回答："都行。"

因为儿媳妇临近预产期，徐妈还需到医院照顾她，交代完我们后，她匆匆离开了。

她一走，偌大的房子里就只有我和江沨了，安静得连餐具碰撞的声音都清晰可闻。

我搅动着碗里的粥，故意喝得很慢，想等江沨吃完饭后先回房间，这样我就可以拿一些食物去喂猫。但他放下碗筷后仍坐在原地，没有离开的意思。

如果不是惦记那只猫，我应该很愿意继续和他坐在这里，反正只有我们两个人。

见他不动，我只好快快地把粥喝完。准备收拾碗筷之际，江沨忽然问我："你不近视吧，为什么戴那个？"

他问的是我的黑色隐形眼镜。

之前我还想过，如果他真的问起来，我会回答"戴上后和你很像"，现在却怎么也说不出来。

站在桌边，我攥紧了手里的筷子，尽量平稳地和他对视，解释道："因为总有人说我的眼睛很奇怪。"

其实长大一点儿之后，我的蓝色眼睛已经不那么明显了，整体趋于深蓝，和常人无异，只是偶尔在阳光下时，还能辨出一点儿曾经的样子。

因此准确来说，我也不算撒谎。

回答完毕，我有些期望江沨能说点儿什么，什么都好，但他只是放下碗筷，起身上楼了。

等他的身影消失在楼梯间后，我才收回目光，装了一小份吃食，到院子里喂猫。

趁着夜色，我把藏在花盆后的塑料筐拖出来，清点玻璃瓶的数目，得出一个可观的数字。

加上塑料筐，我一共在冷饮店换得五十二块钱。

换完钱后，我没有沿原路回家，而是往杨小羊的姐姐开的店铺的方向走去。她说过今晚她会帮姐姐看店。

我到了店里，杨小羊正坐在柜台后面玩电脑游戏。见到我，她惊喜地抬头，问："江晚，你怎么来了？"

我说路过，又问她能不能借用电脑，查一些资料。

杨小羊毫不迟疑地起身，把位置让出来。恰好有几位顾客光临，她走过去接待，店里一时热闹起来。

嘈杂声令我感到安心，我在电脑前坐下，打开网页，输入早已熟记于心的网址，搜索从海城到我们那里的省城的机票。

店里的网速很快，不像学校里的电脑，要等上很久网页才会一点点显示出来。

我刚按下搜索键，页面就跳了出来，甚至没有给我准备的时间。屏幕上显示两天后的凌晨有一班特价机票，只要九百块钱。

猛然间，我的心跳得像是要冲破皮肉一般，缓了好一会儿才平复下来。我从口袋里掏出纸笔，整整齐齐地记下了航班号和时间，字迹有些凌乱。

回江怀生家的路上，阵雨乍歇。走在人行道上，我有些恍惚，不小心踏进一汪水里，踩破了水面上五彩斑斓的霓虹灯倒影。

我的手在口袋里来回揉搓那张字条，直到手心隐隐发热，我又不敢去碰了，怕字迹被模糊掉，只用指尖捏着纸角。

我连身份证都没有，但是江怀生和陈阿姨都不在家，我可以去他们的房间里找，身份证一定在的。

深夜，我躺在床上仍在想这件事。

我想着我应该怎么跟杨小羊告别，前几天我还跟她说了"开学见";想着怎么跟徐妈道别,我相信如果实话告诉她我要回家,她也不会向江怀生告我的状,甚至会给我准备很多好吃的东西;我甚至有些懊悔,江浔离开家的时候,虽然没有道别,但我至少应该从窗口看她一眼;还有……那只小猫以后会有好心人喂它吗?

我透过墙上那扇窗向外望去,仿佛听到了飞机的轰鸣声,也可能是火车的呼啸声,那是我回家的信号。

此时我才意识到,尽管我从未把海城当作家,但无论我愿意与否,这七年里,我仍是和这里有了千丝万缕的联系,像蚕丝一般,悄无声息地将我牢牢缠绕起来。

迷迷糊糊间,我想,明天去找身份证,然后再跟江泇正式地道个别吧。

这一夜我睡得极其不踏实,天还没亮就起床了。我推开门,坐在台阶上看泳池的水从很浓厚的墨蓝色,一点点被初升的太阳照得透亮。

等天完全亮了,我磨蹭进厨房,徐妈已经开始为早饭忙碌。这么多年,她对我就像外婆一样亲切,我忍不住从背后抱住她。

她牵着八岁的我走出医院时,我才到她的胸口,如今我已经比她高出半个头。

徐妈吓了一跳,扭过头来看到是我,又笑着说:"饿啦?马上就好,小泇下楼了吗?"

我说没有,松开手,靠在橱柜边,酝酿了一会儿,才装作不经意地说:"徐妈,听江泇说,他这几天要去外地参加比赛,不在家,你就不要来回跑了吧,在医院照顾小芳姐。"

小芳姐是徐妈的儿媳妇,预产期在后天。

最终,我还是决定可耻地不告而别。

徐妈把煮好的豆浆倒在碗里,并不赞同:"他不在家,你还在呀,我不来，你怎么吃饭？"

"我会做，"我把蒸笼里的烧卖端出来，劝道，"现在小芳姐生宝宝才是最重要的事，你不要担心我。"

徐妈看起来有些犹豫，我又劝了她几句，保证我会照顾好自己，她才勉强同意了。

徐妈走后，江沨才下楼，和我面对面坐在餐桌边。热豆浆升起腾腾的白雾，使得氛围无端有些柔和，我趁机开口："那个——"

早上做出的决定实在有些冲动，我虽然支走了徐妈，但是江沨还在家，他总不能不吃饭。

我粗略地计算过，买完机票，我攒的钱还有结余，于是接着对江沨说："小芳姐要生宝宝了，徐妈去医院照顾她，这几天都不能来。她留了钱，你中午想吃什么，我可以去买回来。"

因为心虚，我不确定我的语气是否足够自然。但好在江沨没有质疑，只是"嗯"了一声，表示知道了。

阳光透过落地窗投进室内，客厅里的水晶吊灯和吊灯下的钢琴都依旧闪闪发光。或许是被那些光斑闪得恍惚了，我望着江沨，不太理智地坦白道："我要走了。"

直到话音落下，我才意识到我说了什么，江沨抬头看向我。

豆浆早就凉了，充斥在我们之间的热气消失不见，他的脸变得清晰起来。

我握紧拳头，把指甲按在掌心里，干脆和盘托出："我的意思是我要回家了，我的家在同里。"

同里是我家那座边境小城的名字。

"以前是我妈妈生病了，没办法照顾我，才让你爸把我带来的，但是现在我已经长大了，而且——"

我还在试图解释，江汛却打断我的话："江怀生知道吗？"

我摇了摇头："我没有告诉别人。"

"什么时候？"他又问。

"明天凌晨。"

"买过票了？"

"还没有，我在网上查好了，明天去机场买。"他问得很直接，却让我松了一口气。我只要如实回答就可以，不用再想其他的说辞。

停顿了一会儿，江汛问："你知道当天买机票可能会买不到吗？"

我不知道，我只坐过一次飞机，还是哭到几近眩晕，被江怀生拉进机场的。一时间，我慌乱起来，忙把手伸进口袋里，握紧那张写了航班号的字条："那我现在就去买！"

我正准备转身出门，又想到没有身份证，顿时垮下肩膀，泄了气似的说："但是我的身份证还在江怀……你爸那里。"

江汛喝完豆浆，起身朝楼梯的方向走去，留给我一句："去书房等我。"

他的背影消失在楼梯拐角处，转眼又出现在二楼走廊上，他推开了江怀生的卧室门。

心跳剧烈得像在打鼓，明明知道这个家里只有我和江汛，我还是忍不住转过头，紧紧盯着大门，担心有人突然破门而入。

没过多久，江汛出来了，走下楼梯，又对我说："来书房。"

我"哦"了一声，跟在他身后，看见他的指间夹着一张卡片，那应该是我的身份证。

我不明白江汛为什么愿意帮我去偷身份证，不对，他应该不能算是偷，毕竟这是他的家。如果我进江怀生的卧室拿才是偷，尽管那是我的身份证。

或许是他早就想让我走了，我只能想到这一种可能。

推开书房的门，江汊径直走进去，按开电脑，在键盘上敲了几下，又抬头问我目的地是哪里。我回答他后，他说："没有直达同里的航班。"

去同里要从省城转车，我向他报出省城的名字，想了想，从口袋里掏出已经被我攥得不成样子的字条，抚平后递了过去："我想买这一班的票。"

江汊接过字条，按照我记下的信息输入航班号，然后示意我看向屏幕，搜索结果显示机票已经售罄了。

如果昨晚搜到机票售空的信息，我只会关上电脑，再等待下一次时机。然而明明这个机会就在眼前，我却与它失之交臂，巨大的失落感压得我喘不上气来。我张开嘴，深深地呼吸两下，才鼓足勇气，试探地问江汊："你可以帮我看看其他票吗？"

"嗯。"他返回搜索页面，输入目的地查找。

近两周里，只有今晚的一趟航班仍有余票，价格虽然高一些，但我的钱也足够了。

盯着屏幕上的目的地，我吞咽两下口水，当即做出决定——来不及去买行李箱，来不及跟杨小羊告别，我今晚就要回家。

我几近哀求地对江汊说："我给你钱，你能不能先帮我从网上订票？"

他没说话，点开购票页面，选择座位，对照着我的身份证输入证件号码，动作一气呵成。

"我去拿钱给你。"我转身跑出了书房。

回到房间，我从床下拉出一个纸箱。里面全都是江汊的课本，徐妈把它们拿给我提前预习，我不舍得丢，预习后又整整齐齐地收好保存了起来。

我抽出其中一本语文书，跑回书房。江汊听到推门声，抬头看过来，告诉我："票订好了。"

宽敞的书房里，我听到了电脑的运行声、我仍未平复的呼吸声，以及不知道是不是因为幻觉听到的夏日里风吹过白桦林,叶片碰在一起的"沙沙"声。

江沨关上了电脑,路过我身边时,我忙把手里的课本递给他,说:"机票钱,都夹在书里了。"

看到书的封面,他愣了一下才接过去,似是无意地翻了几下,又塞回给我:"你留着吧。"然后绕开我,走出了书房。

上楼回房间之前,他又好心地叮嘱我:"收拾一下东西,要提早到机场。"

"好。"我用力点头,还没来得及道谢,他就已经拾级而上了。

午饭之后,我照旧坐在屋门口的台阶上,望着泳池,等太阳一点点下落。

飞机起飞时间是晚上九点半,我不知道具体需要提早多久去机场,但现在应该是到不得不走的时候了。

我的身份证还在江沨那里。

其实他帮我订好票之后,我就应该把身份证拿过来的,我却没有开口,而是任凭自己忽略了这件事,这样我就有一个正当的理由去敲他的门了。

上到三楼,我站在江沨的房间门口,抬手敲了一下门。几乎同时,门被从里面拉开了,江沨站在门里,单肩背着一个黑色书包,看样子他也正准备出门。我连忙后退一步,说明来意:"我的身份证还在你这里。"

他打量了一下我的背包,问:"收拾好了?"

我点头,他又说:"走吧,我叫了车。"

没想到他还给我叫了车,一时间,我打好的腹稿全都忘了,没能抓住一句,我只能机械地跟在他身后,小声说:"谢谢。"

推开院门,门口果然停了一辆出租车,江沨招手示意司机,我的手比大脑反应更快地拉住了他的 T 恤下摆，攥在手心里。

无论如何，我想，还是要正式地跟他道别。

江渢转过头，夕阳余晖此刻倾泻而下，把他的轮廓笼上了一层暖意。他停下来，逆着光和我对视，眼神黑沉沉的。

"我……"我把指甲掐进手心里，强迫自己直视他的眼睛，说，"我骗了徐妈，让她这几天不来做饭，你在家可以订餐，电话我贴在冰箱上了，对不起……"

我不知道自己在说什么，明明只是想要认真地说一声"再见"，却情不自禁地说道："我第一次来这里的时候，你说我该叫你'哥哥'，但是……其实我一直想，只是……再见，哥哥。"

尽管最后两个字轻得像被吞了下去，掉进五脏六腑，在身体里回荡，不知道江渢有没有听见，但我终于说出来了。

一瞬间，我为这破釜沉舟般的莽撞行为感到无措，甚至担心江渢会当场反驳，说他不是我的哥哥。但话说出口后，我更多的感受则是轻松，像是终于破茧而出一般。

松开攥着他的衣角的手，我轻快地吐出一口气，准备去坐车。但是江渢突然笑了，眼睛弯起来，夕阳的光像是液体一样，顺着他的轮廓流淌，又滴进他像湖水一样幽深的眼睛里，溅起了一层层金红色的涟漪。

那个笑转瞬即逝，但或许是夕阳的光太烫了，这幅画面便被深深地烙进了我的眼底，永远不会被磨灭。

江渢抬手揉了一下我的头发，算是回应，然后拉开车门，示意我先上车，自己则绕到另一侧坐了进去。

他对司机报出了海城机场的位置。

"不用送我，我可以自己走。"我说。

有一瞬间，我怀疑自己幻听了，因为我听到江渢说："我买了两张票。"

第三章
回家

出租车轻巧地启动，沿途高大的树木接连被抛在身后，又无限向前延伸，风声呼啸而过。

收回目光，好一会儿后我才转头看身旁的江沨。他坐在我的左边，我们中间放着他的黑色书包。

从他摸我的头发又对我笑的那一瞬间开始，这世界就像陷入了一场浓稠的梦中，无声无息。

我久久地望着他的侧脸，偶有余晖透过树荫落进车里，他的侧脸线条便会被照亮一下。

"怎么了？"他侧头问我。

我怔怔地说："像在做梦。"

江沨的语气里掺着笑意："你在梦里叫我哥哥？"

突然间，风声、引擎声和这个世界上所有真实的声音通通透过窗缝，钻进耳朵，提醒我这一切都是真实的。

我回过神，连忙补救刚刚说过的蠢话："我的意思是你怎么买了两张票？"

江沨说："毕业旅行。"说完又问，"我可以去吗？"

"啊？"他拒绝陈阿姨，连欧洲都不去，为什么会想去一个偏僻的小城旅行？我想不明白，但当然说，"可以。"

到机场后，江渢熟练地带着我办理手续。取票时，我站在他旁边，工作人员递登机牌过来，目光从我们身上扫过，笑着问："哥哥带弟弟去旅游啊？"

我不知道如何作答，江渢却冷静地"嗯"了一声，接过证件，说："谢谢。"

晚间的机场内人不多，大厅显得有些空旷，我隐约记得去年看到过机场翻新的消息，环顾四周，一切对我来说都很陌生。不过就算机场没有翻新，我也早已记不清七年前初到这里时的模样。

登机时天已经黑透了，和七年前一样，我的位子仍是临窗，身边的人却从江怀生变成了江渢。

不知道是这个原因，还是因为从舷窗望出去时，只能看见万家灯火和被灯点亮的路，像银河似的亦幻亦真，我竟然不觉得害怕了。

不过窗外的景色远没有江渢吸引我，飞机起飞后他就闭上了眼，给了我绝佳的观察他的机会。

我的目光描摹过他的五官，我隐隐约约地想，他或许没有想象中那么讨厌我。这个想法对我来说太过奢侈，连想都要小心翼翼地想，想到后来，我也睡了过去。

漫天黑夜里，我和江渢飞越过半块大陆，抵达了目的地。

一走出机舱，我先是听到了"沙沙"声，不用去看，我也知道是远处的白桦树被风吹动的声音。

和海城潮湿的气候不同，这里的空气非常干燥，风甚至有些刮脸，幸好凌晨的温度不高。因为江渢怕热，我怕他一下飞机就会后悔此行。

原本我是想在机场挨到天亮，再去客运站乘车回家的，但江渢也在，我总不能让他也滞留在机场里。我还没想好应对方法，酒店的接驳车开来了。像是提前定过了行程，江渢自若地背上包，招呼我上车。

酒店距离机场不远,外面挂着三星级的招牌,设施装潢却已经很陈旧了。到酒店前台登记时,江沨把两张身份证叠在一起,推过去说:"两间房。"

"我能不能跟你住一间?"我脱口而出,又后知后觉到这一提议太过鲁莽,但不知道为什么,我能感觉到江沨不会拒绝,便继续说,"我不困,可以不睡觉。"

果然,他看我一眼,又对前台工作人员说:"那就一间吧。"

前台的大叔也附和道:"兄弟俩还分什么房,开间标间吧?"

江沨说:"嗯。"

房间在三层,没有电梯,只能从楼梯通行,楼道漆黑一片,我跺了跺脚,灯也不亮。大叔扬声嘱咐:"灯坏了,上楼时小心一点儿!"

"哦。"我应声,摸索着墙壁抬腿时,肩膀被按了一下。江沨越过我走在前面,打开了手机的手电筒。

"跟着我。"他说。

我点点头,意识到他看不见,又说:"好。"

他没有把手电筒向前打,而是握在手里垂直向下,恰好照亮我脚下的台阶。

四周静悄悄的,只有我们踩在楼梯上的声音。

昨天的这个时候,我还躺在小木屋里,透过墙上小小的窗户向外望,盘算该如何告别,此刻却已经踏上故土。

我又伸手攥住江沨的T恤下摆。他可能以为我看不见路,脚步放慢了些。

快到三楼时,我听见自己叫他:"哥。"声音不大,但是在黑暗中很清晰。

江沨上楼的速度慢了一拍:"嗯。"

他的回应给了我莫大的勇气,我又问:"我以后可以都叫你哥吗?"

这简直称得上得寸进尺了，但是这里只有我们两个人，没有江怀生，没有陈阿姨，我也不在海城。

怕他拒绝，我又补充道："我是说没有外人的时候。"

我偶尔会想，只是一个称呼罢了，一个短暂的音节，为什么会在七年里始终让我惦念？

生物书上说，基因支持着生命的基本构造和性能，储存着生命的种族、血型和孕育、生长、凋亡的全部信息。

第一次看到这段话时，我觉得这就是答案了。

因为相同的基因组成我们的骨和肉，甚至大发慈悲地给了我们相似的面容，所以我总是情不自禁地想要靠近他。

我们到达三楼后，走廊里总算有一盏灯亮着，照亮被踩得发黑的红色地毯和江汛的背影。他转过头，说："有外人时也可以。"

我就像是一个穷鬼，一个守财奴，却突然拥有了一笔从天而降的财富。

房门被打开，先是一股淡淡的霉味扑面而来。我抬眼望进去，房间中央是两张单人床，床垫上铺着不太鲜亮的白床单。屋内陈设破败，但还算宽敞。

从小到大，我印象里的江汛一直是养尊处优的，我永远忘不掉他第一次从钢琴前起身向我走来时的身影，是闪闪发光的。

我局促地站在房间门口，觉得这不是他应该住的地方。他却神色如常地走进去，把包放在其中一张床上，又问我："怎么不进来？"

"哦。"我忙跟上去。

洗过澡后，我走到房间的露台上，从三楼望出去，什么也看不到，只能听到风吹树叶的声音。我缓慢地呼吸几口空气，想尝试找回一点儿熟悉的感觉，却失败了。

等风吹干我的头发,江沨也洗完澡出来了。他坐在床边,一边用毛巾擦头发,一边低头看手机。

我坐在另一张床边看他。

似乎是注意到我的目光,他抬起头,告诉我:"明天上午十点有一趟车。"

我连连点头,说:"好。"

我们都躺下后,他关上顶灯,只留玄关的一盏昏暗的射灯,说:"睡吧。"

模糊的灯光里,我看见他平躺在床上,两只胳膊交叠在脑后,没有盖被子。

房间里没有空调,只有一扇绿色的、带着锈斑的老电扇"咯吱咯吱"地送着风,窗帘被吹得起起落落。

我猜江沨还没有睡,于是开口叫他:"哥。"

"嗯。"江沨应了一声,没有动。

"我有点儿害怕,"我向他坦白,"所以才想和你住在一起。"

重新踏上这片土地时,我却没有想象中的久违的亲切感,有的只是心慌和无措的情绪。

"但是现在不太怕了。"我看着他的身影说。

因为即使这个地方是陌生的,江沨和我也不算特别熟悉,但他是我的哥哥。

静了几秒,江沨又说了一遍:"睡吧。"

我闭上眼睛,很快便睡着了。

汽车站里总是聚集着各色各样的人,手里拿着行李,行色匆匆。

我和江沨挤在买票的队伍里,排在我们前面的阿姨背着一个不到一岁的小女孩儿,小女孩儿扎了两根细细的羊尾辫。小女孩儿似是好奇,竭力地扭头打量着我们,眼睛亮亮的。

她的辫子让我想起杨小羊。我想了想,拉开背包,从侧边的口袋里掏出了一根棒棒糖。这是前几天中考前杨小羊塞给我的,说吃点儿甜的东西就不紧张了。

我把糖送给小女孩儿,她"咿咿呀呀"地笑了,把糖握在手里晃来晃去。

还有一根棒棒糖,我问江渢:"哥,吃糖吗?"

他说"不吃",我还是拆开包装,递到他嘴边,劝道:"吃吧,不知道什么时候才能排到。"

犹豫了两秒,江渢没有拒绝,张口含住了糖。

排了大约半个小时的队,我们才从售票员手里接过两张汽车票,道过谢后,按指示牌找到了候车区。

尽管来往的行人都面无表情,但我还是发现,几乎所有路过江渢身边的人,视线都会在他身上停留一瞬,或者更久。

他实在是和这里格格不入,像是一个从天而降的发光体,吸引了所有目光。

因个头不高,我第三次被路人撞到的时候,江渢双手搭上我的肩膀,把我按在原地。紧接着,如同所有的家长一样,他牢牢地扣住我的手腕,拉着我走。

在我有限的记忆里,实在没有这般被当作孩子对待的经历。小时候外公虽然疼我,但总是喜欢把我扛在肩上,或是让我骑在他的脖子上,载着我走来走去。再长大一点儿,到江怀生家里后,我好像直接跳过了童年,一个人走了很远的路。

所以这个动作对我来说实在太过陌生和奢侈了。

我迅速地环顾四周,尝试模仿其他孩子,安静地、亦步亦趋地跟在江渢身旁。

一直到坐上车，江沨才松开手，把我们的行李放到头顶的置物架上。

车内的空间狭小，他的腿只能勉强地塞在座位间。车开得摇摇晃晃，我把车窗拉开一些，让风灌进来。

窗外很快变了风景。我家是省城最偏远的地区，要坐到终点站，中途不停有人上下车。我用头抵着车窗，看路边飞掠而过的白桦树，心里在想外公、外婆。

想到有些紧张了，我忍不住叫江沨，问他："哥，我走了这么久，万一外公、外婆不认识我了怎么办？"

江沨像是回忆了一下，说："你没怎么变，还是和小时候一样。"

"你还记得我小时候的样子啊？"我强迫自己转移注意力，希望他能多跟我聊一会儿。

"嗯。"他说。

"我也记得你小时候的样子，"我说，"我们第一次见面。"

"那已经不是小时候了。"江沨笑了一下。

"怎么不是？"我反驳，"你也只比我大三岁而已。"

血缘真的是很奇妙的一种东西，仅仅是改变了一个称呼，我却觉得我和江沨离得这么近，像是从小一起亲密无间地长大的。

"哥，"我觉得我叫他叫上瘾了，"你大学报的什么学校？"

"海大。"

"哦。"

我还想问"以后等我再长大一些，可以回海城看你吗"，但是这太像离别的话了，我暂时还不愿去想他仍会回海城这件事。

我家门前有一棵白桦树，小时候每年生日，外公都要领着我站在树前，比画着头顶的位置，在树干上画一道，记录我的个头，看看比起上一年有没有长高。

外婆总是在旁边说:"这个不准的呀,小晚在长,树也在长。"

外公笑呵呵地摸着我的头,说:"小晚长得比树快。"

站在家门口的木栅栏外,看到挺拔的白桦树,还有从围墙上坠下来的密密麻麻的喇叭花,我才真的确认我回家了。我向江沨介绍:"哥,这就是我家。"

话音刚落,屋门从里向外被推开,走出来一个头发花白,穿着靛蓝色布衫,背有些佝偻的老人。我睁大了眼,一阵心悸。

"外婆!"我迫不及待地隔着栅栏失声大喊。

外婆的身影一顿,她抬头看过来,看清是我后,手里的果篮"砰"的一声落地,瓜果滚落得四处都是。她颤巍巍地跨过几颗苹果,走下台阶,脚步有些蹒跚地小跑过来,满头白发在阳光下晃得我想流泪。

我连忙推开栅栏,迎上去紧紧抱住她。

外婆比我印象中要瘦小太多了,我张开胳膊就能把她全部抱住,她肩膀的骨头硌得我的胸口从内而外地一阵疼痛。

这一刻,那些不可名状的恐惧和无措情绪,通通随着外婆的一句"小晚"灰飞烟灭。

她用干枯却温暖的手从我的肩膀上抚过,再辗转到大臂、小臂,最后拉起我的手,不断地捏着每根指头,像在确认我是否完好无损,然后叹道:"长这么大了。"

我"嗯"了一声,外婆又伸长了胳膊,擦我的眼角,问:"乖孩子,怎么哭了?"

外婆的眼睛里似乎也有泪光,但是她的白发在阳光下太耀眼了,我看不清她的眼睛。

我眨了眨眼,强迫自己收回眼泪,换上了一张笑脸,拢住她布满沟壑的手,轻松地说道:"太想你了,外公呢?"

"去湖边钓鱼了,晚点儿就回来,"外婆说,又看向我身后问,"这位是？"

我松开外婆的手，侧过身向她介绍："这是江沨，是……是我哥。他送我来，顺便在这里玩一玩。"

我犹记得小时候外婆常拉着我的手，边从收音机里听《铡美案》，边长吁短叹，痛斥陈世美是个畜生，再指桑骂槐道"姓江的还不如姓陈的"，俨然忘了我也姓江。

担心外婆因为江怀生对江沨有偏见，我自作主张地把他此行的目的改为"送我"了。

介绍完后，江沨走上前。他太高了，跟外婆说话时需要弯下腰。

"外婆好，我是小晚的哥哥，我叫江沨。"他也跟我一样叫"外婆"，还叫我"小晚"。

这是江沨第一次叫我"小晚"，我不禁愣了一下。

江沨和外婆说话的语气中有我从未听到过的温柔，他笑着回答外婆的问题，说一路上很顺利，说他带我来是应该的。

"好孩子，"外婆仰头看着他，说话时耳垂上的坠子随着动作一摇一晃的，"跟小晚长得这么像。"

"哎呀！"她又一拍手，扬声说道，"一路上累了吧，快进屋休息。"

客厅里还是那套红木沙发，罩着外婆缝的带蕾丝的沙发套，一旁的餐桌上还有未撤下的早餐，电视没有关，播着外婆爱听的"咿咿呀呀"的戏曲，一切都没有变。

外婆闲不住，洗好水果后，又要去张罗午饭。我招呼江沨坐下，走进厨房帮她，像小时候一样，跟在她身后听从差遣，剥几头蒜、切两根葱，或是盯着锅不让汤溢出来。其实这些都是无关紧要的事，但是我喜欢帮她做，也知道外婆喜欢我围着她团团转。

我说不饿，外婆最后还是做了三菜一汤。

她不停地给我们夹菜，问我们是什么时候来的，怎么来的，路上累不累。我一一回答，她又问起我和江沨的学业。

得知江沨即将上大学，外婆感慨："读大学好啊，有出息。"

她又叮嘱我："小晚要向哥哥学习，以后也读大学。"

我用力点头，说："好。"

饭后，外婆坚持让我带江沨去房间里午睡。其实我还有很多话想跟她说，但时间还长，我以后都不走了，反倒是和江沨相处的时间寥寥无几，于是带着他到了我的房间。

我推开门，一切都是以前的样子，宽敞的红木大床放在房间中央，躺上去还能闻到被子上阳光晒过的暖暖的味道。想来一定是外婆经常给我更换，尽管她不知道我会不会回来，什么时候回来。

江沨半倚在床头，没有要睡的意思。我叫了他一声："哥。"

"嗯。"他应。

"谢谢你。"我说。

"谢什么？"他偏头看过来。

我摩挲着手下的床单，说："要是没有你，我现在还回不来。"

"没有我你也回得来。"他说。

我自言自语地讲了一些小时候的事，江沨坐在床边安静地听着。虽然没有得到他的回应，我却依然觉得很舒服、很满足，慢慢地靠着床头睡着了。

被摩托车的声音吵醒时，我坐起来，一下子意识到是外公回来了。

我飞奔出去，像小时候一样从三级台阶上直接跳下去，扑进他怀里："外公！我回来啦！"

外公好像一点儿也没变，仍是这么高大壮硕。他张开胳膊一把接住我，一只手扣在我的后脑勺儿上揉了揉，自然而然地说："怎么长这么高了？"

他不标准的普通话更不标准了。

大约是外婆提前跟外公说过，看到我身后的江汛，外公也熟稔地跟他打招呼："这是小汛吧？"

江汛跟外公差不多高，他走到台阶下，稍稍欠身鞠躬，和外公问好。外公拍拍他的肩膀，又伸出胳膊，和他完成了一个大人间的握手仪式。

晚餐前，我继续跟在外婆身后忙得团团转，外公则带着江汛在院子里乘凉。不一会儿，我又见他们从藤椅上起身，拿了铁锹，在院角的一块空地上挖起来。

"挖他藏的宝贝酒呢，"外婆向外望了一眼，对我解释道，"多少年了，都不舍得喝。"

我笑了笑，继续剥蒜。

从回家到现在，外婆都没有问过任何有关江怀生或海城的事，我也不会提。

但我尽量想让外婆知道，这些年我过得很好。我把徐妈、杨小羊的事都说给她听，说我其实还有一个妹妹，她很可爱，该读初中了，最后说江汛对我非常好。

晚餐时，外公执意要喝点儿酒。他搬出刚从土里挖出的酒坛，给自己倒了一杯，用的不是喝酒用的小盏，而是喝茶用的大玻璃杯。

我惊道："这也太多了！"

外公说："今天高兴，一定要喝。"他又掏出三个小杯子，斟满其中两杯，到第三杯时，忽然看了看我，说，"小孩儿还是喝果汁吧。"

我接过装满橙汁的杯子，不太满意，但还是举起来和他们碰杯，玻璃杯撞在一起发出"叮"的一声响。

我没喝过酒，连啤酒都没喝过，因此有些好奇地想看江汛的反应。

他看上去和往常无异，仰头把酒喝尽，眉头都没皱一下。我却仿佛感受到了液体流经喉咙，落入胃里的灼烧感，不由得跟着把果汁也喝光了。

外婆起身去厨房盛汤，外公还在跟江沨讲他年轻时在雪地里遇到过狼，被两只狼围住的故事。这个故事小时候他给我讲了无数遍。

看得出外公很喜欢江沨，江沨也很礼貌地应着他，不断和他碰杯，喝酒像喝水一样。我忽然也很想尝一下酒的味道，趁他们不注意，往杯子里倒了一个底儿。我刚要端起来喝，江沨就握住我的手腕，把杯子抽了出来，放回桌上，没说什么，继续听外公讲他的故事。

一直到深夜我们才散场，各自回了房间里。洗完澡后，我已经开始困了，把房间里的窗户开到最大，光着脚坐在床边，想借清凉的晚风吹散困意。

我不知道坐了多久，背后传来开门的声音。

江沨的身影映在窗户上，我叫他："哥，过来坐。"

他抬起头，和我通过窗户对视，然后走过来坐在我旁边。

"后来，外公的妈妈来了，那两只狼是一只母狼带着小狼，看到外公的妈妈把他护在怀里，狼就走了。"我把外公没讲完的故事补上了结尾。

我听到他问："是吗？"

"是，"我说，"他以前给我讲过好多遍。"

江沨轻轻地笑了笑，未干的头发上的水珠随着动作滚落，从下颌一路蜿蜒至锁骨，水珠起起落落。洗过澡后，他换了一件黑色背心。

"前天晚上我们还像陌生人。"我情不自禁地说，"太神奇了，你真的是我哥哥吗？你是江沨吗？"

可能是我问的话太蠢，江沨又笑了一下，反问："不然呢？"

"真怕明天醒来我还是在江怀生家。"说完，我又觉得不太妥当，毕竟那里是他的家,"我的意思是——"

"不想回去吗?"江沨打断我的话。

我点点头,又摇摇头。我既不明白他的意思,也不知道该如何回答。沉默半晌,我遵循本能小声地说:"不想和你分开。"

可能是回到了熟悉的环境,我丢掉了戒备,甚至有些忘形了。等我听到自己的声音,再缓慢地意识到说了什么时,已经来不及了。

他总是要回家的。

我晃了晃脑袋,说:"好困。"又问他,"哥,你不是来旅游吗?有什么想去的地方,我可以带你去。"

江沨说都可以,让我决定。躺下后,我向他推荐了几个景点,他说好。

但是后来太困了,我就先睡着了。

第二天清晨,我睁开眼,隐约听到大门响动的声音,想起外婆昨晚说他们今早要去集市。我很久没有睡得这么踏实了,尽管现在才不到六点,我就已经完全清醒了。

我蹑手蹑脚地下床,洗漱之后绕着客厅转了一圈,没费什么力气就找到了摩托车的钥匙——这么多年,外公藏钥匙的地方一点儿没变。

我把摩托车推出车棚时,江沨恰好从屋里出来,一副刚洗漱完的样子,额前的头发还湿着。

"哥,"我心虚地和他打招呼,"你醒了啊。"

江沨应了一声,站在原地打量着我和摩托车,问:"你去哪儿?"

我实话实说:"我想去看看我妈妈。"

江沨拨弄头发的手顿了一下。

尽管长高了,但摩托车对我来说还是有些重了,我一愣神的工夫,摩托车就要重心不稳地倒下。江沨从门厅处大步走过来,帮我扶住了车把。

"谢谢哥。"我说。

"你会骑吗?"他问我。

我不会,但是点了点头,说:"应该会吧。"

可能我的话完全没有可信度,江汛越过我,扶着车把直接抬腿跨上座位,扬了扬下巴:"去开门。"

"啊?"我愣了愣,又连忙跑过去拉开大门。

江汛半拧车把,摩托车就滑出了院子。我关好门跟上去,搭着他的肩膀跨上后座。

确认我坐好之后,江汛侧过半张脸,提醒我:"扶好。"

他换了一件白T恤,更显得肩膀平直,脊背宽阔,我却不知道手该放在哪里。犹豫间,他拧动了车把,摩托车轰鸣着冲了出去。

巨大的惯性使我条件反射地扶上了他的腰,等摩托车开出去一段路,速度逐渐平稳后,我才松开手,改为攥住他的T恤下摆。

江汛开得很快,也很稳,转眼就出了居民区,开上了快车道。

这条路很长,车流稀少,清晨的气息微凉舒适,道路两旁高耸入云的白桦树整整齐齐地从我们身侧飞掠而过。

江汛的T恤被风灌满,猎猎作响,发梢也被甩在身后。只不过他的头发很短,不像妈妈的长发,总是劈头盖脸地打在我的脸上。

那时我只好一只手搂住她的腰,另一只手把她的头发拢起来,攥在掌心里,不让它们随风乱甩。

妈妈没有频繁住院之前,常偷偷地支使我去找外公藏起来的摩托车钥匙,然后趁他们不注意,带着我骑上车,一路轰鸣到这条路尽头的湖边。

春夏时,路边有一种叫马兰菊的野花,妈妈总是摘一大捧,编成花环套在头上,漂亮极了。

"哥——"我喊了一声。

应该是风声太大，江沨没听到。我只好伸出手，绕到他的肚子上轻轻地按了一下，试图叫他。

江沨刹住车，单腿撑地停了下来。

"哥，你等我一下，"我指指路边开得热闹的野花，"我想摘点儿花。"

摘完一小捧花拿在手上，我又跨上了车。

好像江沨只是拧一下油门的工夫，那片湖就完整地出现在眼前。湖水的颜色仍是晶莹剔透的湛蓝，风一吹，湖面像是被揉皱了一般泛起涟漪。

我还没有说话，江沨就停下了车——显然，他也看见了湖边的墓碑。

我捧着一小束马兰菊，顺着湖边的墓碑一个个找过去，终于看到了妈妈，墓碑上是一张她望着镜头大笑的照片。

把花放在她面前后，我看到旁边还有一束粉色的花，花瓣有些干枯了，应该是外公昨天来过。

我靠着石碑坐下，轻轻抚摸着照片上的她的脸，叫："妈妈。"

这两个音节像是生锈一般，在嗓子里卡了一下。我停顿了一会儿，才得以顺畅地继续说："我走了这么久，你想我了吗？"

马兰菊的叶片被风吹得微微颤动，我用手拨弄它，向她道歉："妈妈，我不会编花环，对不起啊。我回去学一学，下次编给你好不好？"

我又说："你看，我长高了，上次在学校体检，医生说我还会继续长，能长得很高很高。"

她不说话，只是笑。

"妈妈，"我也尝试着对她笑一笑，"我很想你，每天都想。海城我替你看过了，也没什么好的，连雪都不下。"

太阳完全升起来了,把石碑照得温热。我靠在上面,像是被妈妈拥抱着,断断续续地和她说了很多话。

回程的路上,江沨什么都没有问,只是放慢了车速,载着我缓缓行驶在树荫下。

"哥。"驶出一段路后,我开口叫他,"我能抱着你吗?"

车速又慢了些,江沨说:"嗯。"

摩托车的后座略高,我手臂交叉环上他的腰,微微俯身贴在他的后背上。他的T恤上有被阳光晒过的味道,暖暖的,我方才忍住的泪水也随之决堤。

四年级的寒假里,有一天晚饭时间,客厅里的电话突然响了,陈阿姨和徐妈都不在,江怀生去接的电话。他挂断电话后神色凝重地走到我旁边,抬起手想摸我的头。我躲了一下,他又把手放在我的肩膀上,犹豫着说:"小晚,你妈妈……"

他还没说完,我就已经知道他要说什么,立刻把手里的勺子一丢,推开椅子跑了出去。

江怀生在院子里不停地叫我,后来可能是不耐烦了,又回到了屋子里。

我的世界终于清静了。

我躲在泳池一角的花盆后面,把自己缩成小小一团,眼泪止不住地淌。我想妈妈,想外公、外婆,想家,甚至想北方的大雪。我想和妈妈一起被埋在雪里,可是海城一片雪花也没有。

后来,我渐渐地感觉到浑身冰凉,意识都有些模糊了。迷蒙中,我感觉有一双手拨开遮挡我的枝叶,把我抱了起来。天太黑了,我看不清楚是谁,只闻到他身上暖暖的,像是春天的味道。

我把脸埋在江沨的背上,风缓缓地掠过我们。过了好一会儿,我才从悲痛的情绪中抽离出来,发觉江沨的 T 恤已经被我哭湿了大半。

我直起身,哑声说道:"哥,对不起。"

"没事,"他把车停下,转头看了看我,又问,"回去吗?"

"我想等一等再回去,"我吸了吸鼻子,"被外婆看见她该难过了。"

摩托车停在一面红砖院墙下,熄火下车后,我垂头站在墙边。可能是我在车上哭得太厉害,吓到了江沨,他走过来,安慰似的拍了拍我的背。

"我没事了,哥。"我抬起头说,"其实很多时候,我想起妈妈已经没什么感觉了。"

"只是今天不知道为什么,我突然很想很想她,"我不知道是在对江沨说,还是对自己说,"我再也没有妈妈了。"

江沨又拍了拍我,动作轻得几乎算得上是安抚了。

"哥,我好羡慕你。"我说。

江沨的动作顿了一瞬:"羡慕什么?"

"你什么都有,"我看着他说,"有爸爸,有妈妈,还有江浔。"

江沨靠在摩托车上,半仰起头,仿佛过了很久,才说:"我姥姥、姥爷去世很久了。"

他没再说下去,而是维持着那个姿势,喉结快速地上下滑动了一下。

我顿时慌乱起来,局促万分地抓住他的胳膊,想说点儿什么。但是他又恢复了平时的模样,缓缓地说:"只要你记得,她就一直陪着你。"

我不知道江沨是为了安慰我,还是因为我的话勾起了他对姥姥、姥爷的思念,这是他第一次主动说起关于他的我不知道的事。

无论是哪种可能,我都不希望他难过。

我抓紧他的胳膊微微用力,有些冲动地说道:"你愿意的话,我把我的外公、外婆分给你，这样你就什么都不缺了。"

这话实在太幼稚了，说完我又有些羞赧，低下头盯着地面。江沨却没有笑我，而是揉了揉我的头发。

我觉得这大概是成交的意思吧，或者他是在说"谢谢"。

余下的路程，我们没再骑摩托，江沨推着车，和我慢慢地并排走回了家。

刚进院门，我们就看到外公、外婆在张罗早饭。

"又偷拿我的钥匙了？"看到我们进来，外公不怎么严厉地质问，"你还带着小沨一起，也不怕摔了。"

我们都心照不宣地没有提起妈妈。

把钥匙从车上拔下来，我主动双手上交。反正我知道外公将钥匙藏在哪里。

我又说："我哥带我，摔不了。"

平时好像没见江沨骑过车，他来回学校都是坐地铁，我忍不住问他："哥，你什么时候学会骑摩托的？"

"高中毕业后。"他说。

"哦。"我点点头，心想，等我到了十八岁，应该也能学会开摩托车了。

后面几天，有时江沨会开着摩托车带我出去兜风，有时我们就坐在院子里陪外公、外婆消磨掉一天时光。

可能因为江沨提起了他的姥姥、姥爷，所以我特别观察了他和外公、外婆的相处情形。每每看到他弯下腰听外婆说话，然后再笑着回复，或是应外公的邀请一起待在工具室里，锯一地的木头，打算做一个狗窝时，我都会觉得很奇妙。

"外公，你没有狗，为什么要做狗窝？"我站在工具室门口问。

"有了窝放在门口,自然就会有狗来了,这叫愿者上钩。"外公说。

我看到江渢坐在小矮凳子上笑了。如果时间能停在这里该多好。

每天晚餐时喝酒已经是固定项目,有时是白酒,有时是外公自己酿的葡萄酒,无论喝什么,外公都用他的大茶杯,还自作主张地给江渢换了小茶杯,比酒杯要大一圈。

外婆总数落他带坏小孩儿,但是江渢从来没有喝醉过。

晚餐结束,我和江渢坐在院子里。我指了指天上,问他:"哥,你想看星星吗?"

江渢也抬头看天,星星就明晃晃地挂在那里。

"离得近一点儿看。"我解释。

工具室是一间平房,我从里面搬出一架竹梯,把它靠墙放好后先爬了上去,江渢跟在我身后。

记得小时候爬梯子,梯子摇摇晃晃的,我总是提心吊胆,现在却很轻松地就站在房顶上了。

"这样是不是更近一点儿?"我和江渢并排坐在房檐处,腿悬在半空。

凉风徐徐,我闻到了一点儿葡萄酒的甜味,说:"夏天最不缺的就是星星。"

我已经习惯江渢的寡言,他不说话我也能继续和他交流:"哥,你会看星星吗?星座什么的。"

"不会。"他回答。

"我以为你什么都会,"我说,"你还会喝酒,你不会喝醉吗?"

"还没有醉过。"他继续回答。

"那你还会吸烟,"我想到在海城时,他站在院子里抽烟的场景,好奇地问道,"你什么时候学会的?"

"毕业的时候。"

那不就是我看到的那天？我又问："就跟你会骑摩托车一样，一下子就会了吗？"

他闻言轻轻笑起来，可能是在笑我对骑摩托的执念，随口答："是吧。"

"你跟我想象中的太不一样了。"我情不自禁地感叹。

江沨偏过头看着我，问："哪里不一样？"

我也说不上来哪里不一样，只觉得他太好了，比从前那个我不能叫出口的哥哥好一百倍。"反正不一样。"我说。

不知道是星星还是院子里的灯，映在江沨的眼睛里，形成一个小小的光点。他张了张口，似乎还想接着问，但是电话铃声突兀地响起，打破了原本和谐的氛围。

他掏出手机来看了一眼屏幕，并没有避开我，坐在原地接起电话。但是我不能偷听，主动撑起身子站起来，往楼顶的另一边走去。

然而还是晚了一步，我听见江沨说"过几天就回去"。

于是我知道这段日子快要到终点了。

第二天早上，我带江沨搭车去了景点——一条我们当地有名的风情街。

虽然我没有旅过游，但是听杨小羊说，全国的景点都大同小异，因此我有些担心江沨并不喜欢这里。直到路过一家摆满玩具的小摊，我才停下，拉了拉他的T恤下摆，说："哥，你看。"

这是一个售卖玛特罗什卡娃娃的摊位，这种娃娃应该只有我们当地才有吧。我指指其中一个穿红色裙子的娃娃，说："这个好像江浔。"

娃娃的眼睛又大又圆，很像江浔小的时候。江沨看了看，也说："是有点儿像。"

我又另外挑了一个黄色短头发的和一个穿蓝裙子、扎两个麻花辫的娃娃,一起付了钱。

付过款后,店主告诉我们,可以免费拍一张游客照。我犹豫了一下,看向江汭,如果他愿意的话,我很想和他拍一张合照。

"哥,你想拍吗?"我问。

店主此时已经拿出相机了,江汭走到我旁边,说:"可以啊。"

闪光灯闪过之后,相机里缓缓吐出一张相纸,店主递过来,相纸上还带着热意。我按照她教的上下甩了甩,图像逐渐显现了。

画面有些暗,也不清晰,我和江汭并肩站着,五官都有些模糊。

尽管如此,我还是如愿拥有了我们的第一张合照。

我小心地把它放进口袋里。

傍晚回到家,外公、外婆在准备晚饭,我和江汭上楼换衣服。

我们刚上到二楼,江汭的手机又响了,他接起来,叫了一声"妈",于是我匆匆地躲进了卧室。

没过几分钟,他推门进来。我把手里装娃娃的袋子递给他:"哥,你帮我送给江浔吧,另一个给徐妈。"

还有一个,我想送给杨小羊,却不知道该怎么给她。

江汭接过袋子,放在他的背包一旁,说:"好。"

我有些怅然,尽管这几天我总有一种我们是一起长大的错觉,但是每一秒钟,我都没有忘记,江汭并不属于这里,他还要回去那个四季如春的、遥远的海城。

更令我泄气的是,这天走遍一整条街,我都不知道要送他什么好!

突然之间,我灵光一现,对江汭说:"哥,等我一下。"然后我跑到阁楼上,打开灯,看到角落的一个木箱仍在时,松了一口气。

这个箱子是外婆的嫁妆,年份久远却历久弥新,箱子里还藏着我的宝贝。

我从中翻找出一只小盒子,打开,看到了童年时期我从各处搜刮来的物件：各色的玻璃弹珠、动画卡片、小车模型，等等。拨开这些，我终于在最下层摸到了我要找的东西——一枚古铜币。

古铜币比寻常硬币要大上一圈，正面镌刻着我不认识的符号，背面则镶嵌了一枚红宝石。这枚古铜币是外公小时候在森林里捡到的，他送给我时，神秘地说："这是芭芭雅嘎送给我的护身符，保佑我平平安安，现在我把它送给你。"

"芭芭雅嘎"是他给我讲的童话故事里森林的守护者。我信以为真，整个童年都把这枚铜币视若珍宝，只是离开的时候忘记带了。

我把古铜币攥在手心里，一口气跑回房间，看到江沨不在，我又"噔噔噔"地跑下楼，冲进厨房，看到他正在帮外婆洗菜。

"哥，"我叫他，"能不能出来一下？"

他用凉水冲了冲手，跟着我走到门厅处。我伸出拳头展开，手心里躺着那枚古铜币，背面朝上，红宝石闪着光。

"哥，这个送给你，"我说，"这是……是一个护身符，祝你平平安安……你拿着留个纪念吧。"

其实我想说的是"能不能别忘了我"，或者是"以后我会回去看你的"，却怎么也说不出口。

江沨捏起那枚古铜币，刚刚冲过凉水的手指冰冰凉凉的，我忍不住蜷了蜷指尖。

"好，"江沨说，"谢谢。"

这是一句感谢的话，也像是一句告别。

我不再多想，匆匆地跑进厨房，继续帮外婆洗剩下的菜。

我抓着一把木耳，把手和它们一起放进水盆里，让水没过手背。

很快，我的手也变得冰凉，像是身体里淌过了一条河。

晚饭之后，江沨被外公叫去一起修门口的路灯，我和外婆并排坐在紫藤花架下。藤椅被我压来压去,发出"咯吱咯吱"的响声,空气里流淌着馥郁的花香,还有外婆身上淡淡的雪花膏的味道。

晚风舒适,我也十分愉悦,和外婆讲起白天的经历,事无巨细地告诉她我在景点买了礼物,还吃了冰激凌。

外婆边听边笑,等到我讲完之后,隔了好一会儿,才在晚风里缓缓开口:"小晚呀,准备什么时候跟哥哥回去?"

我愣了一下才反应过来她在说什么。

"我哥应该这几天就要走了,"我说,"但我不走啊,外婆。"

外婆长长地叹了一口气,把我的手拉进掌心不住地摩挲着,继续说道:"你哪能不跟着走呢?"

"这是我的家啊,以前只是——"我想说是江怀生不让我回来,但又及时地闭上嘴,外婆应该不想听到他的名字。

我顿了顿,重复着说:"这里是我的家,我不走。"

外婆的手枯瘦却温暖,她一直拉着我,似是回忆一般说:"你妈妈把你送走那天,我和你外公回到病房后急得要去把你找回来,她拉住我的手,说自己不孝顺,要我们白发人送黑发人,你还那么小,不能再让我们费心。"

"她长这么大,我都没有打骂过她一次,只有那天,我是真忍不住想要骂醒她。"外婆说。

我没想到外婆会跟我说这些,一时间话都堵在了嗓子里。

"照顾你哪能叫费心呢?但是她就那么躺在那里,力气却大得很,能拉住我和你外公两个人,她边流泪,边说……"外婆抬手蹭了蹭眼角,"说'江怀生再浑蛋,也是小晚的爸爸。海城是大城市啊,小晚要接受教育才能有文化,有出息'。"

"她一说,你外公就停下了。我们都知道你妈妈说得对啊,你小小一个人,哪能就被困在这里呢?你看看这城里哪儿还有年轻人?都走出去奔前程了。"

听着外婆的话,我又想起了那天,窗外是漫天的大雪,妈妈躺在窄窄的病床上摸摸我的头发,说:"小晚乖。"然后把我交给了江怀生。

我号啕大哭,当时除了恐惧,应该也有以为她不要我的难过和愤怒情绪吧。

"外婆,我不走,我要陪着你和外公,还有妈妈。"我一出声,发现自己的声音哽咽了。

"我们这里连个像模像样的高中都没有,你怎么能好好读书呢?"外婆轻声说,"小孩子不能不读书的。"

离得近了,我才看到外婆的眼睛已经混浊了。我离开太久,她已经老了。

我仍坚持要留下,外婆却说:"小沨是个好孩子,你叫他一声哥哥没有错,你跟着哥哥回去吧。"

"外婆,你也不要我了吗?"

"你这孩子说什么呢?外公、外婆又不会跑,一直在家等你呢。"

几十年来,北方凌厉的风也没能吹散外婆的一口吴侬软语。

"还有你那个爸爸啊,你不要跟他对着干。"

七年前,江怀生还是外婆嘴里的"浑蛋",如今却变成了"爸爸"。

我的外婆和妈妈一样,都是执拗、说一不二的人,我宁愿她继续骂江怀生,也不想听她为我妥协。

千言万语堵在我的嗓子里,我的眼睛被泪水泡得发胀,我一时找不出头绪,又错过了说话的机会。

外婆松开我的手,从她的布衫口袋里掏出一个对折的信封轻轻放在我手里,叹道:"你妈妈留给你的,外婆给你保存了这么久,该给你啦。"

大门突然被推开,我听到外公还有江沨的声音,低声对外婆说了一句"上楼看",就匆匆跑进了屋里。

信封的边角已经有些磨损，正面中央写了"给小晚"三个字。我坐在床边，缓缓打开信封封口，从中取出一张对折两次的信纸，展开，妈妈的字迹映入眼中。

我的宝贝，我的小晚：

　　妈妈要先说一声对不起，不知道你现在多大了，是不是已经长成大孩子了，妈妈没能看着你长大，你不怪妈妈吧？

　　如果我说我去了很远的地方，小晚一定不会相信，因为你比妈妈聪明多了，什么都骗不过小晚，对不对？

　　一个人的出生和死亡，就像是睡觉、吃饭一样，是很平常和自然的事情，你不必为此而难过。无论我在与不在，小晚都是我最爱的宝贝，这一点什么时候都不会变。

　　妈妈只有一个要求，就是你要好好读书、按时上学，不然就会像我一样，写信给你都不知道要用什么格式，太难为情啦。多读书，你的人生才能更加广阔，这一点可以答应我吗？

　　虽然设想过很多种可能，但是成长为什么样的人，选择什么职业，如何度过一生，都只需要你自己做决定，妈妈只要你开心平安就够了。

　　和小晚在一起的八年，是我生命中最有意义的日子，妈妈很幸福，也很满足，谢谢你成为我的孩子。

　　不要太想念我哦，因为小晚还有很长很长的一生，要向前走。

　　妈妈永远爱你。

这封信没有落款，也没有日期，信纸下方的空白处，只有妈妈写下的大大小小的我的名字，有一些字迹被水渍洇开了。我用指腹轻轻擦拭，许久后才意识到那是她落在信纸上的眼泪。

我的心脏像是破了一个窟窿，窗外的风毫不留情地吹进来，我突然有些怀念海城的风，至少不会总带着沙砾，刮得我连骨带肉都疼。

不敢再看第二遍，我抚平信纸，攥着它侧躺在床上，闭上眼看到了妈妈。

她站在湖边，临近落日，湖水从蓝色变成了熠熠闪光的金色，她的头发和裙摆一起被风吹得很高。像是等了我好久好久，她见到我后笑得灿烂极了，对我挥了挥手。

只是还不等我跑到她身边，她就转身走进了湖里，那么平静。我眨一眨眼，她就不见了，消失在摇曳的波光中。

"妈妈，"我呢喃着，和她告别，"再见了。"

第四章
等等我

三天之后，外公、外婆到省城的机场送我和江渢。

机场里形形色色的人都在拥抱，为重逢，也为离别。

不想让氛围变得悲伤，我和外公、外婆拥抱，说"下次放假就回来"。

"电话号码你不是记了吗？想我们你就打电话。"外婆说，"好好读书，也要像你哥哥一样考大学。等考了大学，我们去海城看你。"

我都一一应下。

这一次，外公没有再和江渢握手，而是给了他一个拥抱："好孩子，谢谢你照顾小晚。"

江渢也回抱外公和外婆，和他们道别。

再次被江渢牵着手腕穿梭在机场内，我的心境却截然不同了。

不知道外公、外婆是如何拜托江渢的，他没有问任何问题，只是像轻而易举地把我带来这里时一样，又即将轻而易举地把我带回海城。

一直到找到座位坐下，我才犹豫着开口："哥。"

"嗯？"飞机还未起飞，江渢正在低头发消息。

"哥哥。"我又叫了一遍。

或许是听出我的不安情绪，他关上手机，抬头应我："嗯。"

"你愿意带我回去吗?"我问。

这一刻,我突然意识到自己很虚伪。从确定要和江沨回海城起,到现在已经三天了,我错过无数个时机,偏偏选在飞机起飞前才问他,就算他说不愿意,我也只能跟着他走。

"不想回去吗?"江沨又问了这个问题。

我不知道。

从八岁起,我和江沨同住在一个屋檐下,至今已经七年,可我们真正相熟的日子,却好像只有这短短十天。我不确定如果就此分别,还能不能再见到他,他又会记得我多久。

我不喜欢海城,但更怕江沨会忘记我。我回答不上来,只能低下了头。

江沨也不多追问,只是在飞机起飞的轰鸣声中淡淡地说:"如果不愿意带你回去的话,我就不会来了。"

飞机运行平稳后,我才鼓起勇气转过头,发现江沨已经靠在座位上睡着了。我不禁打量起他的五官,隐约还能记起初见他时的模样,只是现在我们都长大了。

在童年到少年这样漫长的岁月里,我不止一次地偷偷注视他,从前只以为是出于对"哥哥"的好奇,直到现在,我才明白其实远不止于此。

还因为江沨沉稳、温柔、善良、出色,他拥有世间一切美好的品质,令年幼的我憧憬又崇敬,我不由自主地想向他靠拢。

他是我所有的理想。

我们抵达海城时,天已经黑透了,出租车停在了小区门口,只有一家快餐店还在营业中。

我们推门进去,店员阿姨似乎认识江沨,看看我们的背包,笑着和他打招呼,问:"刚下晚自习吗?"

几个小时前,我们还身处大陆的另一侧,江沨也不多解释,只说:"嗯。"然后把菜单推给我。

我推测他的喜好点了两份套餐后,和他坐在靠窗的位置等着。

店里循环播放着一首柔缓的英文歌,旋律悠长,歌词美得像梦,充盈在我们之间的静谧气氛里。

"哥,"我叫江沨,"这首歌你听过吗?"

他停了停,似乎刚注意到有歌声,凝神听了一会儿,点头:"听过。"

"是什么歌?"我问。

"*First of May.*"江沨回答。

"五月的第一天?"我翻译,"那应该五月份听的,我们迟到了。"

江沨笑了笑,说:"是啊。"

餐很快上齐了,我还在听歌,江沨把餐盘推过来,催促我:"吃饭,该回家睡觉了。"

"哦,好的。"我嘴上答应,却又忍不住悄悄看他。据我多年的观察,江沨吃饭的时候总是十分安静又认真,哪怕是吃陈阿姨口中的"垃圾食品",动作也可以称得上优雅。

他垂眸撕开快餐的包装纸,脸颊的线条被光照得锋利,像是出鞘的短刀,睫毛却软软地在眼下投出一片阴影。

"哥,你有酒窝。"我说。

其实我根本看不清他的下半张脸,但是我早知道他右边的嘴角下方,笑起来时会出现一个小小的酒窝。

"是吗?"江沨闻言抬起头看向我,我马上牵起嘴角,回他一个友善的笑。

他把视线从我的眼睛移到嘴角旁,陈述道:"你也有。"

我们推开院门,院子里静悄悄的,只有零星的飞虫不停地撞击灯泡，发出窸窸窣窣的声响。

意识到这个家里没有其他人，我松了一口气，紧接着，一团毛茸茸的东西猛地撞上了我的脚踝。我一惊，后退两步低头仔细去看，竟然是一只小橘猫——不知道是不是之前喂过的那只。

注意到我的动静，江汛停下脚步，转过身问我怎么了。

"猫。"我蹲下身，把小猫举给他看。

离得近了，我看清了小猫身上的花纹，这的确是我离开之前在院子里捡到的那只。我揉揉它结实许多的身躯，好奇地问道："怎么吃胖了这么多？谁喂你了吗？"

像是能听懂我说的话一样，小猫柔柔地叫起来。我有些惊喜，告诉江汛："哥，你看，这还是那天我在院子里看见的小猫。"

"长胖了，是不是徐妈喂它了？"我猜测。

江汛走近了几步，也弯下腰来看，甚至用一根手指头挠了挠它的头顶。

见他并不排斥，我问："哥，我可以收养它吗？"

想到陈阿姨有洁癖，反对家里养一切宠物，哪怕是江浔哭着请求养一只小鸭子，都不被允许，我又补充道："就让它待在我的房间里，不会乱跑的。"

江汛没说话，就在我以为他会拒绝，忍不住想再争取一下时，他开了口："随你，不过猫要先打疫苗。"

"疫苗？"我愣了愣，反应过来这是同意的意思，扬声说道，"我知道了，谢谢哥。"

"早点儿睡吧。"他转过身，单方面地结束了这次对话。

"哥——"我却猛地站起身，出于本能地想要挽留他，话还没说完，眼前一阵眩晕，脚步不受控制地趔趄了一下。我即将摔倒之际，江汛及时扶稳了我。

"慢一点儿，"他微微皱眉，又问，"怎么了？"

"哥，"我踌躇了两秒，说，"你能和我一起去给它打疫苗吗？我不知道怎么打。"

我确实不懂，但也大概知道只需要把小猫带到医院，交给医生即可。只是说不上为什么，我想邀请江渢同行。

"把它带到医院就可以了，"江渢说，"我后面很忙，没时间去。"

尽管做好了被他拒绝的准备，但听他这么说，我还是忍不住有一丝失落。我想，果然一回到海城，我们之间就多了隔阂。

"啊，好，那你先忙，"我尽量若无其事地和他说，"晚安，哥。"

回到房间，一切还是离开前的样子，我把书包里的东西一一归位，最后翻开一册课本，扉页上江渢的名字旁边是我淡淡的铅笔笔迹，写了"哥哥"两个字。

才不过十几天而已，就像拥有神笔的马良一样，我真的得到了一个哥哥。

第二天清晨，我早早地起床洗漱，然后坐在院子里和小猫玩。我摸它的脑袋，它反过来扑咬我的手指，像是在练习捕猎，不过不疼，我就任由它咬。

空气湿漉漉的，像是一切都罩着一层水汽，凉爽又舒服。

没过多久，徐妈来了。见到我，她仍旧笑盈盈的，还不待我解释这些天不告而别的原因，她就主动说起来："小晚从外公、外婆家回来啦？"

"您怎么知道？"我惊讶地起身跑到她身边。

徐妈扬手摸了摸我的头，笑着说："小渢打电话告诉我啦，他说他和你一起去。"

"哦，这样。"我点了点头。

我跟在徐妈身后走进厨房，帮她准备早饭。徐妈边清洗豆子，边问:"第一次跟哥哥出去玩,开不开心?"

水流声"哗啦哗啦"地响,我差点儿听不见自己的回答声,只是抬起头时,无意间从橱柜的玻璃上看到了自己的脸:眼尾弯着,嘴角的右下方隐约有一个酒窝。

这是我第一次看到我的酒窝,原来江枫说的是真的。

平时徐妈准备好早餐通常是七点半左右,江枫会在这之前下楼。

但这天豆浆还没有打好,他就出现在了厨房门口,背着包,像是要出门。

江枫朝厨房走来时,我正低头帮徐妈烤吐司,但还是第一时间看见了他。我总能第一时间看到他,像是有某种关乎血缘的感应,只是以前会刻意地回避,现在却不用了。

"哥,早上好。"我主动说,这是我第一次在这幢房子里喊他"哥"。

徐妈闻言看我一眼,笑得很和蔼。

"早。"江枫应了一声,对徐妈说他要出门,早午饭都不在家吃,晚上再回来。

"不吃早饭怎么行啊?"徐妈在围裙上擦了擦手。

吐司恰好烤好跳出来,我夹起一片,递给江枫:"哥,你吃完这个再走吧。"

江枫"嗯"了一声,用手接过去,另一只手抬起来在我的头发上放了一下,像是"谢谢"的意思,随后边吃边向门口走去。我目送着他的背影,直至看不见为止。

早餐之后,客厅的电话响了,我接起来,刚一出声,杨小羊清亮的声音当即响起。

"江晚?!是你吗?"杨小羊惊呼,"你到底去哪里了?我给你家打了无数个电话,你知不知道?!"

我有些愧疚,向她解释我回了外公、外婆家,走得突然,没有来得及告诉她。

杨小羊很快接受了我的道歉,大度地说道:"你没事就好,我就是担心你。"

"对了,录取通知书我帮你代领了。你今天有时间吗?我拿给你。"她又说。

我想了想,说:"今天要去给猫打疫苗,我明天找你吧。"

"什么?!你养猫了?"杨小羊再次惊呼,"你竟然会养猫!"

"算是吧,"我说,"我捡到的。"

"想象不出你养猫的样子,你自己就像一个猫。"她小声地说。

我不明白她为什么觉得我像猫,顿了顿,只纠正道:"一只猫。"

"知道啦——"杨小羊拉长声音,问我,"我可以和你一起去给猫打针吗?"

我说"好",并把地址告诉了她。

一个小时之后,我在小区门口接到了杨小羊。她背着一个形状奇怪的背包小跑过来,见到我后热情地拍我的肩膀,说:"江晚,好久没见啦,我都想你了。"

"好久不见。"我带着她走进小区。

小橘猫正在院子里晒太阳,肚皮朝上翻着。

"这是你的猫吗?"杨小羊走过去,蹲下去轻轻挠它的头,小猫舒服地打起了呼噜。

"好可爱!"她说。

我从冰箱里拿出一瓶橙汁给她,问:"你要不要进去休息一下?"

"不用。"她笑着摆手,把背包卸下来,说,"这是专门用来装猫的,我从我姐姐那里借来的。咱们还是先去打针吧,假期人一定很多。"

在医院登记资料的时候,医生问我猫的名字。

"还没有起名字,"我说,"就先叫'猫'吧。"

打完疫苗,我又给猫添置了各类用品。杨小羊背着猫,说我买的东西太多,一个人拿不完,坚持送我回家。恰好家里没有人,我可以好好招待她。

把猫安置好后,我们到客厅休息,杨小羊忽然问我:"你还会弹钢琴吗?"

我顺着她的目光望过去,餐厅和客厅之间仍放着那架醒目的钢琴。只是它一直在那里,我已经习以为常到有时候会忽略它了。

"不会,"我摇了摇头,说,"那是我哥的。"

"你……你哥?"杨小羊闻言呛了一下,咳嗽起来。我拍了拍她的背,递过去一张纸巾。

平复下来后,她追问道:"江晚,你还有哥哥啊?"

"嗯。"

"亲哥吗?"

"嗯。"

"哦,"她点点头,没有多问,只说,"有个哥哥或者姐姐还是很好的,对吧?虽然我姐总是使唤我,但是也会给我零花钱,嘿嘿。"

"对,"我认同地说道,"是很好。"

我本想留杨小羊吃晚饭,如果江沨回来的话,还可以介绍他们认识。只是傍晚时,杨小羊说她还要回去帮姐姐看店。

"下一次吧。"

"好。"我把在集市上买的娃娃送给她。

杨小羊看上去很喜欢这个娃娃,一直把它抱在怀里,对我说了很多句"谢谢",说她会好好保存的,然后蹦蹦跳跳地走了。

送走杨小羊后,我把小猫抱进了房间里。它好奇地绕着屋子转,湿漉漉的鼻子嗅来嗅去,最后像是判定环境安全了,安静地趴在地毯上不动了。我看了它一会儿,拿出江沨的高中课本,也趴在地毯上开始预习。

江沨从小学到高中的课本,无一例外都非常整洁,且笔记齐全。他的字迹像他的人一样遒劲而自如,他写的字我能一字不漏地背下来,因此拿他的课本学习,我总是事半功倍。

我看得入神,没注意到猫什么时候凑过来舔我的手指,又把指尖含在嘴里轻轻地咬了咬。

"好吃吗?"我忍不住问。

"喵。"它回答。

如同过去的所有假期,江沨又恢复了忙碌的状态,早出晚归,甚至连饭也不在家里吃了。

在外婆家一起度过的日子像是误入了桃花源,我再想回去却已经不复得路。

我仍旧每天早早地起床,只为能在江沨出门时跟他说一句"哥,早上好"。

"早。"

江沨听到声音,脚步一顿,转头才看见站在房间门口的我。他走过来,又看见我怀里的小猫,问:"打过针了?"

"打过了。"我回答。

后面的每一天早晨,如心照不宣一般,江沨离开家之前,都会等我跟他说"哥,早上好",他也说"早",然后背着满满的书包出门。我一直不知道他是去干什么,却也没有问过。

傍晚,徐妈做完晚饭会回自己家。她已经不在江怀生家住了。

等她离开之后,我就坐在餐桌边等。但江沨回来得实在是太晚了,饭都凉了。

"怎么这么晚才吃饭?"他看了一眼腕表。

"等你。"我说。

"不是说了不用等我?我吃过了。"他说着,还是拉开凳子坐下了。

之后的日子,每到傍晚,晚霞正浓郁时,江泖都会提前回家,和我一起吃晚饭。

除了每天固定地跟江泖见上两面,我开始整日和猫待在一起。

它时常在睡觉,偶尔清醒的时候会缠着我玩,我总是在看书,然后分出一小部分精力逗它玩。

从江泖的只言片语里,我拼凑出陈阿姨和江浔暑假结束才会回来的消息,于是白天这幢房子里只剩下我和小猫。

这个暑假漫长得像没有尽头。

八月上旬的某一天,又下起了小雨,雨丝细而密,却不至于淋湿人。江泖早上出门时没有撑伞,我提醒他傍晚雨会变大,递给他一把伞,他接过去出了门。

上午,我正预习数学课本时,房间的门被敲响了。

通常只有徐妈会来找我,偶尔江浔也会跑来敲门,可是这天她们都不在。

拉开门,还没看清来人,我就先听到了一声"弟弟"。我记得这个声音的主人是江泖的同学——陆周瑜。

"你找我哥吗?"我说,"他不在家。"

"不找他,我找你。"他正说着,小猫从我的脚边蹿了出去,熟稔地去咬他的裤脚,嗓子里还发出"呼噜呼噜"的声音。

在我的精心照料下,小猫强壮了不少。我必须两只手才能抱住它,陆周瑜却能单手轻易地把它托在掌心里,掂量了一下,评价道:"长大了。"

无视猫的叛变,我微微仰头看向陆周瑜。他应该和江渢差不多高,头发被淋得有些湿了。

雨势渐大,出于礼貌我应该请他到房间里来,但我还是出于本能地对陌生人保持警惕。

"找我干什么?"我问。

"不请我进去坐坐吗,小晚?"他自来熟地问。

见我仍是抗拒,陆周瑜轻轻叹了一口气,又举了举手里的猫:"看在你不在的时候,我还帮你喂过它的分上。"

我怔了怔:"什么时候?"

"什么时候?我想想啊……"陆周瑜笑起来,"差不多是你哥带你出去玩的那几天吧。"

手一松,我就把他放进房间里了。

怪不得小猫很亲近他,进了房间也一直围着他转。

"是我哥让你来喂猫的吗?"我想了想,问道。

"我来找他,他人不在,只看见猫了,"陆周瑜说,"我问他这是他养的猫吗?他说不是,但是让我闲的话就来喂一下。原来是你养的啊。"

"是我的,"我说,"谢谢。"

"客气什么,我也喜欢小动物,"停了几秒,他又忽然说,"或者你也可以叫我一声'哥',我一直挺想有个弟弟的。"

"还是谢谢你吧。"我不太高明地婉拒道,"以后我也可以帮你的忙。"

不知道是哪一句话引得他又笑起来,他笑了好一会儿才停下来。

"这是你说的,我来找你确实是有事想让你帮忙。"他换上了一副诚挚的表情,语气也变得正经了很多,"我想邀请你去画室里当模特,可以吗?"

"模特?"我确认道。

"模特，"他重复着说，向我解释道，"就是你坐在那里，大家画你。"

这是我闻所未闻的职业，一时之间，我有些反应不过来，难以把这份工作和自己联系起来："为什么找我？"

"当然是因为你长得好看，我的画室里的模特可不是什么人都能当的。"陆周瑜神秘地说，"而且我会付你薪水的，怎么样，考虑一下吧？"

是他帮忙喂猫在先，于情于理，我都该帮他的忙，但是——

"是每天都要去吗？"我有些为难地问。我并不太在意模特具体要做什么，只是不想错过每天和江沨一起吃饭的机会。

或许是看出了我的顾虑，陆周瑜了然地说道："放心，我已经跟你哥报备过了，你尽管来吧。"

他又补充道："他练拳的拳馆就在画室楼下，你下班了还可以和他一起回家。"

"好。"我几乎立刻就答应了。

就这样，我拥有了人生中第一份"正式工作"，尽管只是做模特，但用陆周瑜的话说，也算是"艺术工作者"了。

画室名叫"一"，内部的装潢和名字一样简约，没有过多装饰。我的工作也很简单，我只需要坐在模特台上，按要求摆出一些动作即可。

画室里总是安静的，只有铅笔摩擦纸面的"沙沙"声。在画室老师的允许下，我工作时可以带上课本，不耽误预习功课。

江沨的课本上的笔记很详细，我看得投入，被十多个人围着看也不觉得不自在。

更何况这间画室里的人都十分友善，明明我来这里工作挣钱，他们反倒要对我说"谢谢"和"辛苦了"。我只好回答"不用谢"。

如果当天的工作结束还有人没有画完的话，我会主动多留一会儿，反正也不着急回家。只有周日除外——周日下午，江沨会到这里来打拳。

画室在二楼，一楼是一间拳馆，我从天井往下望，能看到拳馆的玻璃窗，以及窗里的人。

江汛涉猎的运动有很多，不知道他是什么时候开始练习拳击的。反正据我观察，他的动作利落又漂亮，也许他练了有一段时间了。

说不上为什么，我并不想让他知道我在看他打拳，因此每周日下午，我都是趴在天井的栏杆上旁观。

有时陆周瑜也来。他看上去同样无所事事，有一搭没一搭地和我聊天。

"看这么认真，"他突然问我，"你也想学？"

我摇头："不想。"

他像是笑了一下："我也觉得拳击不适合你，太暴力了，不如你来学画画？"

我继续摇头："还是不了。"

"为什么？"他追问。

"我没有艺术细胞。"我实话实说。

"谁说的？"他的语调微微上扬，安静片刻，他又说，"那你还是好好学习吧，努力考大学。"

"嗯，"我收回目光，转头看了看他，"你跟我哥考的一所大学吗？"

"当然不是，"他说，"我又不想留在这里。"

"那你去哪里？"我问。

陆周瑜报出一个北方城市的名字，我听说过，那里有很出名的美术学院。

"哦。"我点了点头。

"不跟我说再见吗？"他笑着问，"我就要走了。"

"再见。"我说。

十多分钟后，江汛的对打结束了，他解下了拳套，把对手从地上拉起来。

陆周瑜拍拍我的肩膀,说:"去找你哥哥吧,画室要锁门了。"

我又和他说了一次"再见",跑下了楼。

我还没推开拳馆的门,江汛先看到我了,他打拳的衣服还没有换,脖子上挂着一条白毛巾,头发半湿。他抬起胳膊,朝我招了招手。

我"噔噔噔"地跑进去,叫:"哥。"

"结束了?"他问我。

早就结束了,但我说:"刚刚结束。"

他还要洗澡,赶在他开口前,我说:"我等你一起回家吧,哥。"

看了看我,江汛"嗯"了一声,没有拒绝。

傍晚,我们一前一后地走出拳馆。夕阳沉沉,把影子拉成细长的两条。我们到家的时候,天彻底黑了,暑假也结束了。

在画室老师的邀请下,我延续了"模特"的这份工作,开学后只要每周末去一次就可以了。

升入高中后,我终于迎来了姗姗来迟的生长期,骨骼迅速延展,以至小腿时常抽筋。每当这时,我会有经验地支起膝盖,把指甲掐进小腿肚里,用疼痛缓过一阵酸麻感,然后继续看书。

读高中远没有想象中那么轻松,课业压力之下,我开始住校,一个月甚至更久才回家一次。每一次回去见到徐妈,她都惊呼我又长高了,同时面露心疼之色,说我太瘦,一定要监督我吃下两碗饭才满意。

通过一整年的努力,我的成绩基本能保持在年级前列,但我仍不敢松懈,因为目标遥远——我想和江汛考同一所学校。

就像当初向江怀生点头确认我要上三年级一样,我想离江汛更近一点儿,因为他是哥哥,是榜样,是我的理想。

哪怕江汛对此毫不知情,冥冥之中,他也已经引领我走过了很长一段路。我清晰无比地认识到，我资质平平，只有不断拼命地努力，才能勉强跟上他的脚步。

高二刚开学，学校便召开了家长会，同时下发了分科意向和目标院校的调查表。徐妈家里有事，不能来开会，班主任让我把表带回家。

"这是人生中的第一个重要选择，你和家长商量好了再填。"她说。

但是自始至终，我都有且只有一个选择，不需要任何人参谋。我填好表后把它塞进了课桌，和杨小羊一起到教室门口接待参会的家长。

走廊里十分拥挤，我正给一位阿姨指路，手腕倏地被握住了。杨小羊不住地来回晃动胳膊，也牵动我的胳膊跟着晃，压低声音说道："江晚，你快看楼梯口！快看！"

"什么？"我顺着她的话抬头，看到江沨正走过来。

他在熙攘的人群中显得格外年轻而挺拔，我一眼就看到了他。

杨小羊还握着我的胳膊，话语间难掩激动之意："看见了吗？太帅了吧！这是谁的家长啊？！"

江沨抬眼望过来，距离我上次见到他好像又隔了很久。

我盯着他越来越近的身影，说："我的。"

尽管我的骨骼日夜不停地生长，甚至我时常担心长得太快，骨头会不会冲破皮肉，但江沨走到面前时，我还是沮丧地发现，看他时仍需要高高地仰起头。

不过这点儿失落情绪马上就被巨大的喜悦覆盖了，不留痕迹。

"哥，"我叫他，"你怎么来了？"

江沨的视线落在我被杨小羊拉着的手腕上，只停了一瞬，他又抬头说："你不是要开家长会？"

"啊？"我怔了怔，接连问道，"你怎么知道，徐妈告诉你的吗？哥你今天不上课啊？"

可能是我问得又多又急，连杨小羊都转过头诧异地看了我一眼。江沨却依次答了："嗯，徐妈说的，今天没有课。"

"哦。"我点点头。察觉到杨小羊还攥着我，我向她介绍："他是我哥哥。哥，这是我的同桌。"

杨小羊平时开朗又外向，此刻却有些拘谨似的微微鞠了个躬："哥哥好。"

"你好。"江沨说。

"哥……"太久没见到江沨，我还想再和他说几句话，班主任却走了过来，家长会要开始了。

我只好给江沨指了位置，目送他走进去坐下。

等到班主任走进教室，又关上了门，杨小羊才松开手，上下甩了甩，深呼吸一口气："江晚，这个就是你那个会弹钢琴的哥哥吗？"

"嗯。"我说。

"天，你们家的基因也太强大了，你和你哥哥好像啊！"她边说边拍胸口，"幸好不是我姐来开家长会，不然她一定就只盯着你哥，不听老师讲话了。"

"是吗。"我摸了一下自己的脸。

我们扒在后门的玻璃上朝教室里张望，被班主任扫视一眼，又齐齐蹲了下去，躲起来笑。

因为开家长会，我们意外多出半天的休息时间，杨小羊跟姐姐约了一起去看电影，也邀请了我。我拒绝了，说留下等江沨。

她走后，走廊上只剩下我一个人。我背靠在栏杆上，边听楼下篮球场上的欢呼声，边近乎吹毛求疵地回想成绩单上的分数——应该还算不错吧。

从小到大，我的家长会都是徐妈到场，但无论是刚转学来时成绩垫底，还是后来名列前茅，她都只是和蔼地笑笑，然后摸着我的头说"学习辛苦了"，再问"晚上想吃点儿什么"。

我不曾有过这样的体验——急切地等待家长看到成绩单后的反应。这份迟来且陌生的经历，令我有些惴惴不安又有些激动。

但是慌乱接踵而至，那张意向调查表被我堂而皇之地放在了课桌里，江汛只要稍一低头就能看到，看到我不自量力地把他当作目标。

时间变得难挨起来。班主任是语文老师，平均一句话要引经据典三次，讲到最后，黄昏和晚风一起徐徐而至，其他班里的人都已经走空了，我们班教室的大门才被打开。

家长们围在讲台前，我费力地绕过他们，走向窗口的位置，心里祈祷江汛没有看到那张表，就算看到，也不会对一个高中生无聊又狂妄的理想感兴趣。

然而越过攒动的人头，我看到他安静地垂首坐在桌前，那张四分之一 A4 纸大小的意向表正被捏在他的指间。窗外，火烧云正烈烈地燃烧着。

"哥，"我忐忑地叫了他一声，小声提议，"我们走吧？"

江汛终于从那张纸上移开了视线。

"嗯。"他把手上的那张纸对折了一下，随手放回了原位，然后站起来，示意我收拾书包。

从教学楼到校门口这条路只有两百米，我和江汛一前一后地走着。他走在我前面，穿着最普通的棉质 T 恤，却也足够瞩目。我则被书包压得直不起腰，穿着有些小的、袖口被蹭脏的校服，习惯性地跟在他身后。

我正慢吞吞地走着，江汛突然停下，侧过半张脸对我说："跟上。"

剩下的一百五十米我就跟他并排走了。

我问他:"哥,你回家吗?"

"不回。"江沨说。

这周我本来打算住校,以为江沨要回家才收拾了书包,我说:"我也不回,我送你吧,哥。"

到了校门口,我搜肠刮肚地想和他再多说几句话。此刻正是放学和下班的高峰期,校门口水泄不通,汽车的尾灯连成一条绵延红河,汽笛声此起彼伏,仿佛战争前的号角。

与此同时,江沨的手机突然响了,他拿出来看了一眼,说:"我接个电话。"

"啊,好,"我点头,"我在这儿等你。"

江沨握着手机走到离马路稍远的树下接听电话,我站在原地等着,却听到有人叫我。

"小晚!"

我循声望过去,叫我的是一个穿白T恤的陌生男子,看上去和江沨差不多大,个子也高,脸上挂着灿烂的笑容。

他快步走过来和我打招呼,脑后半扎的一小撮头发露了出来,我才认出他是画室里新来的人。

"还真是你,"他说,"刚放学吗?"

我"嗯"了一声,但记不起他的名字,只能说:"你好。"

"这么正式,"他又笑起来,自来熟地问,"上周末怎么没去画室?我可是等了你一天。"

"有开学考试。"我实话实说。

"考试啊,你读几年级?"

"高二。"

他突然弯了点儿腰,看着我说:"怎么总感觉你有点儿眼熟呢?"

我下意识地后退,却撞上了什么,脚步趔趄之际,肩膀被人扶住了，是江汎。

"哥，"我转头，"你打完电话啦？"

"嗯。"江汎应了一声。

"这么巧，"和我打招呼的男生看到江汎，露出恍然大悟的神情，"原来他是你弟弟，难怪眼熟。"

江汎却似乎并不认识他："你是？"

"啊，还没有自我介绍。"他笑了笑，说，"我叫夏炎，也在'海大'读书，之前在活动上见过你。"

夏炎说完，又看向我，"我和你哥哥在一个学校，别再忘了啊。"

"哦，"我看了看江汎，"你们是同学吗？"

"准确来说是校友，"夏炎回答，"我在设计学院，他在法学院。"

江汎对他点了一下头，说："你好。"然后不等我反应，径直拉过我的书包，说："我们先走了。"

夏炎似乎是说了"再见"，我没有回复，因为脑子里一直在回想他说的"法学院"。

我慌张地想，江汎读的不是经济学院吗？

久久找不到合适的时机开口，我既焦急又恍惚，被江汎提着书包带像拎鸡崽一样带出了拥挤的校门口。

他侧过脸问我："吃饭了吗？"

我摇头。

"晚上有晚自习？"他又问。

"没有，"我继续摇头，"但是我打算回寝室订正错题。"

江汎看一眼时间，做了决定。

"吃个饭吧。"他说。

我当然不会拒绝。

路旁大多是快餐店，这个时间挤满了人。江汎比我更熟悉这里，又走出一小段路,他推开了一间装潢不错的西餐厅的门。

这里说是西餐厅,但翻开菜单,看到诸如番茄鸡蛋意大利面这样的菜式,我还是有些错愕,手停了停。

"不喜欢吃?"江沨注意到我的动作问。

"不是,"我又向后翻了一页,"哥,你以前上学常来这里吗?"

"偶尔。"他说。

"哦,那你点吧,"我顺势把菜单推给他,"我要和你一样的。"

他接过菜单,没有再翻看,直接点了两份牛排套餐。

等餐的间隙,我们没有再说话,江沨低头在手机上敲敲打打,似乎很忙,我则一直在想他竟然是在"法学院"这件事。

平心而论,这家店的东西味道很好,只是我心里装着事情,机械地进食,面包塞了满嘴,吞咽困难。

江沨推给我一杯冰橙汁,说:"吃不下就别吃了。"

天色逐渐暗下来,江沨还要回学校,但看起来并不着急走,于是我也不主动提,捧着玻璃杯把手搭在杯壁上一下一下地敲着。

我记不清敲了多少下,我们同时开口。

"你——"

"哥——"

我立刻停下,江沨却没有继续说下去,而是问我:"怎么了?"

"哥,"顿了顿,我故作轻松地问,"你考的不是经济学院吗?"

他语气平常地说:"转专业了。"

我有些着急,顾不得更多了,又问:"为什么啊?"

停顿了一会儿,他回答:"不为什么。"

江沨说得轻描淡写,但即使是我,也听说过"海大"课业繁重,转专业绝不轻松。更何况法学是文科专业,而他一直读的是理科。

我突然想起江沨高中毕业的那个暑假,他总是背着书包早出晚归,或许那时，他就已经在为转专业做准备了。

他端起玻璃杯喝了一口水，杯壁上液化的水珠顺着指尖滴落。他捻了捻指腹，问我："我看了你的志愿表，'海大'是不错，不过为什么想考经济学院？"

我错开他的目光，说："不为什么，随便写的，现在不想了。"

江渢平静地点头，问："准备考法学院？"

"不可以吗？"我说，"我的文科成绩更好，考法学院应该会容易一点儿。"

在安静片刻后，江渢第一次正式地叫我的大名："江晚。"

他说："你对什么感兴趣、学什么、以后做什么，这些你想过吗？"

他此时简直称得上谆谆教诲了，我却答不上来，感到万分难堪。尽管在徐妈的照顾下，我从不缺衣少食，但内心杂草遍布，不曾被打理过。

小时候，我无数次想过做一些极端的事让江怀生得到报应，哪怕伤敌一千自损八百，我也不在乎。但我始终没有付诸行动，因为我怕走错一步，就跟不上江渢的脚步了。

江渢淡淡地扫视桌面上两个相同的餐盘，继续说："菜能点一样的，不好吃就不吃了，但其他的不可以随便选。"

"没有不好吃。"我小声反驳，却仿佛被他的目光洞悉一切，想要逃避。

我握了握拳，站起来说："我……我的宿舍要关门了。你不是也要回学校吗，哥？"

我们并排走回了学校门口，犹豫片刻，我还是说："哥，谢谢你来给我开家长会。"

"嗯，"他的声音仍然平静，"成绩不错，老师表扬你了。"

"啊？"从孩童时期就缺席的一句家长的认可终于到来了，我却有些不知所措，低头搓了搓书包带，"谢谢哥。"

"你考得好，谢我干什么？"江沨轻轻地笑了笑，招手拦下对面的出租车，又说，"回去吧，好好想一想再做决定。"

"好，"我郑重地答应他，又问，"如果我暂时想不明白，哥，你能等我吗？"

江沨什么也没问，只是在拉开车门之前说："好。"

高中的学习生活依旧紧张，杨小羊却常常忙里偷闲，趁晚自习睡一小会儿，再睡眼蒙眬地抬起头，担忧地说："江晚，你休息一下吧，这样会累病的。"

我说"不用"，帮她把她的数学卷子上的空题补全，把卷子放在了桌角。

如果不是那场七十年一遇的暴雨，我可能会维持这样紧绷的状态直到高考结束。

元旦来临之际，全世界人民都在准备迎接新年时，海城的电视频道却持续播报着灾害新闻，暴雨引起洪涝，海水上涨，桥梁坍塌，经济损失重大，伤亡人数日益增长。

城市上空的乌云厚得像是什么都穿不透，只有雨水不间断地向下泼洒。

但当时住校的我们，并没有身处灾害中的危机感，只是觉得这雨未免下得太久了。

雨势稍小的一天中午，学校提前放了假，叮嘱我们尽快回家。我到家的当晚，雨下得更大了。

回家看到新闻时，我才隐约地意识到事情的严重性。关好门窗，我坐在地毯上，抱起猫。它被雷声吓得颤抖，我一下一下地抚摸着它背上的毛，试图安抚它，到最后我的腿都被枕麻了。

我想躺下休息一会儿，却发现床被洇湿了，雨水正不断地沿着墙缝渗进来，天花板上也有大块的水痕，水珠挂在上面摇摇欲坠。

我把猫小心地放在地上，试图把床从滴水的区域移开，猫却不安极了，一直绕在我的脚边"喵喵"地叫着。

床太重了，我搬不动，最终我筋疲力尽地坐回地毯上，盘算着如何度过这一晚。

门就是这个时候被打开的。

一开始我以为是风太大，吹断了门锁，一抬头却看到江渢站在门口。

"哥？"我不确定地叫了一声，发现真的是他，连忙走过去，"你快进来。"

江渢没打伞，头发和上衣几乎全湿了。

我递给他一条浴巾，他盖在头上来回擦了两下，又把它拿下来，潮湿的头发翘起了几根。

他看了一眼被洇湿的墙，果断地说："这里不能睡了，走吧。"

这间屋子确实没办法睡了，雨太大了，我甚至怀疑屋顶会被全部洇湿，然后掉下来。我低头看了看猫，问："哥，我能把猫一起带走吗？"

猫仿佛听懂了我的话，从地毯上站起来绕着我和江渢的脚蹭。

江渢也看了它一眼，说："带吧。"

把猫装进包里后，我找出了一把伞，和江渢一起穿过院子。泳池里的水几乎已经漫出来了，我忍不住多看了一眼。

江渢推开门，客厅里有陌生的交谈声传来。我察觉到今晚这个家里还有其他人，脚步踟蹰，停在了门口。

江渢收起伞，把它放在伞架上，拉着我一起走进去，好似是要直接上楼。我悄悄松了一口气。

但是一个突兀的声音叫住了他。

"江渢哥哥！"是江雷雷，那个小时候在院子里大喊大叫的小胖子，是陈阿姨的妹妹的孩子。这么多年了,听见他的声音我还是觉得刺耳。

随着这一声喊叫,客厅沙发上的人一齐看了过来,有江浔、陈阿姨、江雷雷和他的父母,江怀生不在。

江浔看到我,对我招了招手,用口型说"晚晚",我也对她笑了笑。

陈阿姨迅速走过来,蹙着眉问江汛:"下雨怎么还出去乱跑?外面多危险——"她把目光移到我身上时,顿了一下,没再说下去。

江汛没有回答她的问题,而是说:"小晚的房间漏雨,不能睡了。"

电视里还在播着新闻,海城大部分地区遭遇特大暴雨袭击,降雨量超过140毫米,多条高速公路封路,被烧毁的电路正在抢修。

"那小晚先睡徐妈的房间,她这几天都不来住,"陈阿姨安排好我,又对江汛说,"雨太大了,路上不安全,小姨他们今天在家里住,雷雷和你睡吧。"

尽管幻想过能被江汛领进他的房间,但陈阿姨安排得合理,我点了点头,说:"谢谢阿姨。"

猫在背包里不安地动来动去,担心被她发现,我道过谢,准备去徐妈的房间。

江汛却说:"小晚跟我睡。"

听他这么说,陈阿姨的神情变得有些错愕,她张了张嘴想说什么。

"我跟江汛哥哥一起睡!"江雷雷跑过来大叫道。

他比江浔还小,我没必要跟一个小孩子较劲,却控制不住地、偏执地想,江汛是我的哥哥,我跟他更亲。

"你还想跟哥哥睡?你自己睡吧,把哥挤下床怎么办?"江浔说。

我听到这话有点儿想笑,但是陈阿姨还站在面前,我只好压下笑意。

江汛却不怎么在意地笑了笑,拍了拍江雷雷的头,没再等陈阿姨开口,跟大家打过招呼后就领着我上楼了。

他走在前面,看上去比我高了那么多,我不禁想起第一次来到这里的时候,也是江汎带我上楼,只不过现在我们都长大了。

"哥哥。"我叫他。

"嗯。"江汎应了一声。

他推开房间门的一刹那,我仿佛又回到了八岁那年。

记忆中他的房间很大,床是靠墙放的,窗下是和我一样的白色书桌以及书架。

房间正中央是一块圆形地毯,我们坐在上面一起拼过一座城堡。

当时城堡只拼到了一半,我就离开了他的房间,之后再也没有进去过。

我一直认为那座他说要送给我当生日礼物的城堡被送给了江雷雷,可它现在完完整整地出现在我眼前,在江汎书架的第二层,城堡外还套了一层透明的玻璃罩。

我难以置信,连呼吸都情不自禁地放缓了。

江汎没察觉到我的异状。

"坐吧。"他说着打开了衣柜拿衣服,又走进了卫生间,"我先去洗澡。"

他的T恤全湿了,布料紧紧地覆在背上,能看得到凸出的肩胛骨。

我说"好",坐在地毯上,刚一拉开背包,猫就飞快地钻了出去,藏到了床底。但我无暇去管,像是着迷一样朝着书架走过去。

江汎的书架很大,被塞得满满当当的,唯有第二层空了出来,只放着那座城堡。

站在书架前,我刚好和它平视。可能是因为有玻璃罩,它看起来就像是崭新的。

我早已不是只会抱着膝盖躲起来偷偷哭的小孩儿,可一看见这座城堡，屋外的雨仿佛全落进了我的身体里，胸口胀胀地发酸。

敲门声打断了我的思绪，我深呼吸一口气，走过去开门，是江浔。

她穿着一套印有小兔子图案的睡衣，看到我，眼睛弯了起来："晚晚。"

"哥哥在洗澡吗？"她走进来坐在地毯上，我也坐在一旁。

"嗯。"

"你是不是带了猫上来？"江浔问，"我刚刚看到啦。"

"是的，"我指了指江汛的床，"但是它躲起来了。"

江浔弓下腰，趴在地毯上，对着床下"喵喵"地叫了几声，猫就露出了头，然后试探性地走过来嗅了嗅，把两只前爪搭在江浔的腿上。

"我喂过它，它还认得我。"江浔高兴起来，把它放在腿上一下一下地抚摩。猫也慢慢地团成了一团，眯起了眼打着哈欠。

"它很重，一会儿压得你腿麻了。"我提醒她。

"哈哈，哥哥嫌弃你胖了。"江浔轻轻地点了点猫的鼻子，猫也用爪子回应她。

和猫玩了一会儿，江浔才小声问我："我今天晚上可以把它抱到我的房间吗？"

"不会被发现的。"她又补充。

"可以。"我说。

"耶！太好了！"江浔欢呼，"我终于能暂时拥有猫了。"

我突然想起八岁的时候，江汛坐在这张地毯上，告诉我哥哥要让着妹妹。

任谁有江浔这样可爱的妹妹，都会对她很好吧。我甚至忍不住想摸摸她的头，但最终还是没有伸手，只叮嘱她要小心猫的爪子，不要被抓伤了。

"晚晚，你真好。"江浔说，"江雷雷还在楼下发脾气呢，真幼稚。"

"他每次来都想跟哥一起睡,哥才不跟他睡呢。"江浔皱了皱鼻子,"哥哥不喜欢跟别人一起睡,去上学都是自己住在外面,我只去过一次。"

江浔把猫抱起来,说:"我回去啦,晚晚,晚安。"

我把她送出门,也说"晚安"。

江浔走后不久,浴室的水声停下了,江汛走了出来。他换了睡衣,头发上盖着一条黑色毛巾,一边擦,一边走到衣柜前,翻出两件干净的衣服抛给我,说:"去洗澡吧。"

我洗完出来,看到江汛正靠在窗前向外打量,窗户被他拉开了两指宽的缝隙,外面的雷电声都挤进了屋子里。

他看到我,关上窗问:"怎么不吹头发?"

"你也没有吹。"我说。

"我的头发短。"他说。

我用毛巾在头上胡乱蹭了蹭,说:"我的也不长。"

似乎是被我的话逗笑了,江汛走过来,手掌隔着毛巾在我的头上压了压,去取来了吹风机。

他的头发的确不长,很快吹好后,他把带着余温的机器递给我:"吹吧。"

"哦。"我接过吹风机,对着镜子吹头发。

江汛却没有走,站在一旁,像是在监督我。

"哥,"我从镜子里看他,叫了他一声。不过风筒的噪声太大,我不确定他有没有听见。

直到头发被吹干,江汛才问:"怎么了?"

"那个《哈利·波特》的城堡怎么会在这儿?"他不是送给江雷雷了吗?

"一直都在这儿。"江汛说。

隔了好一会儿,我又问:"你以前说,它是送给我的生日礼物,还算数吗?"

"算数。"

"那——"我吞咽了一下口水,"明天是我的生日,你能把它重新送给我吗?"

江沨不太明显地笑了笑,说:"本来就是你的。"又说,"生日快乐。"

"明天才是生日,"我抬起头看着他,"你能不能明天再跟我说一遍?"

"好。"

"那我过生日能许愿吗?"

"许吧。"

"你能帮我实现愿望吗?"

或许是我是寿星的缘故,无论我说什么他都一口应下:"许吧。"

他答应得干脆,我却一时想不出要许什么愿,生怕浪费这珍贵的机会。想了想,我问:"现在好像也没什么愿望,哥,这个愿望可以寄存吗?"

江沨又笑了,说:"那就寄存吧,以后再许。"

江沨这天意外地好说话,竟令我一时忘了要问他的问题。一直到睡前,看到他从柜子里又抱出一床被子时,我才想起来什么,说:"哥,你洗澡的时候江浔来了,把猫也带走了。"

他"嗯"了一声,把枕头摆放好。

"江浔说你不喜欢和其他人一起住,"我停了停,问,"哥,是真的吗?"

江沨继续铺床,回答:"是。"

"哦,那我——"我看了看地上的地毯,"我睡地上吧。"

江沨停下了动作看着我。

我不明白他的意思,又补充:"这个地毯挺大的,也很软。等雨停了,我就搬回去。"

江沨没有说话,大概是默许了,但当我准备把被子抱到地毯上时,被他拦下了。

"你是其他人吗?"他问我。

我愣了一瞬,忽然间福至心灵,摇了摇头:"我是你弟弟。"

把被子铺好,他说:"睡吧。"

坐上床,看到书架上那个已经属于我的城堡模型,我不知怎么就想到了八岁那年,我躲在花盆后面听江雷雷大声喊江沨"哥哥"时的绝望心情。

我长大了,不该说太幼稚的话,但还是忍不住。

"你是我一个人的哥哥。"我说,想了想,又补充上,"还有江浔。"

"但我只有你一个哥哥。"

我的脸一定红了,或许不只是脸,全身都热红了。

这么幼稚的话竟然真的被我说出来了,我攥着被角,有些难为情地低了低头。我等啊等,江沨却没有笑我,只是叫了一声"小晚"。

我抬头,他跟我对视片刻,说:"脸怎么这么红?"

我用手背贴了贴脸,温度是有一点儿高,说:"没事。"

江沨伸出手,把手背贴到我的额头上停了几秒,说:"你发烧了。"

"没有吧……哥,可能是我太热了,一会儿就好了。"我说,"你快睡吧。"

江沨收回手,拍拍我的胳膊,语气简直称得上温柔了,说出的话却不容反驳:"躺好不要乱动,我去拿温度计。"

头一挨上枕头,我后知后觉地感到全身酸软,头脑昏沉,连呼出的气都是滚烫的,忍不住闭上了眼,等江沨回来。

几步路的工夫,我却睡着了。再醒过来时,他已经给我测好了温度,正在读数。

"哥,多少摄氏度?"我问。

"38.3 摄氏度。"他收起体温计,"我去拿药,你躺好,先不要睡。"

感冒来势汹汹,我强撑着眼皮胡乱点头,但他一离开,我又马上睡着了。

不知道过了多久,一只带着凉意的手穿过脖颈,把我托起来,往我背后塞了一只枕头。

"小晚,醒一醒。"江沨摇了摇我的肩膀,"待会儿再睡,先把药吃了。"

人生病的时候总是脆弱的,明明只差一天就十七岁了,我却仿佛变成了一个小孩儿,半靠在床头张嘴吃药,又喝了一整杯水。

重新躺下后,不知道是药见效了,还是窗外的雨声太响,我竟然不困了。

关了灯,江沨躺下时,我对他说:"谢谢哥。"

黑暗里,江沨又探了探我的额头。

"比刚刚好受多了。"我主动说。

"睡觉吧。"他收回手,转身背对着我。

我本来还有很多问题想问的——

"哥你今天怎么这么好?"

"以后也可以这样吗?"

"那个城堡为什么一直留着,专门留给我的吗?"

但当我听到江沨均匀的呼吸声时,一切好像都无关紧要了。

海城会不会下雪呢?

这是我睡前的最后一个念头。

第五章
十七岁

第二天醒来时,我撑起身子环顾房间,江渢不在。

我洗漱完,前一晚的症状一扫而空,只是脚步还有些轻飘飘的。我拉开窗,窗外天仍阴沉着,云层很低,不过雨停了。

我忍不住把手伸出去试了试温度,这时门被打开了,江渢走过来问我:"生病还吹风?"

他身上的凉意比窗外的更甚。

"哥,"我又关上窗,说,"我已经好了,现在一点儿也不难受。"

他"嗯"了一声,但还是看着我测了温度,确认我的温度真的降了后叫我下楼吃早餐。

雨停了,江雷雷一家要回家去,陈阿姨在送他们。大门敞着,我看到泳池的水位已经退了下去,而我那间屋子屋顶也并没有被暴雨冲塌。

电视新闻还在播报,我犹豫着是不是应该主动搬回去,情不自禁地去看江渢时,和他的目光对上。

"你的房间的墙体我找了人来修,"江渢说,"这几天你先和我住。"

我咬着筷头,停了停,说:"好。"

江浔坐在一旁剥鸡蛋,闻言侧过头问我:"晚晚,那这几天小猫可以和我住吗?"

"可以。"我说，但不知怎么，说完又下意识地看向江浔。江浔也看过去，好像这一刻，他就是我们的大家长。

被两个人望着，江汍似乎是觉得无奈又好笑，轻轻地叹了一口气，放下筷子，只叮嘱江浔不要忘了写作业。他这是同意的意思了。

江浔欢呼一声，把蛋黄放在手里用纸巾仔细包好，跑上楼喂猫。到楼梯前，她还不忘把头探出来，告诉我："晚晚，你想它了就来我的房间，我们一起玩。"

吃过早餐，我收拾了书包，回到江汍的房间里准备写作业。

推开门，我却闻见了若有似无的烟味。江汍倚在窗前背对着我，但有烟雾从窗口飘出去，风一吹就散了。

他在抽烟。

听到门响，他转头看见我，抬手就要把烟头碾灭。

"哥，别。"我忙说。

江汍的指尖一顿，烟头堪堪停住了。

我走过去问："哥，我能试试吗？"

"不能。"江汍直截了当地拒绝。

"为什么？"我不死心地说，"我已经长大了。"

"多大？"

"今天就十七岁了。"

"知道了，"江汍摁灭烟头，抬手在我的头发上揉了揉，"离长大还差一点儿。"

"生日快乐。"他说。

明明只是一句简单的祝福语，我却仿佛从中听出了郑重的意味，霎时间眼眶发热。

"这么大了，还哭。"江汍笑着说，语气难得温柔。

"没哭。"我说。

为了掩饰,我把书包卸下来,抽出几本练习册,说:"我先写作业。"

"写吧。"他把书桌让给我,自己坐在地毯上看书。

我又问:"有不会的可以问你吗,哥?"

江沨抬了抬头:"我也不会。"

"你会。"我笃定地说,用手指了指书桌上方陈列的奖杯和奖状,分门别类被摆得很整齐,一看就是出自徐妈之手。她也喜欢把我的奖状一一贴在墙上,似乎很为我骄傲,不过我的奖状数量和种类远不及江沨获得的这些。

我一眼扫视过去,这面墙上除常规的校内奖项外,还有不少诸如钢琴、拳击那样的赛事大奖。

江沨比我大了三岁,我们错开了整个青春期,我不知道的关于他的事有太多了,可仅仅窥见的一角,我也能看出他有多么意气风发。

翻开手中的课本,扉页上是江沨的名字,从来到海城开始上学,我就一直用他的书,模仿他的笔迹,读他读过的课文,做他做过的题。早在我们还不熟悉时,江沨就已经在教导我、引领我了。

他说:"不会的先想一想,想不明白的话再问。"

"谢谢哥。"我一下子雀跃起来。

其实学校的作业对我来说难度并不大,迅速完成后,我又额外做了两套模拟题,然后把数学卷子的最后一道大题拿给江沨看解题步骤。

"算出来的答案不对,"我说,"但是不知道哪里出错了。"

他从我手中拿过笔,看了看题干,在一旁重新写下一串公式,让我再算一遍,这一次我果然得出了正确答案。

把卷子收好,我问:"哥,你在看什么?"

江沨把书页合上,给我展示封面,是一本讲法律条文的书。

他阅读的速度很快,我坐在一旁,一页的三分之一还没看完,他就已经翻过去了。

不知道是不是发现我在偷看，江渢翻页的速度逐渐放慢了，在我完整读完一整页后，他问我："看得懂吗？"

我摇摇头，坦白地说："看得有一点儿困。"

我趴在地毯上开始背诵古诗词，江渢仍坐在一旁看那本像砖头一样厚的书。空气中流淌着雨后特有的泥土的味道，竟然给我一种春天到来了的错觉。

我还是第一次这么期待海城的春天，春天一到，离高考也不远了。

我不禁走神，开始幻想起大学的生活，那时就可以彻底远离这座有江怀生的房子，和江渢一样住在校外。如果他愿意的话，我们可以做邻居，或者像现在这样，住在一个屋檐下，各做各的事，互不打扰，又共享同一片雨后的静谧空间。

不记得是背到哪篇古文时，我睡着了，混沌间，头下面被塞进来一个枕头，身体又被盖上了被子。

我短暂地睡了一觉，却做了一个很长很长的梦。

梦里，从我有记忆开始，江渢就是我的哥哥了。我们住在一起，我不会走路时，他背我，我学会走路后就一直跟在他身后。

江渢有同龄的玩伴，出去玩不愿意带我一起，但是我被人欺负了，他又会马上站出来，个子高高地挡在我面前，说他是我哥哥。

梦里的场景总是错乱的，有时是在海城的江怀生的院子里，有时又是在外婆家的紫藤花架下面，在湖边，但是我们一直在一起。

再后来，江浔也来了，她也叫我"哥哥"。我第一次被叫"哥哥"，竟然有些不知所措，小心地答应了一声，就醒了。

睡醒时，我看到江渢的那本法律书已经读了一半。我坐起来，看见被压皱的课本，有些羞赧地说道："不小心睡着了。"

江沨停下翻页的手，说："午饭后再吃一次药。"

睡得脸有些热，我点点头答应了下来。

我又拿起课本看了一会儿，不知道是睡太多的缘故，还是其他什么原因，我难以集中注意力，读一小段课文跑神数次，最终放弃了，靠在床脚把书摊在腿上，头向后仰。

明知道不该打扰江沨，我还是忍不住说："哥，你看了这么久，不累吗？"

"还好。"江沨微微垂首，肩膀平直，后颈有一块凸出的骨节，看上去很是锋利。

直到读完那一页，他才抬头看向我："作业写完了？"

"写完了，"我回答，想到他对江浔的严格要求，又补充，"你可以检查。"

"不用了，"他笑了笑，把书页折起一角，放在旁边，"相信你。"

我把我的梦说给江沨听，说完了，长长地呼出一口气，感慨道："如果这是真的就好了。"

我以为江沨不会回应，他却认真地听了，然后"嗯"了一声，像是认同我说的话似的。

午饭后，回到房间，门被小声敲响，江浔抱着猫来了。

才一天不到，猫就和江浔迅速地熟悉了，依偎着她，喉咙里发出"呼噜呼噜"的声音。我去摸它的脑袋，反倒被猫爪轻轻地挠了挠，不疼。

"不可以挠人，"江浔低下头教育它，"你不认识哥哥了？"

她的意思或许是说我是猫的哥哥，但我听后，内心还是被撑得胀胀的。

猫被教育后又来讨好我，用小脑袋蹭我的掌心，又去蹭江浔的。江沨就坐在旁边看书，偶尔看一眼我们。

刹那间，我觉得我的梦好像已经实现了，在我十七岁的这一年。

江沨似乎对此次的降雨灾害格外关注，听新闻播报受灾人数时的脸色很不好看，甚至还打电话给一位在电视台实习的同学，了解最新的灾情进展。

挂了电话后，他皱着眉头望了望窗外。我认识江沨这么久，他好像对一切都游刃有余，难得露出这样不安的神情。

"怎么了，哥？"我问。

他却说："没事。"

我猜测他或许是在担心江怀生，因为自下雨，江怀生就没有回来过，只是匆匆打过一通电话，之后便杳无音讯。

如果江沨是担心江怀生的话，我也很能理解，毕竟他是江沨的爸爸。

新闻中的被困与失踪人数不断增加，陈阿姨关了电视看向窗外。我也望向窗外，有一瞬间，我甚至隐隐希望江怀生能平安回来，好让这个家能安稳地运行下去。

傍晚时，江沨被陈阿姨叫下了楼，我写完第三套模拟卷时，他仍然没有回来。

我忍不住跑到窗前看，冬天天黑得早，窗外已经鸦黑一片。

可能江沨是在楼下被什么人绊住了脚，临近元旦，往年会有许多江怀生的合作伙伴前来问候，陈阿姨总让江沨陪在江怀生身旁"长见识"，因此我不敢贸然下楼，徘徊在门口听门外的动静。

但一切静悄悄的。

我犹豫着要不要到楼梯上听一听，却又不想推开这扇门，好像走出去就再也回不来似的。

我正踌躇间，门把手突然转动了一下，门从外面被推开了。

我一惊，抬头看去，声音比意识更先一步："哥。"

他只是下了趟楼，整个人却看起来风尘仆仆，发丝凌乱，有几绺潮湿地搭在额前，身上有淡淡的烟味混着雨水的味道。

"哥，你去……"问到一半，我看见他手里拎着一只蛋糕盒。

白色的正方体纸盒镶着藏蓝色的边，侧面印有烫金的英文花体字，是路口那家甜品店的名字。纸盒被银色丝带横平竖直地裹了起来，顶端系成了一朵蝴蝶结，坠在江沨的指间。

我的后半句话被硬生生地卡在嗓子里，但是江沨听懂了，他把蛋糕盒递给我，另一只手拨了拨头发，回道："店里做得慢了点儿。"

"谢谢哥。"我轻声说，又问，"外面又下雨了吗？"

"小雨，"江沨抽出一条干毛巾，往浴室走去，"你先吃吧，我洗个澡。"

"我等你。"我连忙说。

等浴室的门关上后，我才小心翼翼地把蛋糕放在地毯中央，捏起蝴蝶结的一角，轻轻一拽，丝带就散开了。

盒子里是一个粉色的圆形蛋糕，正面画着一只凯蒂猫，瞪着两颗圆溜溜的眼睛。

我和它相互看着，直到江沨擦着头发出来。看到蛋糕时，他神情微讶，解释道："店员让我选动物图案，我选的猫。"

似乎误会我不喜欢粉色，江沨看了一眼时间，说："还可以再去买一个。"

"不用，哥，"我拽住他的衣角，认真地说，"我就喜欢这个。"

在我的请求下，江沨帮我点上了蜡烛，摇曳的烛光把他潮湿的发梢都染上了亮金色。

点完最后一根蜡烛，他直起身，示意我吹蜡烛。

"吹之前是不是还要许愿啊？"我问。

"许吧。"

"但是我昨天已经许了。"我说,尽管那是一个寄存的愿望。

"可以再许一个。"

"哦。"我闭上眼睛虔诚地想,希望哥哥不要再被雨淋湿了,永远平平安安。

我已经很多年没有许过生日愿望了,全部积攒在一起,能换这个愿望实现吗?

吹灭蜡烛之后,我忍不住问:"哥,你为什么对我这么好啊?"

"好吗?"他问。

"好,"我一时语塞,干巴巴地举例,"你给我买蛋糕,还教我写作业。"

江沨的好远不是这些事例能概括的,我又重复道:"反正就是好。"

他像是笑了,蜡烛熄灭了,我看不清他的表情,只听见他说:"我是你哥。"

"永远都是吗?"我问。

他反问:"不然呢?"

人和人之间的关系,就像隔着一层又一层的纱,不经意间突破一层,眼前的人就清晰一分。

我还记得在遥远的大陆另一边,灯坏掉的酒店楼梯间里,我攥住江沨的衣角第一次叫他"哥",黑暗中分明有一层纱悄然脱落了,我和他从陌生人变成了一对兄弟。

时隔这么久,厚厚的纱越落越少,我好像在这一晚,才真正明白"哥哥"的含义。它不仅是一个亲属关系的称谓,更表明了我们之间无可替代的关系。

于是我学会了自然而然地向江沨提要求,例如监督他少抽烟、给我讲题、成年后教我骑摩托车,江沨也都一一答应了下来。

元旦的前一晚，我从网上下载了一套新的数学模拟题，按时做完后，让江沨帮我批改。

"这么厉害。"他扬眉，在卷头处写下一个漂亮的"150"分。

"是不是可以和你读一所大学了，哥？"我问。

江沨笑了笑："想好要考这个了？"

"想好了。"我郑重地点头。

"那要继续保持。"他把卷子递给我，又捏了一把我的肩膀，像在给我打气。

简单的一句话，却是给我的巨大鼓励。

"哥，你记得等我啊，等我考上大学，我们还可以同校一年。"

江沨还是像之前一样，说："好。"

元旦当天，也是假期的最后一天，缠绵在海城上空的乌云终于散了，天还是一片青灰色，却足够让所有人松一口气。

洗漱完，我站在窗台边向下望，院子里植物的枝叶都被雨打掉了，光秃秃。那些都是平时徐妈精心照料的，不知道春天来时会不会重新发芽。

我正想着，听到车子的引擎声由远及近，车子最终停在院门外。我的心重重一跳，随即我听到院门发出一声"咯吱"的声响。

江怀生回来了。

江怀生的外形很迷惑人。

八岁时，我第一次在电视上见到江怀生时他就是这副模样——头发梳得一丝不苟，油亮地被拢在额头后面，外出一定会穿全套西服，领口和皮鞋都一尘不染。

连被陈阿姨撞破的那一晚，他也是气急败坏多过狼狈不堪。因此见到江怀生此刻落拓的模样，我不禁多看了两眼。

这次回来，他照旧拎了包装精美的礼物摆在餐桌上，头发却垂下了两三绺，眼眶发青，西装外套搭在背后的椅子上，白色衬衫上褶皱横生。

早饭时，气氛异常安静，只有餐具碰撞的声音。

不知道是饭不合口味，还是心情不好，江怀生只吃了几口就重重地放下了筷子，环视餐桌一周，问："小浔呢？"

"还没有起床，"陈阿姨说，"放假了，让她多睡一会儿。"

她坐在江怀生左侧，双手捧着豆浆杯，好像在暖手。

我忽然意识到这天怪异的不只江怀生，还有陈阿姨。

按照以往，江怀生只要回来，她在吃饭时一定会问很多问题，诸如在家待多久、公司怎么样、什么时候走等，还会夸奖江讽又拿了奖、江浔长高了，边说边给江怀生夹菜。

但是这天，从江怀生进门起，她都没有主动说过话，碗筷也没怎么动，一杯豆浆喝了很久。

不知道江讽是否发觉了，我悄悄偏头看过去。他神色如常，还把放得稍远的鸡蛋拿给我一颗。

"谢谢哥。"我小声说，没有让陈阿姨听到。

一餐饭总算吃完，江怀生放下了筷子率先准备离开时，陈阿姨叫住了他，又对江讽说："你们先上楼吧。"

江讽听完后没有动，犹豫了一瞬。我说"我吃好了"，起身走出了餐厅。

进到楼梯间时，我隐约听到陈阿姨在问江怀生问题，似乎是关于暴雨的。

我分神去听，没注意脚下，踩空了一级台阶，膝盖撞在台阶上，连忙攥住扶手才不至于摔下去。

我缓缓地坐在楼梯上，揉了揉腿，感觉到疼，掀开裤腿看，发现膝盖磕破了皮，隐隐渗出一点儿血。

"怎么了？"江沨不知道什么时候也上楼了，站在比我矮一些的台阶上。

"没事，"我放下裤腿，"不小心摔了一下。"

"站得起来吗？"他拾级而上，朝我伸出手。

"可以，"我拉着扶手，借力起身，向他身后看过去，"哥，我没事，你去忙——"

话音未落，陈阿姨的声音乍然响起："你是不是疯了？！"

她歇斯底里地质问江怀生，又好像哭了起来，江怀生却不耐烦地说道："你懂什么？我是为了谁，还不是为了这个家？"

明明离餐厅还有一段距离，但他们的每一句话，都清晰无比地回荡在楼梯间。

江沨站在台阶上，一动不动。他应该也在听吧。

不知道为什么，我直觉他此时是难过的，想拉他一起回房间。我刚叫了一声"哥"，他却转身下楼了，沉声叮嘱我："你上楼等我。"

餐厅又安静了下去，我在原地站了一会儿，沿着楼梯边悄悄走下去看。

江沨正挡在陈阿姨身前。不知不觉间，他已经比江怀生高了很多，像一头狮子钳住猎物般双手按住江怀生高举的手腕，表情凝重得骇人。

我看见他嘴唇牵动，说："出去。"

僵持几秒后，江怀生突然松了力气，垮下肩膀，胳膊掉下来垂在身侧。他拎起西装外套，边穿边朝外走。推开门前，他照旧竖起脖子整了整领带，不过背影较之前佝偻了不少。

门一开一合，随后引擎声响起，江怀生走了。

陈阿姨跌坐在椅子中，望着大门。片刻后，她起身对江沨说："没事了，我上楼休息一下，你去忙吧。"

"我扶你上去。"江讽说。

脚步声渐渐近了,我轻手轻脚地爬上楼躲了起来,看江讽带着陈阿姨走进卧室。

一直到江讽回到房间里,我都没有想好该说什么。理智告诉我不该插手他们的家事,最好装作无事发生,但看到江讽过于淡然的神情,我仿佛感受到了他的难过情绪。

"哥,"我轻轻叫他一声,"你没事吧?"

"没事,"他简单地说,却在看到我后眉头皱了起来,指了指我的腿,"流血了,没感觉吗?"

膝盖的伤口处血已经渗出来了,染红了一小块布料,我摇摇头,说:"不疼。"

江讽又出去了,拿了药箱回来,让我坐在地毯上,把我的裤脚卷至膝盖,清洁血渍、消毒、上药。他动作熟练,但自始至终都没有说话。

包扎好之后,我说:"谢谢哥。"

他"嗯"了一声,只说:"伤口注意点儿,别沾水。"

他太冷静,一点儿情绪都不肯外露,我不知道该怎么安慰他。突然后悔吹蜡烛时许的愿望太少,除了希望江讽能平平安安,我还想让他一直开心。

但是生日已经过去了,我只能小声说:"哥,不要难过了。"

如果我和江讽是从小一起长大的就好了,这样我就能知道他的所有喜好,在他不开心的时候,给他买他喜欢吃的东西,带他去游戏厅或者公园,哪怕是讲一讲小时候的趣事,也好过现在——我手足无措地站在一旁,反倒要江讽来安慰我。

他拍拍我的肩膀,说"好",又问:"作业写完了吗?晚上不是要回学校?"

"写完了,"我说,"哥,我明天再回去吧。"

江枫没有问我原因，或许是看出我尽力地想要陪伴他，手在我的头上按了按，笑着说："还逃课啊。"

　　"只是今天晚自习不去，我在家写卷子，不耽误明天上课。"我请求道，"可以吗，哥？"

　　江枫没有再拒绝，只是问我需不需要请假。

　　"要。"我点了点头，看他捞过床头的手机，按了几下放在耳边。

　　不知道他什么时候存了我的班主任的电话号码，电话接通之后，他向老师问好，又说是我哥哥，说我身体不舒服，今晚请假不回学校。

　　班主任似乎在电话里交代了什么，江枫一一点头应下，就像一位真正的家长，最后他说："谢谢老师。"

　　他挂了电话，我也说："谢谢哥哥。"

　　晚饭后，我如约坐在桌前写卷子，突然看到了窗外飘落的晶莹碎片。下雪了！

　　我有些难以置信，毕竟自来到海城已经九年了，这里从来没有下过一场雪。

　　推开窗，我把手伸出去，感受雪片落在掌心的温度，凉凉的，是真的雪。我把头也探出去，向上望，雪花洋洋洒洒地落下，被月光照得轻盈而剔透，就像是一场梦。

　　"哥，"我忙把头缩回房间，转头叫江枫，"下雪了！"

　　把窗户开到最大，我们趴在窗边，月亮远远地悬在天上，雪花亮得像星星，却全部落了下来，离我们这么近。

　　我继续伸手去接雪花，"星星"刚落入手心就融化了。

　　"明天早上会有积雪吗？"我问。

　　江枫把手肘撑在窗台上，上半身微微探出去，看了一会儿，说："可能会。"

"哥，你见过大雪吗？"我问他，"很大、很厚，可以堆雪人的那种。"

"小时候见过。"

"原来海城也会下大雪啊。"

"不是在海城。"

"那是在哪儿？"

他报出了一个陌生国家的名字，我只在地理课本上看到过。

"好远。"我说。

江沨"嗯"了一声，把空调打开，暖风"呼呼"地灌满了屋子。

雪渐渐小了，我关上窗坐回桌前，心里清楚这些零星的雪粒积不起厚实的雪，而且海城的低温只是暂时的，太阳一出来又会变成温暖的模样。

我还在想江沨说的那个靠近北极圈的国家冬天时雪一定下得很大，连人都能埋起来，但实在是太远了，远到我觉得永远没有机会和他去看一次。

不过——

"哥，下个冬天我们可以再去我家，那里雪也很大，我带你堆雪人。"我说。

江沨笑了笑："好啊。"

我也忍不住跟着笑起来，透过窗户，仿佛看到雪落满了大地。

今年的元旦和春节挨得很近，整座城市张灯结彩、喜气洋洋，一扫暴雨灾害留下的阴影。

寒假前最后一周，晚自习前，杨小羊借走了我的数学试卷。看到最后的大题部分，她"咦"了一声，问我："这是谁写的啊？字好好看。"

我看过去，原本空着的答题区已经被写满了演算过程，这笔迹我再熟悉不过。

"我哥写的。"我说。

返校前,我趴在餐桌上写卷子,被最后一题难住,原本想找江沨解答,但他一直在写论文,我就没有打扰他,收拾好书包后回学校了,不知道江沨是什么时候帮我写上去的。

解题过程他写得很详尽,我拿过来看了看,又给杨小羊讲了一遍。她低头在试卷上边写边说:"江晚,你哥哥好厉害啊。"

"嗯。"我附和道。

"他是'海大'的吗?"杨小羊问。

我说"是",她接着问:"那你——"

与此同时,班主任推门进来,班级里霎时安静下去,杨小羊转过头,没有再继续问。

晚自习时,杨小羊一直在偷偷玩手机,手指在按键上按得飞快。班主任从讲台上下来巡视时,我轻轻地咳嗽了一声提醒她,她面不改色地把手机塞进课本,拿起卷子盖在上面,有模有样地问:"江晚,这一题你再教教我吧?"

她指着江沨解出来的那道题目,看着我。

我忽然有些想笑,但班主任还没有走,于是忍住了,又给她讲了一遍,前面座位的同学也转过头来听。

下课铃响起时,我也刚好讲完,杨小羊目送班主任离开后,拍了拍我,笑眯眯地说:"谢了,好同桌。"

"没事。"

"哦,对了!"她又把手机拿出来,明目张胆地放在桌上,示意我看。

屏幕上是聊天软件的页面,杨小羊和一个叫"圆圆"的女生约好在寒假见面。

"江晚,你想不想一起去玩?"像是怕我拒绝似的,她又补充,"也有男生,赵宇也去。"

想了一下,我才记起"圆圆"和"赵宇"是初中时坐在我和杨小羊前面的同学。

"去吧,"杨小羊说,"他们都很想你。"

我有些讶异。初中时,我和他们的交集不多,仅限于偶尔的小组活动,毕业后就失去了联系。如果不是杨小羊提起,我大概永远也不会想起这两位同学。

或许是有些愧疚,我鬼使神差地答应了下来:"不过寒假我要回外婆家,不知道来不来得及。"

假期只有十天,江泖帮我订了第二天回家的机票,我待在海城的时间只有一天。

"嗐,小问题,"杨小羊笑着说,"那我们就这周放学之后约!"

假期前的时光总是特别难熬。

杨小羊从小学三年级起就时常在我耳边说这句话,一直到如今的高中三年级。

总算挨到最后一节课下课,她松了一口气,把藏在书里的手机抽出来看,急匆匆地说道:"江晚,咱们快走,他们已经出发了。"

"去哪里?"我边问,边掏出藏在书包里的手机,准备跟江泖报备一下。

杨小羊说了一个店名,我没有听清楚:"什么?"

这时电话接通了,江泖那边很安静,嗓音低低的:"放学了?"

"放学了,哥。"我说,"我跟同学一起聚会,晚点儿再回家。"

"好。"他咳嗽了一声。

"哥,你生病了?"我连忙问。

"没有,刚刚讲完报告。"停顿了一秒,他又问,"去哪儿?"

"我问问。"我把听筒拿远一些,又问了杨小羊一遍。

"江晚,你小小年纪怎么耳背了?"杨小羊没有注意到我在打电话,扬了扬声音,大声报出店名,又说,"好像是个酒吧,太好了,我还没有去过酒吧!"

我顿时心虚起来,捂住了听筒。

注意到我的动作,杨小羊用口型问:你在打电话啊?

我点头:"我哥。"

杨小羊直接捂住了嘴巴,像是做错了事,满眼歉意。

"没事。"我说,又拿起电话,只把店名报给了江渢,没有说酒吧的事。

他似乎也没有听到杨小羊的话,简单地说:"好,别玩太晚。"

挂断电话后,杨小羊对我竖了竖大拇指。

我和她收拾好书包,走出学校大门后,她打开导航,搜索店铺的位置时,才发觉那间店不是酒吧,而是一家风格粗犷的咖啡厅。

我对欺瞒江渢的愧疚感瞬间散去了大半,招手拦车,杨小羊却大失所望。

"什么啊,"她脚步沉重,"聚会竟然选在咖啡厅里?!"

咖啡厅的位置离学校不远,就在我曾经当模特的那间画室附近。

按照导航找到那间咖啡厅后,我和杨小羊站在门前,被缭乱的门牌的灯光照得睁不开眼。

杨小羊嘟囔道:"是在这儿吗?看着真不靠谱。"

我推开门,钢琴声倾泻而出。咖啡厅内部倒是不像门外的招牌那样张扬,甚至有些过于安静了,卡座之间都被茂密的绿植隔断,客人之间互不打扰。

灯光偏冷,像是暗暗地铺下了一层薄冰似的,时间的流动仿佛都变慢了,空气里流淌着淡淡的甜味,有点儿像外公酿的葡萄酒。

"这也太——"显然,这和杨小羊想象中的咖啡厅不同,她停顿了一下,似乎找不到合适的形容词,没有再说下去,只是四处打量。

过道曲折,只能容一人通过,我和杨小羊一前一后地走着寻找座位,勉强辨认墙上的指示牌。路过途中的一处卡座时,我似乎看到了一张熟悉的面孔,但是灯光太暗了,卡座又被植物遮蔽着,一眨眼我就又看不到了。

没过多久,我和杨小羊总算找到了预约的座位,看到另外两位同学也已经到了。

入座后,和他们简单地打过招呼,杨小羊开始和他们热络地聊起天,我插不上话,就坐在一旁听。

点单时,我没有选咖啡,只点了一杯果汁。杨小羊对聚会地点不在酒吧仍然抱憾,扬言等毕业后,一定要去一次真正的酒吧,丁圆圆和赵宇纷纷附和。杨小羊又看向我,像是在问我的回答。

没有过多犹豫,我点头应下,说:"好。"

杨小羊笑起来,眼睛亮亮的,和平时有些不一样。过了好一会儿,我才意识到她这天没有扎头发,发尾搭在肩膀上,嘴唇也泛着有些鲜艳的红。

"真的吗,江晚?"杨小羊确认道,"下次你还愿意和我们出来玩?"

"嗯。"我说。

我们不可避免地聊到高考的话题,杨小羊仰靠在沙发上,伸了伸胳膊,问我:"江晚,你准备考哪个大学啊?"

"'海大'。"

"哦,你哥哥读的那所。"她点点头,又问另外两个人。

丁圆圆和赵宇说:"想去北方。"又问,"小羊,你呢?"

"不知道呢,"杨小羊笑了笑,"看看能考成什么样吧。"

"你和江晚这么有缘分,一直做同桌,"丁圆圆说,"还跟他考一所大学吗?"

"'海大'很难考的,"杨小羊扎了一块西瓜,扔进嘴里嚼,"我得努努力呀。"

手机响了一声,以为是江沨催我回家,我掏出来看,却只是一条系统消息。

已经晚上九点四十了,我不确定江沨定义的"玩得太晚"具体指几点钟,只是想如果他问我什么时候回,那我马上就离开这里。

杨小羊又和丁圆圆聊起其他同学,很多名字对我来说都是陌生的。果汁滴到手上,我起身准备去洗掉,刚走出卡座,突然听到了争吵声。

"你还准备跑是不是?"

"别跟着我!"

不知道是不是错觉,两个年轻的声音我都觉得熟悉,下意识地循声望过去,竟然看到了陆周瑜。

自从他去北方读大学后,我们就没有再见过。他好像喝醉了,走路时身子摇摇晃晃的,竭力想要摆脱身后的人。

一开始,我以为陆周瑜喝醉酒后和那人发生了争执。我快步走过去,想帮他一把时,发现他身后的人并没有拉扯他,更像是在扶他的胳膊,防止他摔倒。只是那人比他瘦削几分,搀扶的动作十分吃力。

走近后看清彼此,我睁大了眼反复确认,和陆周瑜在一起的人竟然是夏炎,怪不得我听到两个人的声音都觉得耳熟。

陆周瑜没认出我,只专心想摆脱夏炎,挣开他的手,语气平淡地说道:"说了别跟过来,我就去趟厕所。"

我本来也要去厕所,却因为这变故忘了动作,站在原地。夏炎懒散地靠在墙上看向我,和我打招呼:"好巧啊,又碰到你了。"

我也说:"你好。"

他走过来,丝毫不见尴尬的样子,也没有跟我解释他和陆周瑜之间的事,只问:"还记得我吗?"

"记得,夏炎。"

家长会结束之后,我和江溆在校门口遇到过他,还是他无意间告诉了我江溆转专业的事。他比江溆低一届,不知道是怎么和陆周瑜认识的。

我没有再想,只是回头看了一眼陆周瑜离开的方向,不确定地问:"他没事吧?"

夏炎却像是没听懂一般,反问我:"谁?"

"陆周瑜。"

"原来他还真叫周瑜啊,"夏炎眯起眼睛,笑了笑,"你认识他?"

"他是我哥的同学,"我生出些警惕之心,"你们不认识吗?"

"认识,放心吧,"他说着转身,手朝后挥了挥,"我们认识好多年了。"

他又叮嘱我:"快回家啊。"很快,他的背影消失在了转角处。

我的思绪有些混乱,我不自觉地捻了捻手指,果汁已经干了,黏黏的。我到洗手池边洗了手,正烘干时,手机铃声响了,是江溆打来的电话。

我接起来,听到他问:"现在几点了?"

"不知道。"我愣愣地摇头。

"十点了,"江溆说,"该回家了。"

"哦,好。"我应着,突然听到手机里传来一段钢琴曲,曲调悠扬,"哥,你在弹琴吗?"

"没有。"江溆说。

我把手机拿远了一些,琴声依旧,和咖啡厅的背景音乐重合在一起。我忽然意识到,江溆不是在弹琴,而是也在这间咖啡厅里,来接我回家。

晚上十点钟的马路上依旧水泄不通。

道路两旁的灯光从车窗淌进来，流过江汛的脸。他睡着了，风把他的头发吹得起起落落的。

车轻轻一刹，我抬眼，在后视镜里和江汛的眼神相接。他不知道什么时候醒了，神情丝毫不见睡意。

"哥。"

"嗯。"他的声音也和往常没区别，我有些拿不准，他刚刚究竟睡着了吗？

车停在杨小羊家的路口，巷子窄，开不进去。我摇醒她，跟江汛说："哥，我送她进去。"

"不用，不用，谢谢你们送我回来，哥哥再见。"杨小羊拼命摇头，推门下车，但是还像是没睡醒似的，左手攥着我的校服衣摆。我顺势跟她一起下去了。

"江晚，你干吗下车？"杨小羊满眼迷茫之色，一低头，发觉自己还拉着我的衣角，被烫了一般猛地松开手，"对不起，我……我……"

"没事。"我说。

她的校服外套不知所终，可能是落在店里了，夜晚的风很凉，我把外套脱下来递给了她。

"不用，你穿吧，我不冷。"杨小羊不接，双手交叠地搓了搓胳膊，声音少了往常的清亮，反应也慢了一拍，"江晚，其实我也想考'海大'，如果考上的话，我们——"

她停了停，说："哎呀，算了，考完再说吧。"

又一阵风掠过来，我把校服披在她的肩上，说："快回家吧，很晚了。"

"好，"她抬头看着我笑，眼角弯弯的，"再见，江晚，新年快乐！"

巷子既窄又长，我站在巷口，确认杨小羊回到家了才转身准备回车上。

江沨不知道什么时候下的车，正倚在车边，望着巷子深处。

"她到家了。"我指指其中一幢亮灯的建筑。

江沨"嗯"了一声，拉开后座车门："上车。"

直到下车，我才问出了一直想问的问题："哥，你为什么来接我啊？"

我常听杨小羊抱怨她妈妈和姐姐对她过分关心，例如考试成绩、回家时间，甚至三餐的搭配都要管。或许是因为从未拥有过，我对此竟然有些向往。

但江沨说："顺路。"

"哦。"我点点头，抱紧被风吹得麻木的胳膊，内心隐隐地失落起来。

走进小区，我忍不住打了个喷嚏，抽了抽鼻子。江沨停下来，似乎是叹了一口气，脱下外套，不由分说地盖在我的头上。

我什么也看不见，想要拿下外套时，又听见他说："穿好。"

他拎起我的手腕套进袖子里，外套被反方向穿在身上，挡住了正面吹来的风。

握了握带着余温的袖口，我说："谢谢哥。"

忽然间福至心灵，我想到放学后给江沨打电话报备时，他分明是在学校刚刚做完报告。从他的学校回家他根本不路过咖啡厅。

"哥，"我又叫他，推测道，"你是不是听见杨小羊说我们去酒吧，所以才来啊？"

他笑了笑，眉头舒展，像是默认了。

"那里是咖啡厅，不是酒吧，是她搞错了。"我解释。

"知道了。"江沨说。

夜晚静悄悄的，回家的路上只有我们两个人。趁着夜色的遮掩，我鼓起勇气确认："哥，你是担心我喝醉了，准备接我回家吗？"

"你会喝酒吗?"他反问我。

我实话实说:"不会。"

他轻轻笑了笑,这一话题就戛然而止了,我心中小小的失落也消失不见了。

回家打开灯,我才看清江渢脸上的疲惫之色。他的大学生活一点儿不比我轻松,他却还分出精力教我学习、接我回家。

一时间,我又自责起来,把外套还给江渢,说:"对不起,哥。"

"对不起什么?"

我摇摇头:"我后天回外婆家,回来的时候给你带新年礼物吧。"

江渢说"好",相互道过晚安,他回房间睡觉,我把猫抱到床上,和它玩了一会儿,不知不觉间也睡着了。

第二天早上醒来,天才微微亮,我仰头看窗外时,视线却被盘踞在床头的猫挡住。它卧得端正,圆圆的一坨,把头抬到一个微妙的角度,半抬眼乜过来,像是挑衅似的。

"怎么了?"我态度良好地问。

猫粗着嗓子叫了一声,跳到地板上,围着食盆转来转去,我这才想起昨晚忘记给它添粮了。

吃饱喝足后,它才绕到我身边,喉咙里"呼噜"两声,以示友好,又伸出舌头舔我的指尖。

"好啦。"我摸了它两下,它顺势耷下脑袋,趴在爪子上闭起了眼。

天色大亮时,我的手机铃声响了,是外婆打来的电话。

上周通话时,我告诉外婆放了假就回去。我接起电话,率先说:"外婆,我明天就回家了。"

"已经放假啦,"外婆温柔地问,"可以休息几天呀?"

"七天,"我说,"但是作业特别多。"高三的假期一向很短,第七天晚上就要返校了。

听我这么说，外婆笑了起来，问我都会不会做。

"会，不会的我哥教我。"

"好，好。"外婆连连应下，安静了几秒，忽然说，"小晚啊，寒假这么短，你先不要回来了，过完年就要高考了吧？"

"六月份才考，"我说，"没事的，外婆，我哥已经帮我买好票了，明天回去，开学我就回来。"

外婆似乎是在做饭，我听到了"咕噜咕噜"的声音，又过了一会儿她才说："小晚，听话，来回路上多累多折腾！家里冷，你再被冻生病怎么办？等你高考完我们去看你呀。"

我说"不累，不冷"，又被她絮絮地劝，她翻来覆去总是说"什么都比不上考大学重要"。

我知道外婆心里始终惦记妈妈的话，说我要读大学，有文化，有出息。

外婆还在电话里说着，我张了张口，却说不出反驳的话，最后只能答应她好好复习，先不回去了。

"乖孩子，"外婆的声音缓缓的，带着温度，"要听你哥哥的话，谢谢他照顾你。"

每次通电话，她总少不了这句嘱托。

"知道了，外婆。"我说。

寒假里，江怀生又回来了。

自元旦争吵过后，陈阿姨始终忽略他，哪怕是在一起吃饭，也不和他交谈。整幢房子的氛围都随之变得压抑，丝毫不见新春佳节该有的喜庆。

直到访亲拜友的日子，江怀生生意上的伙伴纷纷来了，陈阿姨才不得不挂上得体的笑容，和江怀生站在一起迎来送往、接待寒暄。

似乎有意让江汍接管他的生意，江怀生应酬时也总带他一起，因此我和江汍独处的机会少得可怜。

整个寒假，我都窝在房间里写作业。直到开学前夜，整理书包时，看到学校发来的上学期期末的成绩单。升入高三后，我的成绩一直稳定在年级前列，可拿到这么靠前的名次还是第一次。

确认过每一科的分数，我迫不及待地想向江汍报喜，他却仍在陪江怀生应酬。

已经晚上十一点半了，书和卷子还铺在桌子上，我却没心思收。时钟一格一格地跳动，跳得太慢了。我计划等到十二点，江汍还没有回来的话，就发短信告诉他，不当面说了。

万籁俱寂之时，"咔嗒"一声，门被拧开了。我连忙看向门口，果然是江汍。他穿着西服，像一个真正的大人，成熟而挺拔。

"哥，"我站起来，"你回来了。"

江汍关上门走进来，看到我铺满桌面的书，问："明天回学校？"

我点点头，像个讨要奖励的小孩儿，迫不及待地说："哥，我上学期的期末考试是第一名。"

"这么厉害。"他接过成绩单看了看，淡淡地夸奖，又揉了揉我的头发。

我闻到他袖口沾染上的烟味和酒味，不禁想象江怀生带着他在名利场里周旋的情景。江怀生一定如鱼得水，但是江汍看上去很疲惫。

据我对江汍的了解，他内敛，喜欢安静和独处，偶尔抽烟但不沉迷，身上的味道永远干净，那为什么他还愿意陪江怀生，我不知道。

我忽然想起很早之前，帮徐妈整理储物室时，在角落里发现一本旧相册，牛皮封面已经很旧了，积攒了厚厚一层灰。

我翻开封面，第一张照片里，江汍骑在江怀生的脖子上，背景是在海边。他看起来只有三四岁,脸颊鼓鼓的,一只手持玩具枪,另一只手被陈阿姨牵着。不知道是阳光刺眼,还是他笑得太开心,眼睛眯了起来,嘴角的酒窝隐约可见。

我忍不住摸了摸照片上的他的脸。

相册厚厚一本,照片却只填了十几页,多数是江沨和江怀生的合照。

最后一张照片,是穿小西服的江沨被江怀生拉在手里,面无表情地望着镜头,眼睛黑沉沉的。

我认出这是小时候在电视上见到他时的装扮,银色领结在我的记忆里闪闪发光,像水晶一样亮,在这张照片里却被蒙上了一层泛黄的尘。

从小到大,我从没有把江怀生当作爸爸看待过,但江沨小的时候一定很喜欢和崇拜"爸爸"吧。不像我从来没有拥有,他有,他甚至全心全意地依赖过,在"爸爸"的形象崩塌时,又该有多难过和无助?

我到这个家来的时候,他也只有十一岁,还是个小孩儿。

"哥,你是不是累了?"我问。

江沨没有否认,说"还好"。那这就是累了的意思。尽管还有很多话想跟他说,但以后还有的是机会,我把书包收好,催促他去休息。

在确认我没有不会的题目需要解答后,江沨转身准备离开,灯光把他的影子拉得长长的。

他推开门之前,我又叫住他,不放心地重复:"哥,你一定要等我,还有半年我就能和你一起上大学了。"

"等着呢。"他说。

第六章
不辞而别

高三正式开学后，校门口挂了一块巨大的高考倒计时灯板，红色的数字触目惊心。

二月到六月，灯板上的三位数逐渐减少为两位数，又到个位数。

高三的教学楼坐落在校园的最深处，四周栽种着百年老梧桐。

进入五月后，梧桐树抽芽生长，整栋楼都被笼在树荫里，像是与世隔绝一般。

从冬到夏，我们的心情也从焦躁变得麻木，最后大家几乎是数着日子，期盼高考这把悬而不决的铡刀尽快落下来。

六月一号，学校为高三学生举办成人礼，也算高考前的动员大会，学生可以邀请家长一同参加。

我已经两个月没和江沨见过面了，只是在每周周测之后，按时打电话向他汇报成绩，其他事一概不提。

等我报完成绩之后，他总是说"真棒"，夸奖小孩儿似的，我却很受用，想拿到更棒的成绩给他看。也想向他证明，我能凭自己的力量追上他，不只是嘴上说说而已。

上周通电话时，成人礼的事情我想了又想，最终我还是没有开口。

即使江沨不说我也知道他很忙，他一边准备着期末考试，一边开始实习。他进了海城最好的律师事务所，跟了很多案子。

因此当我相隔大半个操场，在家长等候区里看到江沨的时候，第一反应是滑稽地揉了揉眼睛。

茵茵绿地上，他站在乌泱人群的最前面，穿着一身黑色西装，没有系领带，白色衬衫的领口微敞，沉稳但不沉闷，英俊到吸引了无数目光。

看到我揉眼睛的动作，他不明显地笑了笑。我忙把手放下，尴尬地抓住校服裤的裤缝。

在我的有意拖延下，每周和江沨的通话时间常常超过一个小时，所以即使两个月不见，我也不觉得间隔很久。直到真正见了面，我才发觉原来两个月有这么长。他的头发剪短了，肤色晒黑了一些，举手投足更加从容，这些我在电话里通通看不见。

校长站上升旗台开始讲话，我却还在观察哥哥。

江沨伸出手指，向前点了点，示意我认真听讲。

成人礼中最主要的一个环节是"跨门"——从一扇拱形花门下穿过，寓意学生们从少年走向成年。

原本我对这个环节并不期待，甚至觉得有些无聊，但当我站在门下，被江沨注视着时，脚下的每一步似乎都变得郑重了。

跨过花门，我一步一步地走向他："哥，你怎么来了？"

江沨还没有回答，我恍然反应过来，他也是这所学校毕业的，当然知道成人礼的惯例。

我张了张嘴，这两个月来养成的习惯让我差点儿又要说起成绩，可是这周的考试卷还没有发下来，脑子短路了似的，我说："我长大了。"

"嗯。"江沨笑了笑附和我，又抬手把我的校服拉链拉到锁骨下，露出脖颈。

"哥？"我不解地看着他的动作。

他从口袋里掏出一条红绳，我还没看清楚，胸口一凉，红绳已经被他系好了。

我低头去看，红绳上坠着一块指节大小的玉石，形状像朵云。玉石通体碧绿，周遭的一圈花纹繁复而精致，我隐约能看到隶书刻下的"平安"二字。

这是一只平安锁，小时候外婆也给我戴过，但是被我贪玩弄丢了。

玉石在阳光下通透发亮，但也能看出表面有细碎的痕迹。我用指尖轻轻捻了一下，不太确定地问："哥，这是你的吗？"

"嗯，"江沨又把我的拉链拉好，轻描淡写地说道，"小时候我姥姥给我的。"

我倏地抬手，按在平安锁上，胸口被硌得隐隐发烫："哥，这是你姥姥给你的，她一定希望你平平安安的，我不能要。"

江沨很少提起姥姥，我只知道她去世很多年了。这是她留给江沨的祝福，无论如何我都不能心安理得地收下。

我想要将平安锁摘下来，江沨一把握住了我的手腕。

"戴着吧，"他淡淡地说，"我也希望。"

阻止了我的动作之后，他也没有再说下去，只抬起胳膊看了一下手表。

——我也希望你平平安安的。

他应该是这个意思吧，我擅自把话补充完整了。

"跨门"仪式结束后还有冗长的高考动员会，我问江沨："哥，你急着走吗？"

"下午有个会要开。"江沨说。

那还有时间，我点点头，提议："那我带你逛逛学校吧，我知道一个好地方。"

"不听了？"江沨朝演讲台扬了扬下巴。

"都动员好多遍了，他说的内容我都会背了。"

趁人流聚集，我拉着江沨跑到学校的后山上。据说这里是为栽种外来品种的树木专门开垦的，但是成效不好，逐年荒废，山头变得光秃秃的。

山下却有一小片茂密的杨树林。

"我背课文的时候就来这里，"停在其中一棵树下，我告诉江沨，"特别安静，没有人打扰。"

我又问："哥，你以前来过吗？"

江沨说"没有"。

一阵风过，树叶被吹得"哗哗"作响，从叶片缝隙里洒下的光斑也随之跳动，落在江沨的脸上，他被晃得眯了眯眼睛。

"考前紧张的时候也会来，"我说，"哥，你考试是不是从来不紧张啊？"

江沨笑了，把背靠在树上："谁告诉你的？"

"我猜的，"我说，"你成绩那么好。"

"你成绩不好吗？第一名。"

被他说得有些脸热，我抓了抓脸："只有那一次拿了第一名。"

"那也很厉害，"江沨抬手在我的肩膀上按了按，"紧张是正常的，不用太在意。"

逗留到动员会结束，我们才走出树林，我的眼睛被一道尖锐的反光刺了一下，眼前一黑，我下意识地停下了脚步。

"怎么了？"江沨问。

"没事。"我揉了揉眼睛。

送走江沨，我又回到班里，开始最后阶段的复习。

高考前的两天，高三年级学生统一离校，回家做最后的休整。

最后一节自习课，班主任反复叮嘱考前的注意事项：调整作息、饮食规律，不要有情绪波动，提前看考场……诸如此类。直到下课铃响，她挥了挥手说"高考加油"。

班里的同学陆续走了，我也收好了书包，杨小羊却一改常态，慢吞吞的。

我坐在座位上等着。她低着头，胡乱把卷子塞进书包，说："江晚，你先走吧，我姐姐一会儿来接我。"

"好，"我说，"考试加油。"

我起身时，却被她攥住衣角："等等——"

我停下来，低头看向她，她却咬着嘴唇，又把头埋下去了："没事……没事，你走吧，考试加油。"

她的脸越埋越低，几乎要栽进书包里了，我又拉开凳子坐下，想了想，问她："怎么了？"

杨小羊摇头，马尾辫在脑后恹恹地晃来晃去。

"是不是太紧张了？"我说。

过了好一会儿，她才抬头看着我，眼眶泛着红："你怎么知道的？"

我把手伸进口袋，掏出在树林里捡到的发卡，轻轻放在桌上。后山的树林杨小羊也知道，但她一向乐观，不太看重成绩，平时很少去。

"动员大会那天捡到的，"我说，"是你的吗？"

"是，"她把发卡攥到手里，"你说紧张的时候可以去那里休息一下，我就去了，但还是紧张。我以前从来没有这么害怕过考试。"

她说着，沮丧地垮下了肩膀，叹了一口气，又赶我走："不过不是什么大事，你快走吧，别影响到你。"

我拍了拍她的背："没事，不会影响到我，紧张是很正常的，我也特别紧张。"

杨小羊抽了抽鼻子："你不明白，江晚，我是很害怕。我妈妈和姐姐都说，不管我考多少分，上什么学校，她们都满意，但是我不想——

"不想随便去什么地方读书,我也有非常想去的学校,可越是想去,就越害怕考不上。"

这样的心情我也有过,并且持续了很长一段时间。但我不知道该怎么安慰她,只好抽出一张纸巾递过去。

"谢谢你,江晚。"杨小羊接过纸巾,"说出来好像好一点儿了。"

锁上教室的门,我送她回家,这一路比往常要沉默。走到路口要分别时,我绞尽脑汁,尝试鼓励她:"你这几次的模拟考成绩都很稳定,你一定可以考好的,加油。"

"江晚,"杨小羊总算笑了,"你怎么跟班主任说话的口气一样啊。"

"是真的。"我说。

"知道啦,"她眨了眨眼,睫毛还湿着,似乎是犹豫了一会儿,才问,"就算我考不上'海大',不能跟你再做同桌,我们也还是好朋友吧?"

"是。"我郑重地说,"你能考上。"

海城市区里有一座千年土地庙,听说很多家长会在高考前去求护佑,不知道徐妈是不是也去了,晚饭之后,她悄悄塞给我了一个护身符。

"很灵的。"她说。

我把它挂在了书包上。

我分到的考场不远,因此我拒绝了徐妈还有江渢接送我的提议。

"放轻松。"我对自己说。

考试的两天过得很快,最后一场考试结束的铃声响起,我放下笔,站起来等监考老师收卷子。

海城又在下雨,窗外的景色被雨丝模糊,显得不太真实。

走出考场,并没有想象中的如释重负,但我还是松了一口气,越过拥挤的人群。有感应一般,我抬头望见了马路对面的江渢。江浔也来了,对我招了招手。

我快步走过去,她塞给我一捧明艳的向日葵花:"晚晚,祝贺你终于解放啦!"

"谢谢。"我抱着花,分出一只手摸了摸她的头发,"你中考也要加油。"

江浔笑着摇头:"我可没有你跟哥哥这么厉害。"

"累吗?"江渢问我。

我摇摇头,又点点头:"写的字太多,手有一点儿疼。"

他也抬手摸了摸我的头发。

高考后的日子像是又回到了三年前的暑假,江渢忙于课业和实习,江浔备战中考,杨小羊和姐姐去了西藏。

她在布达拉宫前给我打电话,信号很差,声音断断续续的:"这里太壮观了……等我回去,带礼物给你啊!"

我说:"好。"

海城进入了雨季,阴雨连绵,我无所事事,每天和猫趴在一起看书。它已经三岁了,完全长成了老猫的模样,既肥又懒,每天的活动时间少得可怜。

"你这样可不行。"我教育它,又想到自己已经几天没出过门,哪儿来的立场,于是把嘴闭上了。

过了一天,我接到陆周瑜的电话,他邀请我重新去画室当模特。

他放暑假从北方回来了,我确信在咖啡厅那晚,他果然没看到我,因为他说:"一年没见又长高了。"

"谢谢。"

"考得怎么样?"

我想了想,没有谦虚:"应该还可以。"

"那就好,"他笑了笑,"马上就是大学生了,想好报什么学校了吗?"

第六章　不辞而别

"'海大'。"我说。

"和你哥一个学校啊?"

"嗯。"

画室的工作还是老样子,陆周瑜几乎天天都来。他和夏炎应该是认识,但是夏炎没有再出现过,不知道是不是放暑假回家去了。

有天中午回到家,家里没有人,我坐在餐桌前吃过饭,盯着书房的门看了许久,最终还是走过去推开它,坐在电脑前,搜索高考试卷的答案。

考试过后,江汛没有问过我成绩。我也在他面前表现得风轻云淡,但距离出成绩的日子越近,我也越发紧张。

做过的题目大部分还记得,我和标准答案一一对照,估算每科的分数,又加在一起,得出了一个超常发挥的结果。

我转动手腕,缓缓呼出一口气,靠在椅背上,这时才终于有了全身轻松的感觉。

把下载的答案拖进回收站时,我不小心点了进去,看到一个名为"桥梁工程"的文件夹。

我的心狠狠一跳,快速看了一眼书房的门,确认没有人来后,我移动鼠标放在文件夹上,按下还原键。

元旦前的那场暴雨灾害中,伤亡人数最多的事故发生在长风大桥。连续降雨超过八个小时后,桥体发生垮塌,桥上的行人及车辆全部坠河,尽管救援队伍及时赶到进行抢救,遇难者仍有十余人。

海城的新闻频道对此事故进行了连续报道,那段时间,家里的电视总是开着,因此我对此印象深刻。只是到最后,桥梁垮塌的原因都没有详细说明,所有人的关注点似乎都只放在降雨上。

我点开文件夹,浏览了才知道长风大桥的项目负责人正是江怀生。

忽然间,江汎对新闻报道的过分关注,他读的法律条文、陈阿姨和江怀生的争吵,以及灾后江怀生的颓唐模样,桩桩件件在我的脑海中回放,又串联在一起,得出一个足够骇人的结论——长风大桥的垮塌和江怀生有关。

我深呼吸一口气,稳了稳神,攥住鼠标,继续浏览文件。

文件夹中有两份"长风大桥工程评定",各项工程数据都相同,只不过第一份验收评定上赫然印着"不合格"的字样。

"主拱钢管焊接存在裂纹、未焊透,质量达不到施工及验收标准。钢管内混凝土强度未达设计要求,存在严重质量问题。"

第二份验收评定却标明验收合格。

我不知道江怀生是什么时候开始涉足建筑工程的,只知道他很忙,时常出现在海城的慈善晚会上,捐赠过不少小学和养老院。

我把文件夹关上,重新打开浏览器,搜索大桥垮塌的后续报道,依旧没有关于桥梁质量的调查结果,几乎所有声音都认定事故源于天灾。

这分明不是天灾。

事故发生时遇难者的呼救声仿佛就响在耳边,我努力回忆事后江怀生的行为举止:他一开始回到家是憔悴的,但到春节时,整个人故态复萌,周旋于生意场上,像是什么事都不曾发生过。

明明正值盛夏,我却感到一阵刺骨的寒意。

强迫自己冷静下来,我想到前几天江怀生回来过,办公时电脑突然黑屏,他着急处理文件,确实到书房用了电脑,是他删掉文件之后忘记清空回收站了吗?

可江怀生不是这样疏忽的人,难道是……江汎?

书房的电脑一直是他在用,暴雨期间,我借住在他的房间里的那几天,他恰好正在读一本法律条文,是有关于工程事故的。那个时候,江洌就已经对江怀生起了疑心,所以备份了这份文件?

如果是江洌的话,他这么做的动机我只能想到两个:一是他想要帮江怀生粉饰太平、掩埋真相,二是他在收集证据。

江洌正直又善良,他的为人我再清楚不过,可一联想到第二种可能性,我的心就被狠狠揪住了——哪怕江怀生罪大恶极,但他毕竟是江洌的爸爸,如果他真的被这份证据送上法庭,那么江洌也势必会身陷泥潭。单是"亲生儿子举报父亲"这样的噱头,就已经足够媒体拿来大做文章,更何况他还有陈阿姨和江浔。

短短的几分钟,却像是过去了一个世纪,等我回过神的时候,那份文件已经被我拷贝了一份,存在了优盘里。

如果事故是江怀生导致的,我只需要拿这份证据去举报,他一定会受到惩罚,并且身败名裂。

清空电脑上的痕迹,我长长地舒了一口气。无论如何,我暗暗地想,绝不能让江洌被牵扯到这件事里。

下定决心后,反而不像刚刚那样慌张无措,我关上电脑,透过落地窗,看到江洌回来了。

久雨的天空正在放晴,阳光落在他身上,我伸长胳膊,朝他挥了挥手。

接下来的两天,江洌和江怀生都没有再出入过书房,一切风平浪静。

再等等,我想,等高考成绩出来之后,我就带着文件去举报,市长信箱、建设工程部以及海城的各大媒体的电话号码和地址,我都整整齐齐地写在了本子上。

出成绩的那天,校门口被堵得水泄不通,各路媒体和家长蜂拥而至,学校不得不规定学生必须穿校服才能入内。

我进到教室里，班主任看见我，笑着对我说"恭喜"，同时递来一条窄长的成绩单，分数比我预估的还要高五分。

尽管我早有准备，但是看见分数的一瞬间，我的胸腔里仍是被各种情绪充斥，喉咙胀胀的。

向班主任道过谢，我一刻不停地往家跑去，校服被风灌得鼓了起来。我想当面告诉江渢"我终于追上你了"，越快越好。

八岁那年，我凭借一点儿朦胧的潜意识，对着江怀生点头确认，提前升入了三年级，自此开始沿着江渢走过的路，跌跌撞撞地摸索前行。

十年时光仿佛骤然缩短，凝在这一寸的光阴里，我一秒钟都不想多等，越跑越快。

整个城市的街道都变得安静，梧桐树齐齐向后退，暖风流经树梢、耳畔，也吹烫了我的眼眶。

快到家时，我看到路口站着一个熟悉的身影。她见到我招了招手，叫"小晚"。

我只好停下，不顾狼狈地走过去问好："陈阿姨。"

她穿着一套剪裁合体的墨绿色旗袍，下摆和袖口都绣着栩栩如生的粉嫩荷花，长发绾在脑后，依旧得体，只是手上拎着一个突兀的牛皮纸袋。

"跑得这么快，"陈阿姨递来一张纸巾，"先擦擦汗。"

"谢谢。"我双手接过，把纸巾小心地贴在脑门儿上，闻到了淡淡的茶香。

"成绩出来了吗？考得怎么样？"她问我。

"嗯，"我点了点头，"还可以。"

"阿姨祝贺你。"

我又说了一次："谢谢。"

陈阿姨把鬓角的头发别在耳后，四下看了看，又问我："阿姨想请你喝杯茶,你现在有时间吗?"

我不明就里,下意识地点头,跟在她身后走进一间茶室。

茶室环境雅致,琴音袅袅,每方茶桌四周都垂落着竹帘。她大概是常客,熟稔地点了一壶白茶后落座,又招呼我:"小晚,过来坐。"

直到这时我才反应过来,她分明是有话要对我说。

我和陈阿姨的交集并不多,她找我只可能是因为江怀生或者江渢。

我懊悔自己迟钝,坐在她对面,猜测究竟有什么事值得她特地找我,也许她是要再次警告我离江渢远一点儿,或者要求我在高考后搬离那幢房子?

陈阿姨斟了一杯茶递给我,直截了当地说:"我知道你恨江怀生。"

我一惊,茶水荡出来一点儿,浇到了手背上,皮肤瞬间被烫红了:"我……"

似乎不需要我回答,她抿了一口茶,继续说:"以前是阿姨对不起你,明知道都是江怀生那个浑蛋的错,却把气撒在一个孩子身上。"

"小晚,这么多年委屈你了。"她说。

我张了张嘴,却不知道应该说什么。

陈阿姨拿过一旁的牛皮纸袋,三两下绕开封口:"这个给你。"

她从中掏出一沓装订好的纸,推到我面前。看到封面上的字,我霎时僵在原地——这是电脑里的那份文件。

我猜想过文件是江怀生不小心留下的,又自顾自地认定是江渢收集来的证据,唯独没有怀疑过陈阿姨。明明她也一直在关注着暴雨灾情,甚至还和江怀生吵了一架。

见我愣着,她又把文件向前推了推,平静地说:"他欠了那么多条人命,这些足够让他坐牢了。"

陈阿姨停顿了一下,看着我继续说:"小晚,你还有什么想要的东西,可以跟我提。"

"为什么？"

她为什么要举报江怀生？

她为什么把证据交给我？

江怀生是罪有应得，她为什么还要让我提要求？

我的大脑一片混乱，按住文件一角，我却没有力气翻开，出于本能地想要逃离这里，然而还是晚了——

"只要你提条件，我都可以满足你。"

陈阿姨握住我的手，不复刚才的冷静模样，恳切地说："阿姨只求你一件事，小晚，你走吧，离开这里。

"都是我的错，我自以为是地为孩子好，想给他们一个完整的家，但是有这么一个爸爸，实际上是害了他们。"陈阿姨哽咽着说，"你也看见了，桥塌了，这么多条人命，他瞒得了一时，瞒不了一辈子啊。我不能让我的孩子往后都提心吊胆地活着。"

"阿姨。"我递给她一张纸巾。

"小晚，阿姨知道你也是个好孩子，是他对不起你和你妈妈，"她攥着文件夹，"这个，如果你不想被卷进来，我去举报。我向你保证，他不会有好下场。"

"好不好？"她问我。

我吞咽两下口水，如果她的诉求只是在江怀生完蛋之后让我离开，我没有理由拒绝："知道了，我会尽快搬出去的。"

"小晚，"陈阿姨却又叫住我，"你的成绩好，阿姨送你出国读书好不好？国外的教育资源好，你读完书，可以留在当地，工作也好，继续深造也好，阿姨都可以资助你。"

她一一细数着陌生的国家和学府，自顾自地为我安排着往后的道路。

"我没有想过出国。"我攥紧了口袋里的成绩条，走了这么久，明明目标已经触手可及了，我怎么可能放弃？

"你留在这里,只要江怀生的事情败露,他以前做过的事一定会被重新翻出来,媒体很快就会找上你。"她说。

我正想说"我不怕",又听到她说:"我不能再让小沨经历一次这种事,还有小浔,她还小——"

陈阿姨说起当年的事。江怀生到边境打开贸易渠道后,公司发展越来越快,合伙人之间却因利益问题产生罅隙,直至三年后彻底分崩离析。

他做的那些荒唐事也藏不住,有人偷拍到我和妈妈的照片寄给他,威胁他让出股份。

那份照片却阴错阳差地被陈阿姨收到,彼时江浔已经在她的肚子里,江沨也还小,陈阿姨选择原谅了江怀生。

流言却不胫而走,无论是家里还是医院,总有媒体蹲守,试图挖掘"大慈善家"江怀生的风流韵事。甚至连江沨就读的小学也不放过,每天放学,他都被各路记者包围。

陈阿姨那时正待产,江沨怕她担心,回到家什么都不说,后来还是学校的老师找到江怀生,向他说明了情况。

家里兵荒马乱的,江怀生囿于股份纠纷,还要照顾陈阿姨,实在分身乏术,只好把江沨暂时托付给姥姥和姥爷。

不承想姥姥和姥爷在去机场接他的路上,因道路湿滑,车子发生严重车祸,最终车毁人亡。

江沨一下飞机便被拉去认领遗体,江怀生赶到时,看到他一个人在殡仪馆外面等着,几乎被冻僵了。回到家后江沨大病一场,开始变得沉默。

说到这里,陈阿姨的眼眶陡然红了。哪怕保养得当,她的眼角也已经有了细细的纹路。

我从没有记恨过她,只把她当作同一屋檐下的陌生人。此刻我才意识到,她也只是一个被江怀生欺骗的普通女人,和我妈妈一样,她甚至还失去了自己的双亲。

关于江沨的姥姥和姥爷,我只知道他们生活在北方,去世很多年了,留给江沨一只平安锁,他又把它转送给了我。

给我戴上平安锁时,他说"平平安安"。

这一瞬间,我突然很想放声大哭,既为江沨,也为自己。

我不敢想象是在怎样的一个雪夜里,小小的他独自去认领至亲的遗体。蹲在殡仪馆门口时,他在想什么呢?雪那么大,如果江怀生再晚到一些,他会不会被雪埋起来?

我多想回到那个时候,拉起蹲在殡仪馆门口的江沨,把冻僵的他拢起来偷偷带走。我做哥哥,保护他长大。

但是我有资格吗?即使不知情,造成这一切的罪魁祸首分明也有我一个。

胸口的皮肤仿佛正被平安锁灼烧着,烫得发疼。我按了按胸口,强迫自己冷静下来。

陈阿姨继续劝说我出国,不断向我保证着什么,鬓发随着她的动作垂落下来,在空中飘荡。但是那些声音仿佛离我很远、很远,我听不清,更听不懂,攥着成绩单的手越发用力。

直到她再次开口,说江怀生的事情结束之后,她只想带着江沨和江浔安安静静地生活,像所有普通的、正常的人家一样。

我猛然清醒,原来我身处的"家",其实是不正常的关系组合。我和陈阿姨毫无关系,和江浔不像兄妹。至于江怀生,他从未对外承认过我,我也一直记恨他。

但是因为江沨,因为江沨的平和、包容,他像一个真正的哥哥不断地教导我、引领我,使我忽略了这一点——我是这个家里不正常的部分，一个疤癞般的存在。无论江怀生结果如何，只要我在，就时刻强调着这种"不正常"。

"小晚，阿姨求你。"

我从没有见过陈阿姨这副近乎狼狈的模样，在她的恳求声中，我忽然想到妈妈送走我的那天的场景。

妈妈躺在病床上，见江怀生来接我，用尽力气坐了起来，也是这样一声声恳切地、低声下气地请求江怀生对我好一点儿。

沉寂良久，太阳快要落山了，我端起面前的茶杯一饮而尽，对陈阿姨点了点头："我知道了，我会走的。"

我又握了握口袋里的成绩单，瞬间感到疲惫万分，像是从一场不断逃亡的噩梦中忽然醒来，浑身无力地躺在床上。

"小晚，谢谢你。"陈阿姨说着，目光落在我的胸口处时停下了。

我低头去看，那只藏在衣服下面的平安锁不知道什么时候露在了外面。

我一惊，握住它想重新把它放回去。陈阿姨叫住我："学校的资料我会发给你，你先挑，但是这件事就不告诉小泖了，好吗？"

"但是——"我下意识地想拒绝，我可以不再和江泖同住一个屋檐下，不跟他读一所学校，不在一个城市，甚至不在一个国家，但是，我不能不告诉他我做到了，我追上他了。我也不能不和他好好道别。

"小泖是我的孩子，我了解他，他善良、心软。"陈阿姨的语调恢复了以往的冷静，"可有时候，心软不一定是好事。"

她没有说下去，但我明白她的意思，有一个"私生子"的弟弟，对江泖来说并不光彩。如果没有江怀生，也没有我，他和陈阿姨，还有江浔，应该会拥有一个稳定又温馨的小家吧。

我抬起胳膊去解平安锁的绳子。

江泖给我系上平安锁之后，我担心会掉，又反复地系过很多次，牢牢地打了个结。我费了好一会儿工夫才解开绳子。

我将平安锁拿下来的刹那，脖子和胸口都变得空荡荡的。

我把它握在手里，紧紧攥了一下，又展开手掌递出去："我知道了，这是江沨的东西，我不该要的，麻烦您帮我还给他吧。"

陈阿姨说"好"，又让我选好学校后随时告诉她。

我点点头，又摇摇头，去国外读书对我来说太遥远，也太陌生了，更何况我还有外公和外婆。

"我想先回家看外公、外婆，"我说，"以后……以后——"

我想说"以后不回海城了"，但喉咙酸胀得说不出完整的句子，只好停下了。

陈阿姨似乎明白我的意思，没有追问，只说："谢谢你，小晚。"

"如果没有其他事，我就先走了。"不待她反应，我起身离开了茶室。因为再多留一秒，我就要控制不住地号啕大哭了。

我撩开竹帘，挺直脊背，走进像岩浆一样滚烫翻涌的余晖里。

明知道帘子落下，陈阿姨就看不到我了，我还是一步一步地踏出大路，拐进一条逼仄的巷子后才靠着墙，缓缓地滑坐在地上。

隔着校服去摸胸口，那里好像破了个洞，我想把我皱巴巴的心脏掏出来抻平，好让它别那么疼。

我不知道该去哪里，坐到天都黑了，手机响起来，是外婆打来的电话。

喉咙干渴得发不出声，脚边有半瓶被遗弃的矿泉水，我伸长胳膊将其捞过来，隔空倒进嘴里，润过嗓子才接通电话。

"外婆。"

好在外婆没听出我的异样，只问是不是已经考完试了。

"嗯，都结束了。"我说。

"什么时候回家呀？"外婆徐徐地说道，"你外公想你啦。"

我鼻子一酸:"我也想你们。"

头顶有一架飞机缓缓飞过,我擦干泪,说:"外婆,我马上就回去,你等我。"

我坐上出租车前往机场,车窗完全落下,风兜进来,掀翻了我的头发和衣领。暮色沉沉,整座城市像是正在燃烧。

海城这么大,处处光鲜艳丽,有海滩和山涧,也有车水马龙和万家灯火。只有我满身泥泞,像是这个城市最逼仄角落里烂掉的果子,散发着发酵后的酸腥味,狼狈地逃离这里。

登机前,我握着手机,看到有两通江渢打来的未接来电。犹豫再三,我还是发短信告诉他:"哥,我在机场,回家看外婆,不用担心。"然后迅速把手机关机了。

飞机轰鸣而起,很快便把海城远远地抛在了后面。

天色破晓前,我回到了熟悉的土地上,又从机场转乘大巴摇摇晃晃地下了车。

我还未走近,先听到院门口的白桦树叶簌簌作响。

清晨的风有点儿凉,我裹紧校服外套加快了脚步,却在看到那棵树时停下了——高高的树枝上垂下一条宽而长的黑色粗布,被风荡来荡去的。

我看着那条黑布,心里生出一股诡异的不适感。院子门前的竹栅栏上的喇叭花也不见了,取而代之的是一团团的白花。

我认得这种花,是人死后祭奠用的。

越过栅栏,我看到一扇紧闭的门上同样挂着黑布,呈人字形在门边上散开,又垂至地上。

家里只有外公和外婆,前一天,外婆还打来电话说外公想我了,那时他们都好好的,这块布现在为什么挂在我家?

一定是哪里搞错了,我后退两步,想扯掉树上的布,然后把栅栏上的白花摘掉。但是那块布太高了,我够不到,需要外公帮我。

我叫外公,却没有人应。

他的摩托车还停在雨棚里,我知道钥匙藏在花盆下面,他做的狗窝也在,安静地放在花园一角,等着有狗自愿上钩。

但是外公去哪儿了?

我跑进院子里继续叫他,却被门槛绊住了,摔倒的时候却感觉不到疼,好像是倒在了云里,轻飘飘的。

家里有很多陌生人,都有浅色的头发与皮肤、宽而高挺的鼻梁。他们像外公一般魁梧,披着黑纱,围绕着厅堂中央的灵柩垂首而立,低声诵唱着什么来送别外公。

外婆也在其中,宽大的黑纱几乎要把她淹没了。

据外婆说,我之前昏倒在院子门前,她发现我的时候吓得心跳都要停了。因为寒假前,外公也是这样突然晕倒在院子里的。

拿到检查结果后,他交代外婆不要告诉我,不能影响我高考,所以寒假的时候外婆才打电话,劝我先不要回家,安心复习。

"你来了,他也能放心地走啦。"外婆说。

又一日的午后,厅堂突然空了,外婆和外公的亲朋们或许是去外面的路上哭拜了。

我起身走到灵柩前。按照外公家乡的习俗,入殓后,灵柩右侧被凿穿了一个小孔,好让逝者能听到亲人的呼唤声。

"外公,"我把手覆在棺盖上摩挲片刻,低下头跟他小声约定,"我会照顾好外婆的,你放心吧。还有,你千万不要忘了我啊。"

灵柩被白黄相间的花包围，其中有一小束妈妈和外公都很喜欢的淡粉色的马兰菊，是我昨天去摘的。

"记得跟妈妈说，我想她。"说完，我小指弯曲，在棺盖上轻叩了一下，"拉钩上吊，一百年不许变。"

有一阵风吹进来，花瓣被吹得微微摇摆，像是外公在点头答应我了。

人生一世，草木一春，来如风雨，去似微尘。

我不知道外公是从哪里来的，他是我从小到大心里的英雄，是从石缝里蹦出来的齐天大圣，无所不能。

我家不远处有火车的轨道，小时候外婆告诉我，外公的家在轨道的尽头。那是另一个国家，另一块大陆。

现在他又变成了一捧温热的骨灰，被装进一只小小的陶罐里，即将被他的家人带回他来的地方。

外婆对此毫无异议。

"落叶要归根。"她说。

送走外公后，外婆也要回她南方的家乡去。

离开的那天下起了雨，外婆只从家里拿走了她的收音机。

我低头落锁，熟悉的院子和过往的回忆被"咔嗒"一声都留在了原地。

外婆的家乡在南方的一处水乡，我们乘坐飞机的话需要在海城中转。

在售票员的再三确认下，我买了在海城停留时间最久的航班，但也只有三个小时而已。

把外婆安置在机场的酒店后，我匆匆地跑出去打车。

外婆年纪大了，经不起波折，我是她唯一的依靠，理应带她回到家乡，重新开始生活。况且我已经答应了陈阿姨不告诉江沨，离开这里，走得远远的，眼下就是最好的机会，但我还是很想再见江沨一面。

我推开院门，院子里静悄悄的，像是没有人在。失落的同时，我又暗自庆幸——如果真的见到江沨，我不知道该如何跟他告别。

他的房间的窗户紧闭，玻璃上映着火红的流云。

这或许是天意。

我坐在院角的花盆旁，像小时候一样抱着膝盖，回忆从八岁到现在生活在这里的点点滴滴。每一幕都有江沨的存在，如果没有他，我不确定自己会长成什么糟糕的模样。

谢谢你，哥，再见了。

天色渐渐暗了下来，外婆还在等我，我起身准备离开，手机却忽然响了。

从离开的那天在机场里把手机关机后，一直到这天下飞机我才开机。

是江沨打来的电话。我的心脏猛地跳动了两下。我把手机放在耳边，接通后，电话里出现短暂的空白，然后我听到江沨问："你在哪儿？"

"……"

"在哪儿？说话。"

"哥。"一开口，我的嗓音就哽咽颤抖。怕他怀疑，我不敢出声了，只把手机紧紧地贴在耳朵上，不想错过他说的每一个字。

相互沉默许久，江沨哑着嗓子问："还在外婆家？什么时候回来，我去接你。"他的语气是不容置疑的笃定。

"哥，"我深呼吸一口气，竭力维持着声音平稳，"我不回去了。"

他没说话。

"我妈妈让江怀生带我去海城,是为了让我有学上,我根本不喜欢海城,也不喜欢他家。"我继续说,"是他害死妈妈,他建的桥还害死了好多人,他马上就会进监狱,这是他的报应。"

江汎似乎对此毫不惊讶,冷静地问:"然后呢?"

"然后,他——"

他打断我的话:"我问的是你。"

我怔了怔,把指甲掐进了掌心:"我……我和外公、外婆准备去一个新的地方,重新开始生活。"

谎话一旦开始,就变得无比顺畅。

"他们不想我和江怀生,还有他的家人再有牵扯,所以,我就不回去了,哥。"

电话里安静了下去,像是过了一个世纪那么久,突然"唰啦"一声,江汎把窗户打开,从漆黑的窗里探出上半身,把手肘撑在窗台上。

原来他一直在家。

幸好天已经黑了,他没有看到在院子里的我。他一只手接电话,另一只手上夹着一支烟,火光明明暗暗,点亮了他的侧脸。

我总算又见到他了。

"那'海大'呢,"我听见他问,"也不上了?"

我咬紧了下唇,好一会儿才缓缓开口:"我留在海城,住在江怀生家,就是想找到他的把柄从而报复他,想上'海大'也是骗你的。"

时间到了,我最后仰头看他一眼,说:"哥,这么多年,谢谢你。以后我们就别联系了。"

他叫我:"小晚。"

我忙把手机贴得更紧,怕错过他的任何一个音节,但是电话里只有长长的沉默,原来手机已经没电自动关机了。

小时候外公总说,骗子说太多谎话就会变成哑巴。

我浑身发抖，不断地对着空气，对着三楼的窗户说：对不起，哥哥。

对不起。

对不起。

对不起……

我却怎么也发不出声，像是被人扼住喉咙灌进了热铁。最后我无声地号哭起来。

一支烟燃尽，江汛抽身关上了窗，消失在了黑暗里。

我知道我再也见不到他了。

再次乘上飞机，外婆已经筋疲力竭，一坐下就合上了眼。我要来了毯子，给她仔细盖好。

飞机像一颗饱满的子弹，轰然冲进厚重的云层。

我望着窗外，好像看到了八岁时被江怀生拦腰抱上飞机时的景象。像跳帧似的，我又看到十一岁的江汛正背对着我弹钢琴。我对着窗户喊，哥哥。

哥哥。

他始终没有回过头来。

我眨眨眼，所有的画面都消失不见了。外婆动了动身子，收音机从毯子上滑落。

我弯腰捡起来，无意间拨动了开关，电池早在登机前就被抠掉了，此刻却仿佛有细微的声音流淌出来，是外公去世后，外婆常听的那首曲子。

"一场好梦匆匆醒，心已碎，意难伸。从此不到钱塘路，怕见鸳鸯作对飞。"

第七章
好久不见

塘镇很小,围绕镇子步行一周都用不了一个小时,但我还是花了很长时间来适应这里。

这里和海城唯一的相似之处是四季都不分明。

镇上只有二三十户人家,每一户都和外婆沾亲带故。我们刚到这里的时候,多亏了外婆这些亲朋好友帮助,我们才把老房子修缮好住进去。

安顿妥善之后,外婆开始催我回海城。我没有告诉她我和陈阿姨的谈话,搪塞着挨到九月初,镇上的小孩儿都开学了。

外婆着急地扯着手腕就要把我送去机场。我只好告诉她,江怀生一家移民去了国外,我也不想再回去,就报了我们当地的一所大学,不过跟学校申请了延迟一年入学——外婆需要有人照顾。

"我想多陪陪你嘛。"我说。

外婆听后沉默许久,叹了一口气:"也好,那就休息一年。"

往后很长的一段时间里,我和外婆都不再提起往事。

乡下的时间过得很慢,有时候我在桥头坐久了,一抬头,余晖晃进眼里,恍然间还觉得自己仍在海城。

暮霭从远处的山间蒸腾而起，拂来一阵微乎其微的凉风。

我把脚伸进河里荡水，湿漉漉地回到家时，外婆正在院角的广玉兰树下烧元宝。金灿灿的纸元宝被盛在红沿白面的搪瓷盆里，被蹿起来的火舌吞下去，最后烧成了半盆热灰。

外公已经离开一整年了。

外婆的身影被燃起的烟缭绕着，我站在原地没动弹，她却先抬头看过来，视线习惯性地下落到我的鞋子上。

外婆总说寒从脚底起，还拿我当小孩儿，不准我常去河边玩，听到我顺势说"下次不去了"她才满意，然后差使我去把葡萄酒拿来。

"好。"我应一声，进屋里端出外婆酿酒的坛子，倒出来一碗，把酒洒到了树下。

"你外公闻到酒味就能找过来啦。"外婆说。

去年刚来的时候，这棵玉兰树还蔫头耷脑的，一年过去了，叶子重生，花大如荷，馥郁的花香混着葡萄酒淡淡的甜味，让我想起多年前的那个漫长夏天里，有过很多个被同样味道包裹的夜晚。

那是我最怀念的一段时光。

六月底的一天，外婆的妹妹来了。

她也住在镇上，常来走动，拉着外婆参与各种活动，带着外婆融入当地的老年群体。

我对这个姨外婆发自内心地感到亲近，见她来，站起身和她打招呼。

姨外婆带来了一筐蒸好的包子，递给我一个，又说："我外孙回来了。"

我早就听说过姨外婆的外孙，比我大两岁，在外地读大学。

见姨外婆和外婆有话说，我就出门闲逛去了，又走到了桥头。想起外婆的话，我没再玩水，而是仰躺在河堤上。草地软软的，风也很轻，我闭起眼睡着了。

我再醒来时，身边多了个人。

迎着光睁不开眼，我隐约只看到那人穿着白上衣，说："小晚，好巧啊。"

我难以置信地揉了揉眼睛，坐了起来。

夏炎嘴巴里衔着一根狗尾巴草，正饶有兴味地看着我。

"你怎么会在这儿？"我问。

"我放假了呀，来看我外婆。"他伸手拍掉我头上的草屑，"她说从城里来的小孩儿原来是你啊。"

姨外婆的外孙竟然是夏炎，过了好一会儿，我才接受这个现实，不禁感慨世界好小。

夏炎在假期里教镇上的小孩子学画画，我闲得无聊，常常去旁观。他总是笑眯眯地表扬那些小朋友，因而非常受欢迎，所有小孩儿都喜欢叫他"夏炎哥哥"。

"这么一算，你也得叫我一声哥吧。"他对我说。

我学他也揪掉一根草含在嘴里，苦涩味瞬间充斥了整个口腔，生硬地换了话题："你准备在这里待多久？"

"待到九月吧。"

夏炎参加了学校的海外交换项目，下学期开始就不用回海城了。隔了一会儿，他问我："你要不要跟我一起去？"

不知道他从姨外婆那里听到了多少关于我的事，在我面前，他从来没有提起过海城和江溯。

只有这一次，他说："就算不上'海大'了，你也不能随随便便地读一所学校啊，那不是白努力那么久？你的成绩挺好的吧？"

夏炎又去游说外婆，说我可以申请比"海大"还要好的学校，外婆听后连连点头。

就这样，九月份时，我和夏炎一起坐上飞机，离开故土，开始未知的全新生活。

因外婆托付，夏炎十分照顾我，哪怕后来我和他分别，去到更远的国度，我们也一直保持着联系。

连我自己都不曾想过，我一个人竟然走了这么远，远到过去的回忆仿佛一场梦。

梦境总是从昏暗的楼梯转角开始，江沨牵着我的手，站在高一级的楼梯上回过头对我说："你该叫我哥哥。"

我离开海城七年，很多事我以为已经忘了，但在梦里总能还原出那些场景。

在无数个醒来后的清晨，我都会忍不住想，那时江沨在电话里叫住我，是要对我说什么？

长大一点儿之后，我不是没有设想过，假如重来一次，我一定能用更妥善的方式和江沨告别。哪怕我只是上楼敲响他的门，认真地再见他一面，看着他的眼睛说声"对不起，哥哥"，也好过那样仓促地离别。

可是我已经没机会了。

我如约没有再回去海城，也刻意避开了那里的一切消息。只有极少的几次做梦醒来后，天还没亮时，我会想江沨现在过得好吗？他应该很好吧，一定很好。

我能再次见到江沨，也是源自一场梦。

梦里，我鼓足勇气问他过得好不好，他却说"不好"，我顿时着急起来，追问他哪里不好。他却不说话，转身走进了一场大雪里，走出去很远，我才听见他说："不是说好一起看雪，你忘了吗？"

醒来之后，我像被梦魇住了一般，连外套都来不及穿，就推门出去找他。

我居住的城市常年被雪覆盖，到处都是白茫茫的。我找了很久很久，几乎被冻僵的时候，才清醒过来，意识到自己又做梦了。

雪下得更大了，我慢慢走回去，路上忽然接到夏炎的电话。他已经回国工作了，信号并不好，可我还是从他断断续续的话语中听到他说："我好像在春城看见你哥了。"

春城，我在心里默念这座陌生城市的名字。回想起不久前做过的梦，我没多犹豫就订了机票。也许是有冲动的成分在，但我真的想亲眼确认江沨是否过得还好。如果有机会，也想告诉他，我没有忘记那个约定。

辗转到春城后，经夏炎介绍，我找到了一份小学老师的工作。

我设想了许多和江沨重逢的画面，也猜测过他的反应，他可能冷漠、气愤或者直接漠视我的存在。我却从没想过会是现在这样——在熙来攘往的学校门口，我手里牵着他的女儿。

他大概并不想看到我，又对我当年的不告而别心存芥蒂。送走江玥后，他面无表情地把我拖回了他的住处，又锁上门离开。

冷静下来之后，我想，我的出现的确太突兀。他有女儿，应该也有了幸福的小家，不需要我额外和迟到的关心。等他回来，我想亲口对他说一声"对不起"，然后就离开这里。

我做好了再次告别的准备，他却又说了故事开头的那句"你该叫我哥哥"。

江沨说完，我愣在了原地，过去的回忆顷刻间涌现在眼前。

室内空调的温度很低，我的胸口却在隐隐发烫，眼里甚至有流泪的冲动。

差一点儿,我就要叫他"哥"了,他却忽然后退了一步,像是要和我划开界限似的。他仍面无表情,目光沉沉的,丝毫没有叙旧的意思,只问:"你怎么在春城?"

疏离的凉意弥漫开来,他让我叫他"哥哥"时短暂的温柔语气仿佛只是我的错觉。我张了张口,隐去原因说:"来工作。"

不知道他是不是对这个回答不满意,他没有说话。

分别了这么久,哪怕知道一切都不是从前了,他冷淡的样子还是令我无所适从。

竭力压下内心的失落情绪,我告诉自己,能再见到江沨,确认他过得不错,来春城的目的就已经达成了,不能再奢求更多。

安静片刻,我站起来主动说:"我……我先回去了,明天还有早课。"

江沨听完似乎笑了一声,声音很轻,很短,但在空旷的屋子里清晰可闻。

"这么着急。"他说。

我正想解释,他把手一扬,抛过来一支药膏:"涂药。"

我低头看了一眼手腕,被他攥过的地方有淡淡的青色:"不用,不疼。"

"不涂明天就紫了,"江沨淡淡地说,"你愿意带伤去学校就别涂。"

"我涂,"我拧开药膏的管口,明明是被他攥出来的伤,我却下意识地说,"谢谢。"

江沨看我一眼,催促道:"动作快点儿,涂完下来吃饭。"

等他走出去许久,我才把药膏挤出一截,往手腕上涂了薄薄一层,又低头仔细嗅了嗅,闻到了一股淡淡的草药味。

春城四面环山,我实在不知道临近午夜,江沨是怎么做出两碗海鲜粥的。

他坐在餐桌的一侧低头搅动着碗里的粥,升腾的热气柔化了他的冷硬气质，瓷器偶尔碰撞在一起，发出清脆的声响。

这实在太像曾经的日子——

我们这样面对面吃饭，有时候我叫一声"哥"，江沨就会抬头望过来。他背后是巨大的落地窗，夕阳的余晖把他的轮廓勾描成了淡金色。

我叫他，他也不问我干什么，只和我对视一眼，说"好好吃饭"。

"看什么？"江沨放下勺子，微皱着眉望过来。

我忙敛下目光，摇了摇头："没什么。"

"好好吃饭。"他说。

我不知道江沨是不是也记起了从前，不然为什么每一句话都像是磁带倒带？但他说完这话又继续低头喝粥了，看来只是巧合。

他喝得很快，中途还看了一眼手腕上的表，现在已经很晚了。

犹豫了一下，我主动寒暄："你也在春城工作吗？"

江沨"嗯"了一声。

"哦，哦。"我捏紧手里的瓷勺，打量着这套房子，干净宽敞，不像久居的模样，"刚来不久吗？"

江沨又应了一声，这次连头也没抬，像是不愿意和我交谈。可是这天之后，不知道我们还有没有机会再见面了，我硬着头皮继续问："那……在这里待多久？"

"吃完了？"他问。

我摇摇头，不再问了。

喝完粥之后，我收拾碗筷准备去洗，江沨却说："放着吧，明天有人收。"

"哦，好，"这下彻底没有理由再留下，我甩了甩手，说，"那我就先回去了，我们——"

我们再联系。

我犹豫着要不要说出这句话。进入社会几年，我也逐渐明白了有些话只是成年人心照不宣的客套。

改天见、下次聊、再联系……这些寒暄的句子没有人会当真。可是我要是不说，就连再联系的机会也没有了。

我一咬牙，说："如果有事可以随时联系我，我这段时间都在这里。"

"联系你。"江汛重复了一遍。

"嗯。"我用力点了点头，知道不应该久留，起身准备离开时，却不小心碰掉了勺子。

瓷器摔到地上瞬间四分五裂，我慌忙蹲下去捡碎片。

江汛走过来握住我的手腕，力气仍旧很大，握在之前被他攥过的位置。我疼得手一抖，碎片又掉到了地上。

"对不起，"我说，"我打扫一下吧。"

江汛没有放开手，只是松了点儿力气，把我的手掌翻过来。我的掌心上有道被割破的伤口，溢出了一串血珠。

我蜷了蜷手指，说："没事，我回去洗一下就可以了。"

江汛的表情不太好看，他拉着我洗了伤口，由于单手操作不便，他又从我手里拿过棉签，低头擦药。

我忍不住说："以前我的膝盖摔伤，也是你帮我处理的。"

"是吗？"他无所谓地问，但是擦药的动作很轻。

"你不记得了吗？"我小声问，却始终没有得到回复。

贴好创可贴后，江汛起身，打扫了陶瓷碎片，经过我身边两次，都没有再说话。

他再一次从我面前经过时，我的动作比意识更快，我拽住了他的T恤下摆。

江汛停下来看我，似乎在问我什么事，又或是警告我松手。

过了很久,他总算开口了,叫我的名字:"江晚。"语气并不严厉,更像是无可奈何。

我怔了怔,下意识地想叫他"哥",电子铃声却猛地响了起来。

江沨掏出手机,看到来电人后,拨弄静音键的手指顿了顿,又按下接通键放在耳边。

"江爸爸——"清脆的童声从听筒中传了出来。

"嗯?"他眉头舒展,眼尾不明显地弯起,"几点了,怎么还不睡?"

"我在看动画片,马上就睡啦!你明天还会来接我吗?"

"会。"江沨说。

"耶!"小女孩儿的声音瞬间雀跃起来,"你最好了。"

这一瞬间,我才无比清晰地意识到,七年的时光滚滚而过,我的哥哥已为人父,正含笑着跟女儿聊着我不懂的动画片。

原来他已经向前走了。

我缓缓后退,不想惊动这一隅的父女温情。

我快要走出房间时,江沨挂断了电话,嘴角的淡笑在看到我时彻底消失。

"这么着急要走?"他问我。

尽管只有一瞬间,但我还是捕捉到了江沨的笑容。

嘴角上扬,锋利的唇线也被牵动出柔和的弧度,酒窝隐约可见,江沨笑起来是很好看的。

"已经很晚了,"我说,"就不打扰你休息了。"

我又补充道:"我还要回去喂狗。"

来到春城后,我养了一只阿拉斯加幼犬。不知道是不是给它起名叫凯蒂的缘故,无论是作息还是喜好,它都更像是一只猫,不喜欢出门走动,每天大部分时间在睡觉。

其实早上出门时,我给它放了足量的口粮,迟一点儿回也没关系。只是搬出它当作离开的借口,能让我显得不那么狼狈。

说起狗,不知道我曾经养的那只连名字都没有起的猫怎么样了。当初我捡到它时,它只有手掌大小。猫的寿命短暂,如果它还在的话,现在应该也已经行至中年了。

"所以我就先走了。"我说。

沉默片刻,江沨总算"嗯"了一声。

我如释重负,朝着大门的方向走去,江沨跟在我身后。

穿过客厅,我注意到天花板上是一盏华丽的水晶吊灯,吊灯下竟然放着一架钢琴。只是没有开灯,通体漆黑的钢琴几乎隐没在了黑暗里。

脚步一停,我脱口而出:"你还在弹钢琴啊?"

江沨打开吊灯,客厅瞬间明亮起来,灯光流淌在钢琴上。他说:"没有。"

"哦,"不知怎么的,我竟然有些遗憾,"你弹琴很好听。"

"是吗?"

我对音乐一窍不通,但是除了他,就再也没有听过其他人弹琴。

"嗯。"我肯定地说道。

江沨走过去掀开琴盖,指尖滑过琴键,一抬一落,音符便行云流水地倾泻出来,柔和得仿若月光。

哪怕不知道曲名,听到旋律时,我还是愣住了。

一小节曲子结束,他问:"好听?"他的声音仿佛是经过琴弦这种神奇介质传出来的,柔和又浑厚。

"好听,这是——"我点点头,有些不确定。

"是什么?"

"是我第一次去你家的时候,你弹的那首吗?"我问。

"听出来了?"江沨淡淡地说,坐上琴凳,平静地弹完了后半段曲子。

分别的那些年，我偶尔也会设想江汍的生活，只是怎么也描绘不出具体的样子，他从事哪种工作，结交什么样的同事和朋友，成了怎样的人，我通通想不到。

直到此刻，脑海中空白的画面被眼前正在弹琴的人一一填补。

"你这些年过得好吗？"我不禁问道。

"挺好的。"

"那就好。"我局促地点头，松了一口气的同时又感到怅然若失。

江汍反问："你呢？"

没怎么犹豫，我说："我也是。"

走出江汍家的别墅区后，我准备叫车，却发现手机已经没电自动关机了。

他的住处不算太偏，但凌晨这个时间，路过的车辆寥寥，我只好走到路边等车。

夜晚的街道异常安静，站在路灯下，我反复回想这天和江汍的相处情形，有种说不出的奇异感觉。他的疏离表现得很明显，但他帮我擦药、一起吃饭、弹琴，又熟悉得像是我们仍生活在一起。

想得太过出神，有水滴落到鼻尖上，我才意识到下雨了。一开始只是零星的雨丝，我赶紧躲到了树下。没多久，大雨倾盆而下，我的头发和衣服都被淋湿了。

我四下张望，更是不见出租车的影子。风太大了，我背过身，抹掉脸上的雨水，忽然看见有人撑着伞走来。

直到对方走近了，我才确认来人真的是江汍，惊讶地问："你怎么出来了？"

他把伞让出一半的位置，说："过来。"

"不用了，我再等等——"

江沨打断我的话，重复道："过来。"

他右边的肩头被淋湿了，我只好走到伞下，说："谢谢。"

一把伞根本遮挡不住两个人，但是相较整个人暴露在雨中，已经好太多了。我又说了一遍"谢谢"，正想提议先把他送回家，然后再借用这把伞时，听到他说："走吧。"

我的大脑一时短路，我问："去哪里？"

"雨下得这么大不会有车的，"他看我一眼，"你准备等到雨停？"

我们并肩走回他家，江沨收了伞，走进室内。雨水沿着裤脚在地板上漫延，他毫不在意似的，取来毛巾，隔空抛给我一条，说："去洗澡。"

湿淋淋地站在门厅处，踌躇再三，我还是问："我住这里会不会不方便？"

毕竟他已经有女儿了。

江沨又走回来，自下而上地看着我，问："哪里不方便？"

"会打扰你……和家人吗？"

他将目光从我的眼睛上移开，顺着湿透的衣服下移，看到我脚下已经聚集了一小片水渍。

似乎是嗤笑了一声，他说："进来吧，不会连一间空房都没有。"

江沨递给我一套睡衣，把我带到了客房里，简单说明浴室的位置后，就转身走了。

"谢谢。"我不记得今晚已经道过几次谢，趁他出门前又说，"晚安。"

江沨脚步一顿，"嗯"了一声，顺手带上了门。

我洗过澡，头一挨上枕头便睡着了。

这一觉我睡得很沉，闹钟闷闷地响了不知多少遍，却只唤醒了我的一小部分意识，身体怎么也清醒不过来。直到梦见江沨来叫我，我才猛然惊醒。

手机还在振动，是夏炎打来的电话，我还没来得及按下接通键，电话又自动挂断了。

阳光透过窗帘的缝隙投射进来，斜斜地横在床铺上，空气中的细小微尘如同金箔，在光束上跃动。

我收拾好房间后下楼，现在还不到七点，江沨已经坐在餐桌旁了。

他正低头浏览手机，手边放着一杯豆浆，袅袅的热气缠绕在他一侧的面庞上。

我放缓脚步，他却还是听到声音抬头望了过来，目光在我的衣服上一滞："衣柜里有新的衣服。"

"不用了。"我下意识地回绝。昨晚洗澡时，我把被淋湿的衣服也洗了，挂在风口处，一夜过去已经干了，只是皱巴巴的。

他没再多说，只让我过去吃早饭。

面对面地坐在餐桌边，我借由仰头喝豆浆的姿势，默默地注视他许久。

他飞快地回复完消息，又切回了新闻页面，一只手上下滑动浏览，另一只手捏起吐司，慢条斯理地送进嘴里，浑然不在意我的目光。

手机又振动起来，在异常安静的餐厅里显得十分突兀。还是夏炎，他一早上打来了四个电话。犹豫几秒，我按下了接通键。

"你总算接电话了，还活着吗？"

"嗯，"我瞄了一眼江沨，连按了几下降音键，侧过身，把手机贴近耳朵，"睡过头了，没有听见。"

他"哦"了一声，尾音拖得很长，又问，"你在家吗？"

"在。"

"我现在在你家门口呢，小晚。"夏炎的语气带着笑意，他揶揄似的说，"在家就快来开门。"

前不久，他跟随一个项目出差去了。我愣了愣："你回来了？展览顺利吗?"

"先不说我,你人呢?敲门敲得我的手都要断了。"

我只好承认:"我不在家,钥匙还在老位置,你直接进去吧。"

"小小年纪,怎么还开始撒谎了?"夏炎说。

我听到了拧动门锁的声音,紧接着是奶声奶气的狗叫声。

"嚯,"夏炎惊叹一声,"一周不见,这狗又长胖了。"

他这么说着,又问小狗:"是不是饿了?我给你弄好吃的,别指望你那个不回家的爸爸了。"

余光里,我看到江沨放下杯子,朝这里看了一眼。

"不要喂太多,我晚点儿就回去。"我匆忙挂断了电话。

江沨已经起身,拎起搭在椅子背上的西服外套,像是准备出门上班。

没理由让他等我,我一口气喝完豆浆,跟在他身后。

雨已经停了,我和他一前一后地走出院子。他绕过车身,停在驾驶室门口,又示意我上车。

"我出门打车就行,已经够麻烦你了。"

"去你学校顺路。"

"我不去学校,先回家一趟。"

"家里不是有人吗?"他看着我,眉头好像被晨光晃得皱了起来,"还要回去喂狗?"

"不是,"我扯了扯衣服下摆,"我得回去换一套衣服。"

雨后的清晨,空气中弥漫着泥土的清新气味,其中还夹杂着几分沁人的花香。

几秒钟后,他又问:"你住哪里?"

我如实地报出教师公寓的地址,实际上离学校很近。

我再次坐上江沨的车,车内没有任何装饰,连常见的平安符都没有

第七章 好久不见

挂,也没有座椅套,简单得像是店里展示用的新车。

但是亚光黑的中控台下侧,贴着一枚小小的兔子贴纸,不仔细看很难察觉。

这应该是昨晚打电话的小女孩儿贴上的。我突然想到江浔,她小时候最喜欢穿小兔子图案的睡衣,亲切地叫我"晚晚",跟我说"晚安"。

"江浔还好吗?"

"还在读书。"

"哦,那挺好的。"我点点头,再也找不到其他话题可聊。

清晨的高架桥上还未拥堵,江汎开得很快,却很稳,风"哗啦啦"地刮进来,填补了车内无言的空白。

不过十分钟的光景,车就停在了教师公寓门口。

"谢谢,"我解开安全带,"耽误你不少时间吧,我先走了,你开车小心。"

推开车门下车,我强忍着回头看一眼的冲动,听到了汽车引擎重启的声音。

与此同时,一个肥硕的身影朝我奔来。

小狗的身体还未抽条,像一团毛茸茸的雪球。我蹲下身,张开胳膊接住它。

"凯蒂,是不是想我啦?"

下巴被小狗的舌头湿漉漉地舔过,我别开头,按住它的脑袋:"好了,好了,怎么这么兴奋。"

"负心汉,早上谁喂你吃饭的?"夏炎的声音不疾不徐地传过来,他脚踩一双人字拖,轻轻地踢了踢小狗的屁股,"走吧,吃饱了去消化消化。"

"它不喜欢散步,"我揉了揉凯蒂的脑袋,"你是怎么把它带下来的?"

这只狗太懒了,生平最爱吃和睡。每一次遛狗,我都要想尽办法才能哄它下楼。

"你不能总惯着它,它又不是猫,天天睡。"夏炎义正词严地说着,目光落在我身后,停顿了一下,又低声说,"很简单,我跟它说出门有好戏看。"

"什么?"

我还没听明白,他已经越过我,朝前走出两步,一改往日不着调的模样,端正地朝江渢伸出手:"你好,我是小晚的哥哥,谢谢你送他回来。"

穿着一身西服的江渢和穿着T恤、短裤的夏炎握手。

"你好。"他看我一眼,对夏炎说,"不客气。"

他略一颔首,转身离开,动作毫不拖沓。只是凯蒂突然冲了上去,扒住他的裤腿不放。

"凯蒂!回来!"我连忙跑过去,把狗抱起来。

江渢考究的西装裤上已经有了一串爪印,还挂着几道醒目的口水。

"对不起,对不起,"我连连道歉,又忍不住替小狗解释,"它平时不这样的。"

我的辩解却十分苍白,因为凯蒂被我拴在手里,身体仍不断向前,吐着舌头想要靠近江渢。

"老实一点儿。"我小声警告它。

江渢低头看了一眼裤子,没有表现出不满的样子,甚至弯腰摸了摸小狗的头:"这是你养的狗?"

"嗯,叫凯蒂。"

"凯蒂。"他重复一遍,又像是在低声唤狗。凯蒂听到名字兴奋起来,故态复萌地伸出舌头舔江渢的手。

"好了。"他制止小狗的动作,拍了拍裤子,但是已经无济于事——

布料上已经沾满了狗毛和口水。

他还要穿着这身衣服去上班，犹豫再三，我提议道："我家里有粘毛器，你要不要处理一下？"

"不用。"他说。

"哦，好。"我机械地点了点头，"那我先走了。"

狗看起来十分不舍，赖在原地不动。我抓住它的项圈后退，觉得夏炎说得很对，这只狗确实有点儿太胖了。

我正费力时，手边递过来一串牵引绳。

夏炎一直在不远处旁观，不知道听进去多少。他弯腰按着狗头，给它拴上绳子，手腕扯了扯："走了，小狗。"

好似刚刚发现江沨裤子的惨状，他又停下脚步，对凯蒂责备道："你怎么回事？"

"不好意思啊，这狗看着大，其实也才六个月，不懂事，"他又对江沨说，"狗毛不好处理，要不你上楼先换一件，这件拿去洗洗？"

我对夏炎摇摇头，示意不用，江沨却又改口了："可以。"

"那走吧。"夏炎拉着凯蒂，走了几步，又忽然说，"你们吃早饭了吗？"

"吃过了。"我说。

"我还没吃，很饿，你们先上去吧。"夏炎摆摆手，抬脚要走，凯蒂又坐下不动了，目光紧随江沨，最终还是被夏炎强制地、连拖带拉地牵出了小区。

"它很喜欢你。"我忍不住说。

江沨闻言轻轻地笑了笑，能看出他也不讨厌小狗。

"几楼？"他问。

"七楼，没有电梯，可能会有点儿累。"我说，"对不起啊。"

江沨闻言停了停，没说什么。

小区不大，建成许久，设施都老旧了。

江沨走在我前面，一步跨两级台阶。到三楼时，我跺了跺脚，声控灯好像又坏了，连楼上的灯也不亮。中间几层楼的灯常常出故障。

"一层有十级台阶。"我提醒江沨。

他"嗯"了一声，脚步不停，踏上两级楼梯之后，脚下突然亮起来。他打开手机手电筒，却没有照在身前，而是拿在手里照亮脚下。

我踩着他照亮的台阶，亦步亦趋地跟在后面，内心又不可抑止地窘迫起来。

白光打在水泥灰的地面上，每一级台阶上都贴满了牛皮癣一般层层叠叠的小广告——通下水道、开锁，甚至流产、堕胎、一夜情。

艳俗的粉色、黄色的贴纸被他依次踏过，在逼仄阴暗的楼道里发出回响。

这实在不是他该来的地方。

我们总算爬到了七楼，一层楼有三户，我住在左边，褐绿色的铁门上也被见缝插针地贴满了小广告。

我用力跺亮声控灯，掏出钥匙，快速拧开门锁，铁门里是一扇红褐色的木门，锁芯坏了，只是半掩着。

老式楼房的设计十分不合理，门框矮，也或许是江沨太高，进门时还要低下头。

所幸屋子里还算整洁，不过江沨站在门口，礼貌地没有多看。

"请进。"我说

"需要换鞋吗？"

入户地毯上有一双拖鞋，一只倒扣在地上，是夏炎的。我弯腰将拖鞋拾起，收进鞋柜，说："不用，直接进来吧。"

我的西服江沨一定穿不上，我翻翻找找，只找到一套之前买大的运动装。

"你介意穿运动服吗？"

"不介意。"他说。

幸好衣服买来洗过，是干净的，我递给他。

江汛抖开上衣，在颈标上凝视了一两秒，问我："这是你的吗？"

"是。"怕他以为是穿过的，我忙解释，"买大了，我没有穿过，是新的。"

屋子实在是太小了，江汛拿着衣服站起来，我甚至觉得天花板都矮了几厘米，手脚变得无处安放。

他神态自若地脱下外套，开始换衣服。

"那你先换，我……我去洗个脸。"我从衣柜里抓出另一套衣服，钻进了卫生间。

我再出来时，江汛已经换好了衣服，正站在书桌前往窗外看，听到动静转身问我："几点上课？"

他换下了西装，头发可能是套T恤时蹭到了，散落下来两绺，气势却分毫未减。

"七点半就要到班里。"

他抬手看了一眼手表，又拿起换下的衣服，说："走吧。"

"衣服放在这里吧，"我说，"清理干净后我再还给你。"

我以为江汛会拒绝，准备继续劝说。他手一顿，又把衣服放下了："那谢谢了。"

"应该的，要不是因为我的狗，你也不用换衣服。"

即使换上一套普通的运动服，他仍然是英俊的。我忍不住多看了两眼，又意识到他不像我可以穿着随意地去上班。

"你穿这样去上班没关系吗？"

"没事。"

"对不起啊。"

"你要道几次歉？"

江沨的语气很淡，我却无端觉得他是在责备我，又下意识地回道："对不起。"

他突然走近，没什么表情，咬着字问："对不起什么？"

"把你的衣服弄脏了。"

"不是你弄的。"

"还耽误了你的时间。"

"我有的是时间。"

我咬了咬下唇，不知道该说什么了。显然江沨心情不好，至于原因，我暂时没想到。

"我不说了，"我小心翼翼地开口，"你别不开心。"

江沨紧紧地看着我，几秒钟后沉默地越过我，推门出去了。

我们一前一后地走出单元楼，现在正是上班时间，碰到了不少同事，我一停下打招呼，就又跟不上江沨了。

"江老师，早啊。"

"早。"

一位年轻的女老师和我同行，忽然问："江老师，前面那位是你哥哥吗？"

我抬头看向江沨的背影，他已经阔步地走到了车旁。

鬼使神差地，我说："是。"

女老师笑意盈盈地说："你们兄弟俩长得真像。"

"是吗？"我愣了愣。

"是啊，一眼就看出来是亲兄弟了。"

出了小区，她往学校走，我快步追上了江沨，在他拉开车门之前开口："等一下。"

他停下了动作。

"衣服洗好之后我送给你吧。"我说。

"好。"

"那能不能给我一个联系方式?洗好我联系你。"

江汎没有直接拒绝,只是淡淡地说:"不是知道我的住址吗?"

"哦,好的,"我掩下眼底的失落之色,笑着回道,"那我给你送过去。"

小区门前的路本来就不宽阔,又被违停的车辆占去了一大半车道。江汎的车后驶来一辆越野车,车里的人催促他让道,不耐烦地按着喇叭,一声比一声尖锐。

上车前,江汎说了一句什么,声音被喇叭声遮盖,我没听到:"什么?"

"号码还是之前的,"他重复一遍,坐上了驾驶位,声音轻得像是叹息,"你已经忘了吧。"

"记得。"我说。

江汎有些意外地转头看向我。

"关于你的一切我全部都没有忘,"我说,"哥。"

"江老师穿运动服看起来好年轻啊。"

"什么话,明明昨天穿西装看起来也很年轻好吗?"

我刚一进办公室就有老师笑着看过来打趣,我笑着道过早安后就坐回自己的椅子上准备上课的教材。

办公室里喧闹了一阵,我戴着耳机试听课件音源,没有注意大家在说什么,直到身旁空位的椅子被拉开。

这个工位从开学起一直空着,主任说会有新老师来,我摘下耳机,转过头看到一张过分年轻的脸。

"早啊，"他坐下，打量我桌子上的工牌，"江老师？今后合作愉快。"

"啊？"

"你是一年级（2）班的班主任吧？"

"是。"我点头。

"我叫郑尧，是数学老师兼副班主任。"他笑着伸出手。

"你好。"我和他握手。

简单介绍过班级情况后，我带郑尧去了班级教室里。小朋友们见到新老师十分好奇，七嘴八舌地问了他很多问题，他也耐心地一一回答了。

自我介绍完，他提议让学生也做一次自我介绍："可以吗，江老师？"

我点头应下，正好借此机会再记一记大家的名字。

大家按座位顺序依次上台，轮到江玥的时候，我的心突然紧了一下。

她扎着两个羊角辫，皮筋上有粉色的小兔子，和江沨车里的贴纸图案一样。

江玥介绍完自己的名字和爱好，又介绍爸爸妈妈和哥哥："我哥哥画画很好，是个画家。"

我愣了愣，江玥怎么会有哥哥？

直到她下台，掌声响起，我才回过神——这是在学校，江玥是我的学生，老师揣测学生的家庭，实在是失职又荒谬。

我表扬了江玥，小女孩儿开心地笑了起来。

中午放学送走学生之后，我正犹豫要不要回公寓休息，肩膀被拍了一下。

"江老师。"

是郑尧，他问我："一起去吃饭吗？听说学校有食堂。"

他是新来的，我理应带他去食堂熟悉一下环境，但早上在江沨家吃得太饱，天气又热，我根本没有食欲。

"食堂在操场那边。"我指了指对面的楼，犹豫着怎么婉拒。这时手机振动起来，我对郑尧示意了一下，背过身迅速接通电话。

"放学了吗？"夏炎问。

"是你啊。"

"不是我，"夏炎悠悠地问，"你想是谁啊？"

早上江沨只是告诉了我他的电话号码，他又没有留下我的，怎么想他也不可能打来电话。

"没有谁，"我说，"有什么事？"

"我在你的学校门口。"

挂断电话，我向郑尧说明情况。他还没有办理饭卡，我把卡借给了他，然后去校门口和夏炎会合。

夏炎把头发染成了亮金色，在阳光下显得十分招摇。

"你怎么来了？"我问。

"路过。"他说。

夏炎在校门口挑了一家餐厅，刚一坐下，他就迫不及待地问："昨天怎么回事？"

"什么？"

"你和你哥啊，你昨晚不是在他家住的吗？"

"是，"我说，"昨天突然下雨，他就留我住了一晚。"

"我上次看到他也是在这附近，"夏炎回忆道，"过去太久了，其实我也记不清他长什么样子了，就是在车上看见一个人跟你很像。"

"没想到还真的是。"夏炎说。

看我沉默，他又径自说道："我以前看过一个新闻，一对双胞胎被拐卖到不同的地方,长大之后重逢。你们能再遇到也是有缘。"

这一天,已经有两个人说我和江渢长得像。早上在小区门口,他上车之前,我脱口而出叫他"哥",那之后我和他都愣住了。

不知道过了多久,在不断催促的鸣笛声中,江渢抬手揉了一把我的头发,他的手在我的头发上停留了很短暂的一秒钟,之后他就上车走了。

我不知道这是不是他原谅我的信号,就算是,我们也已经长大,有了各自的生活。我不敢奢求和他还能像小时候那样亲密无间,现在偶尔见一面,聊一聊近况,知道他过得好,我就很满足了。

不想再聊江渢,我转移话题,告诉夏炎:"我们学校下周要去秋游。"

夏炎配合地问:"哇,去哪里?"

"好像是附近的什么花山。"

"椿花山。"他纠正,"我以前去写过生,那里挺好玩的。"

一餐饭食不知味,结账之后我和夏炎并排踱步到校门口,学生们和老师们都在午休,街道上静悄悄的。太阳正毒,哪怕站在树荫下也被热浪烘烤着,我催促夏炎赶快回家。

告别前他问:"外婆问咱们什么时候放假回家呢,我说国庆节假期,你没问题吧?"

"好。"我应下。

下午放学,我领着班级的队伍走出校门,却没有看到江渢来接江玥。其他学生依次被接走后,江玥撇了一下嘴角,明晃晃的大眼睛里浸了一层泪水。

我握紧她的手:"不哭,我给你爸爸打个电话,他可能是有事耽搁了。"

我拿出手机,看见页面上停留着两个未接来电,因为下午在上课,我把手机调成静音没有听到。系统显示是异地的陌生号码,但那串号码我再熟悉不过。

电话是江渢打来的。

我有些诧异他竟然有我的电话号码,回拨过去,只响了一声就被接通了。

"哥。"我说。

电话那边的人停顿了几秒,才传来沉沉的一声"嗯"。

我低头看向江玥,小女孩儿眼里含着泪,我问:"已经放学了,你什么时候来接江玥?"

"临时出了点儿事,我现在过不去。"江渢说,"能不能麻烦你先把她送去我家,江老师?"

校门口人潮散去,车流如织,铺天盖地的鸣笛声却从手机那端传了出来,即使看不见画面,也能让人想象到那边路况有多拥堵。

"是堵车了吗?"我问,"你还要多久到?我可以陪她在学校等你。"

"不是,"江渢停顿了一下,说,"我现在在海城。"

"哦。"海城离春城的确很远,哪怕他现在出发,回来也要很晚了,"用不用我先带她吃晚饭?"

江渢说:"家里有阿姨做。"

"好吧,"我点头,"那我把她送回去。"

江玥拉拉我的衣角,我又问江渢:"你几点能回来?"

"明天回。"手机里传来细微的交谈声,那边的人像是在商讨什么,江渢的声音远了一些,"麻烦你了,谢谢,"

"应该的,我是她的老师,那你先忙——"

"江晚。"他突然出声打断我。

几句话的工夫,黄昏已经悄无声息地落下来,周遭的光都暗淡了几分。我眯起眼睛,直视夹在楼宇间的那颗橙黄的太阳,"嗯"了一声。

"记得吃饭,晚上早点儿休息。"他叮嘱。

"放心,我会照顾好江玥的。"

"我是说你。"

他说这话时,仿佛又离手机格外近。我听得很清楚,几度张口,最后只是说:"我知道了。"

挂断电话后,我向江玥解释。

她似乎早就对江沨的"出差"习以为常,并没有追问,只是又攥住我的衣角,小声问:"江老师,你晚上能不能留下陪我?我一个人很害怕。"

我摸了摸她的头发:"你爸爸说阿姨在家。"

"阿姨每次做完饭就走了。"她抽了抽鼻子,神情委屈,眼睛里迅速涌上一层泪,仿佛只要我说不行,下一秒她就要哭出来了。

我实在没有哄小孩儿的经验,更不忍心看她哭,只好点头答应。

要过夜得准备换洗衣服,还要喂狗,我先带江玥回了趟教师公寓。

凯蒂想必这天被夏炎拖着走了不少路,我推开门时,它累得正趴在地毯上睡觉,听到动静,毛茸茸的耳朵来回呼扇两下,又垂下去,像是对我们毫不在意似的。

我给它倒满了口粮和水。

"江老师,这是你养的狗吗?"江玥贴着墙边,一点点蹭到狗身旁,蹲下去小心翼翼地摸了摸它的头。

"是。"

"好可爱呀,它有名字吗?"见它没醒,她又轻轻地点了点小狗的鼻子。

"凯蒂。"我说。

"'凯蒂猫'的那个'凯蒂'吗?"

"对。"

"为什么一只狗要叫猫的名字啊?"

"因为我以前养过猫。"我说。

"哦,好吧,你们大人是不是都喜欢小宠物?"江玥问,"江爸爸也养了宠物,是一只真正的胖猫。"

我的心脏突然快速地跳了两下:"是吗?"

"对啊,它可胖了,"江玥张开双臂比画,"有这么——大。"

"什么样的猫?"我连忙追问,语速有些快。

"我不认识是什么猫,而且它被送到另一个家了,"江玥仰头看着我,大眼睛里全是不解之色,"怎么了江老师?"

意识到自己刚刚的失态样子,我有些好笑,只是一只猫而已。

"没事,走吧。"

我们回到江沨家时,餐桌上已经摆满了餐盘,菜色丰富,看样子刚做好不久,菜还冒着热气。

阿姨见我们回来,打过招呼就离开了。

江玥得意地对我挤眼睛:"看吧,我没有骗你,阿姨做好饭就走啦!"

"知道了,会陪你的。"我对她笑了笑,"快去洗手吃饭。"

不知道是不是江沨嘱咐过,阿姨准备了两套餐具,我也拉开凳子坐下。

江玥的吃饭习惯很好,安安静静的,也不挑食,只有我帮她夹放得远一些的菜时,她会说"谢谢"。

我盛汤时,江玥看着我的动作,忽然"啊"了一声。

"怎么了?"我停了停,"不喜欢喝这个吗?"

"不是,"她指了指我手里的小瓷碗,说,"我突然想起来,江爸爸养的那只大胖猫就叫小晚。"

"应该叫大碗。"她说,"一只橘色大碗。"

安顿好江玥后,我给江沨发了条消息,告诉他我今晚在他家里陪江玥。不知道他是不是还在忙,一直没有回复我。

我睡在前一天睡过的房间里,只是躺下后迟迟难以入眠。

窗户没关紧,窗帘随风飘扬,影子起起伏伏,似是水波荡漾。我盯得出神,不知道第几次尝试入睡失败时,听到身后传来开门的声音。

鞋底踩在木地板上,声音清脆平稳,来人一步一步地踏到床边才停下。

不用睁眼我也能确认,来人是江沨。他不是说要明天一早才能回来?或许现在已经过了零点,是"明天"了。

我紧闭着眼睛,悄悄地调整呼吸,也说不上为什么,不想被他发现我已经醒了,而且我实在想知道他接下来会干什么。

不知道过了多久,久到我甚至觉得身后其实根本没有人,想要睁开眼确认时,侧颈被冰凉的手贴上。

仿佛只是确认我仍然活着一样,他的指腹轻压在我的脉搏上,几秒钟后又撤离。

这是什么意思?

我更加疑惑,可已经错过了最佳"醒来"的机会,现在再"醒"未免太刻意,只好沉下心继续装睡,不久就真的睡了过去。

我听见江沨叫我"小晚",那声音太真实了,令我分不清究竟是不是在梦里。

再醒来时,左胳膊被压得发麻,原来我保持一个姿势睡了一整夜。

房间里空无一人,门紧闭着,昨晚果然是在做梦,我梦到江沨从海城回来了,还叫我"小晚"。

我下床拉开了窗帘,发现昨晚没有关紧的窗户被合上了。衣服都来不及换,我推开门,走到江溆的房间门口,敲了敲门,迟疑地喊:"哥?"

没有人回应。

我洗漱完下楼,阿姨已经在准备早饭。她看到我下来,愣了一秒,才把煎蛋滑进盘子,双手在围裙上蹭了蹭:"江先生,早上好。"

"早上好,"我说,"我叫江晚,您直接叫我的名字就行。"

"我知道,江总跟我说过,"她笑了起来,眼角的纹路延展开,"那我和江总一样叫你小晚吧。"

我眨了眨眼,说:"好。"

阿姨提前吃过早饭,把豆浆打好后,却只倒了两杯。

"是不是少一个杯子?"我问。

阿姨看上去很是不解。

"我哥……江溆没有回来吗?"

"江总昨天出差了,"阿姨说,"说是今天才能回来呢。"

如果不是窗户被人关紧了,我就要以为昨晚只是做了场梦,梦到江溆叫我"小晚"。

"阿姨,您早上什么时候来的?"我问。

"五点钟左右,一般都是这个时候来,先给院子里的花浇浇水,再做早饭。"

也就是说江溆昨晚回来过,五点之前又离开了?

我来不及细想,楼梯间传来蹦蹦跳跳的脚步声,江玥一步跨两级台阶地往下跳着。

我说:"慢点儿。"

我还没来得及走过去,就听到阿姨开口说:"江总看见又要批评你!"

"知道啦。"江玥跑过来,拿起吐司咬了一口,脸颊鼓鼓的,"江爸爸简直比我亲爸爸还严格!"

我拉椅子的手顿住,脑海里涌上来许多被忽略的细枝末节:江玥对江溆带着姓氏的称呼、自我介绍时说的哥哥,还有他们毫不相似的五官……

阿姨站在餐桌旁问我:"小晚吃得习惯吗?"

"嗯,很好吃。"

"哎,那多吃点儿。"她听到这话很高兴的样子,笑意挂在眼角眉梢,"下次想吃什么你提前跟阿姨说,我给你做。"

"我……"我搓了搓指尖,轻声说,"我就是来借住一晚,您不用麻烦,坐下一起吃吧。"

"没什么麻烦的,别客气呀。你不好意思跟阿姨说的话,就跟你哥说,让他告诉我。"

我还想说不用,被阿姨打断:"不许说话了,快吃饭,你太瘦了,要多吃点儿。"

上午的课结束后,我回到办公室,年级组长交给我一摞档案袋:"江老师,这是你们班的学生手册。你检查一下,在第一页班主任那一栏签个字。"

"好的。"我拉开凳子坐下,绕开棉绳,依次检查学生的信息。

打开江玥的档案时,我深呼吸一口气才低头看了起来。

家庭状况那一栏中,父母的姓名都是陌生人名,没有江溆。其实早上吃饭时,我就大概猜到了,因此不太惊讶,甚至有种"果然如此"的释然感。

我再往下看,江玥的确有个哥哥,叫陆周瑜。

我记得他,他是介绍我到画室工作的江溆的高中同学兼好友。原来江玥是他的妹妹。或许是有某种原因，陆周瑜把妹妹托付给江沨照看。

江沨没有说明这件事，我就不应该好奇。只是除了他是江玥的监护人这件事，他昨天出差时深夜突然回来又离开的行为同样怪异，我隐约有种不好的预感。

检查完所有档案，我签好字将其放在一旁，拿出手机。

昨天告诉江沨我留宿他家的短信还是没有得到回复，在犹豫片刻后，我一咬牙，又发去一条短信："你什么时候有时间，我们可以聊一聊吗？"

短信发送成功后，我全身都轻松了不少，缓缓地舒出了一口气，又把他的电话号码重新存进通信录里，备注是"哥"。

江沨这次回复得很快："好，等我回去。"

中午放学后，我到校外的餐厅吃午饭。点完单，餐厅的电视里正好开始播放午间新闻，我的耳朵比大脑更先捕捉到关键词——江怀生入狱后二次病危。

我愣了愣，同时听到隔壁桌客人的窃窃私语声。

"你不知道吗？当年海城暴雨，就是他害死好多海城人。"

"好像有点儿印象。"

江怀生这个名字我永远不会忘，只是时间太久，猛然听到我竟有种恍如隔世的感觉。

我挑了一个离电视近的座位坐下，开始看新闻。

这是直播节目，主持人一边在医院门口等待采访，一边陈述着前情提要。

七年前江怀生因受贿、伪造文件被认定为长风大桥垮塌事故的主要责任人，同时受到检举，其投资建设的多所小学皆存在安全隐患，最终被判有期徒刑二十年。

入狱不到一年，江怀生突发急病，几度心脏骤停，经抢救才捡回了一条命。如今他再度住进了医院，情况却不太乐观。

主持人介绍结束，画面开始跟进医院，像是非常规拍摄，镜头摇晃不清。忽然间，一个镜头晃过江汲的侧脸，他穿着一身黑色西服匆匆走近。记者追上他，问他是不是来探望江怀生。

江汲没有回答她的问题，径直踏进了病房大门。

画质不高，看不清他的神情，但不知道为什么，我直觉他是有点儿难过的。

回到家，我总是不由自主地想到有关江怀生的新闻。其实江怀生的状况好坏，我根本不在意，只是江汲走进病房前的身影令我难以忽视。

我在网上搜索江怀生的新闻，或许是时间太久，关注这件事的人并不多，没有什么新的报道。我想给江汲发消息问问情况，又担心打扰他，最终只好作罢。

趴在地毯上熟睡的凯蒂突然呼扇两下耳朵，睁开眼，蓝色的眼珠子翻转一圈，目光锁定在大门上。

几秒钟之后，门被敲响了。

入户门有两道，里面的木门的锁坏了，只是虚掩着。

"谁啊？"我走过去打开门，看到江汲站在外面。

"哥？你怎么来了？"

"里面的门怎么不关？"江汲和我同时开口。

"坏了。"我说。

凯蒂见到江汲，从地毯上一跃到门口，围着他转圈，鼻子不停地嗅来嗅去。

"好了，好了。"我拨开狗头，让他进到房间里，把门关好，想到那则新闻，又问，"哥，你刚从海城回来吗？"

"嗯。"

"今天放学，江玥的妈妈来接她走了，我看了证件，也问了江玥，确认那人是她妈妈。"

"我知道。"江汎说。

我看了一眼时间，已经很晚了："那你来找我是有什么事吗？"

"你不是说要聊一聊？"江汎反问，他说的是我上午发的短信。

"我——"

他的裤脚处有零星的泥斑，西服下摆也褶皱纵横，我第一次看见他如此风尘仆仆的模样。难道只是为一则短信，他就从海城匆匆地赶了过来？

"我不急的，"我内疚地说道，"等你忙完了再聊也可以。"

江汎没有说话。想了想，我问："哥，你吃饭了吗？"

"没有。"

"你想吃什么？我去买。"我马上说。

可能觉得麻烦，江汎说："不用了。"

"不能不吃饭的，我这里只有泡面，吃泡面可以吗？"

"可以。"

我拿出一桶泡面，蓄进热水，面饼逐渐松散开，油星浮上了水面。

"不盖上吗？"江汎在一旁问。

"哦，要盖的。"我把盖子合上，又随手拿了一本书压在桶上。

"《班主任专业基本功实务》。"他读出书名，轻轻地笑了笑。

我霎时难为情起来，想捂住封面，但是已经被看到了，只好解释："我之前没有经验，就买了几本书看。"

"嗯，教得不错，江老师。"

"你又没有听过我讲课。"我小声反驳。

"我听江汛说的。"

"哦。"我揉搓着书角，坦白道，"我今天看到江玥的档案了。"

看江汛没什么反应，我又说："我一直以为江玥是你的女儿。"

"我没这么说过。"

他确实没说过，我点了点头："是我误会了。"

面需要泡三分钟，一百八十秒，我一下一下地默数着心跳，到第一百下的时候，江汛突然问我："记得陆周瑜吗？"

"记得，你的同学。"

"嗯，"江汛继续说，"江玥是他的妹妹，去年在幼儿园差点儿被绑架。"

我愣了愣："为什么啊，绑匪被抓到了吗？"

"没有。"

江汛没有告诉我具体的细节，只说江玥待在海城和她父母身边不安全，所以暂时被送来这里，由他照看。

"那她在这里没有危险吧？"

"暂时没有，这学期结束，他们一家人准备出国定居。"

"哦。"我点点头，放心了一些。

安静了一会儿，江汛问我："你想聊的就是这个？"

不只是这个，但是面泡好了，我说："哥，你先吃饭吧。"

在我的印象中，江汛一直是养尊处优的人，从来没有吃过这种速食品，但是他捏着小小的塑料叉子卷着面吃，看起来也毫无违和感。

狭小的屋子、贪吃且懒惰的狗、工业香精味十足的夜宵，还有两个沉默的人，组成了万家灯火中的其中一盏。

我久久地望着他，心里沁出一点儿类似感动的情绪。

江汛吃完一整桶泡面才放下叉子，简短地评价道："好吃。"

明明泡的时间超过了三分钟，错过了最好吃的时机，面都发胀了。

"是你太饿了。"我说。

"可能吧。"

他主动收拾了餐桌,中途接起一通电话,说:"晚一点儿回去再说。"

等他挂掉电话,我问:"你今晚还要回海城吗?"

"嗯。"

不到两天,他两次往返春城和海城,这两地相隔上千公里,哪怕交通再发达他也一定很累。

如果这天他回来是因为我说要"聊一聊",那昨晚呢?

迟疑片刻,我还是问了:"哥,你昨晚是不是也回来了?"

江飒没有否认:"嗯。"

"为什么啊?"

"不放心。"他简单地说。

他不放心什么?我正想继续追问,又停下了,内心泛起一个几近荒谬的猜想。

——是怕我再次不告而别,所以匆忙回来确认吗?

"哥,"我张了张口,一颗心酸胀得像是会随时破裂,"我今天看到江怀生的新闻了,你忙的话,就不要来回跑了。我……我不会——"

只是踌躇了一下,我就被江飒打断了,他说:"不用看江怀生的新闻,都过去了,他现在跟你没关系。"

七年前,我离开海城前把陈阿姨给我的文件连同手机一起扔在了机场里,被工作人员捡到。他们把手机充上电,重新开机后,联系上了江飒。

江飒早就对江怀生的工程起过疑心,只不过没有证据,直到他拿到那份文件。

不久后江怀生锒铛入狱。他第一次病危被抢救过来,虽然保住了性命,但是记忆力开始衰退,记得的人和事情越来越少,到近两年,甚至有时连自己是谁都不知道了。

"他现在还好吗?"

"还在昏迷。"

我思考着或许应该说些什么,张了张嘴,却发不出任何声音。

"你不用再恨他或者想报复他,"江飒平静地说,"医生说他潜意识里抗拒醒过来,所以可能会一直昏迷,或是直接死了。"。

"我没有想报复他,"我坦诚地说道,"其实他怎么样,活着还是死了,我都不在乎,我只是不想你太累。"

"嗯,这样最好,这个人和你无关,把他忘了,以后好好生活。"

"好,我会的。"我很听他的话,从小到大都是。

江飒闻言总算笑了笑。

"哥。"

"嗯?"

"你好像从来没有跟我说过这么多话。"

"是吗?"江飒说,"你不是说想聊一聊?我觉得这些事你应该知道。只是有一点我一直想不明白。"

"什么?"

"你把文件都扔了,"江飒淡淡地问,"不是为了报复江怀生,当初为什么要走?"

没想到江飒突然问起七年前的事,他的语气里并无诘责之意,可我还是生硬地垂下眼睫,躲开了他的视线。

头顶传来一声低低的轻叹,似乎是无可奈何,他说:"没有非要你说的意思,我得走了,早点儿睡。"

我叫住他:"哥。"

江飒已经走到门前,闻声停下脚步,侧过头问我:"怎么了?"

第七章 好久不见

"你全部忙完再回来吧,"我恳切地说,"我不会再走了,以后都不走了。"

江汎离开之后,我们已经三天没有联系过,我再看见他时,是在新闻频道里。

雨下得很大,我隔着屏幕仿佛都能听到雨水砸在伞面上的声音。

记者在医院外蹲守江怀生的消息,意外拍到了江汎驾车到医院的画面。他停了车,连伞也没撑,在雨中走了很长一段路才进到大楼里。

回家路上,我接到了一通陌生电话,对方是安装师傅,称来给我更换入户门。

"是不是打错了?"

"你是姓江吗?"

"是。"

"那没有错,"师傅说,"预约人就是姓江。"

我的门锁坏了有一段时间,但我迟迟没有找人来修。预约人大概率是江汎,我快步走回家,领着师傅进门。

旧门被拆下,换了新的防盗门,安装师傅接过水,仰头喝了几口之后,说:"江老师好眼光,新换的这门结实得很,是我们店里最好、最安全的门。"

"谢谢了。"我帮忙拿起地上的工具,"我送你们下去吧,正好要回去上课。"

下午最后一节课上,班里每个学生都显得格外兴奋,坐在椅子上不安分地扭来扭去。讲课途中,我不得不三次停下维持课堂秩序。

直到临近放学,我才在众多期待的目光里,开始讲明天去椿花山秋游的事。

"明天早上九点,和家长一起到学校门口集合,知道了吗?"

"知道了——"

"我们要去几天记得吗?"

"三天——"

我把秋游的注意事项下发,叮嘱:"这个表回家拿给家长看,签完字明天要带给老师。"

"好——"

平时上课读书的时候,大家从来没有这么整齐过,我看着讲台下奶声奶气地讲话的小朋友们,心里不免觉得有趣。我也忍不住回想自己小时候,能被外公带出去玩就是最开心的事。

我回到家,中午新换的门又被贴上了零零散散的小广告。

想起师傅反复强调的"安全",我屈指敲了敲,门隔音很好。往常我上楼时,凯蒂听到脚步声早早地就会蹲在门口叫,这天一点儿动静也没有。

我用钥匙一点点把门上的广告铲掉,又掏出手机拍了张照片,发给江沨。

"门装好了,谢谢。"

"学校明天组织去椿花山秋游,去三天,我都不在家。"

想了想,我又发了条消息:"下雨要打伞。"

因为要外出三天,我只好把凯蒂送到夏炎那里。

回家路上,我绕到了离家很远的人工湖。据说因为春城四面环山,没有活水,政府才出资建设了一片湖泊。

临近傍晚,暮色沉沉,湖边一片荒芜,繁密的香樟树叶都停止了摆动。湖面平静且清澈,偶尔被游弋着的灰天鹅划出阵阵涟漪,竟然无端生出几丝海港般的气息。

我在湖边逗留许久才回家，刚进小区，远远地就看到了站在一盏路灯下的江溯。

白天才在新闻上看过他，我快步走过去："哥，你怎么回来了，忙完了吗？"

"去接江玥，明天我带她去秋游。"

"你也去啊？"

"嗯。"他幅度很小地点了一下头，"不行吗？"

江溯能去我当然开心，只是新闻里据知情人透露，江怀生的状况很不好，我有点儿想问问江溯。我并不是关心江怀生，而是不想江溯这么累。但是我又想到他不许我再看新闻，犹豫再三，还是没有问出口。

"不是，能去。"

江溯从路边的矮台阶上下来，顺手解开袖口，转动一下手腕，语气笃定地说："你又看新闻了。"

"没看。"

"那怎么知道我没打伞？"

"只是刚好看到。"我狡辩。

他笑了笑，好像并不在意这回事，只是随口一提。

我仰着头逆光望着他的脸，意识模糊地想到很多年前，在江怀生家的院子里，我捡起猫仓皇地从花盆后面跑出来，正对上江溯的那一幕。

"哥。"

"嗯？"

"我以前养的那只猫还在吗？"我问。

"在。"他说。

"哦。"我点点头，不太确定是不是用力过猛，脑袋有些发晕，"谢谢。"

"谢什么？"江汛看着我，"帮你养猫？"

"不全是，谢谢你帮我养猫，帮我换门，下雨天收留我。"

江汛没有说话。

我把指甲按进掌心，暗自吸了一口气，说："还谢谢你愿意让我再叫你'哥'。"

我清楚这不是最好的剖白时机，但一秒钟都不想再等了："哥，能再遇到你我真的很开心，我一直不敢回海城，来春城是因为夏炎说他好像见到了你，我就想来碰碰运气。能见你一面，知道你过得好，我就知足了。

"我的运气一直不太好，只有这一次……"

意识到语句混乱，我有些难堪地停下了。江汛却紧紧地看着我，似乎在等我继续，我只好又说："我知道那个时候不告而别是错的，让你失望了，只是……只是我不想因为我和江怀生的关系牵连到你，所以才……对不起，哥，我一直想跟你说对不起。"

自始至终，江汛都维持着一个姿势认真听我说话，没有打断，也没有拒绝我。

"遇到你之后，一开始我以为你过得很好，家庭美满，事业成功，比我想过的所有可能都还要好……你一直都很好很好。可是我现在又觉得你太辛苦、太累了。"

我鼓足勇气，恳求他："哥，能不能让我继续当你弟弟？我想有机会可以陪着你，哪怕只是下雨的时候帮你撑着伞，也好过只能在电视上看你几秒钟……哥，好不好？"

说完之后我干脆闭上了眼。

树叶被吹得"沙沙"作响，除此之外万籁俱寂。

半晌，我才听到江汛说："不好。"

"避重就轻。"他沉吟着指控我。

我睁开眼，听不懂他的意思，心跳却异常快。

"你还不明白吗？"江沨说，"你走的时候我没有同意，我永远都是你的哥哥，所以你不用问这种问题。"

他话音落下，直视着我。

我张了张嘴，却一时找不到自己的声音，许久，只叫出一声"哥"。

"嗯。"

他答应了一声，于是我知道我的哥哥终于被我找回来了。

江沨没有接着这个话题聊，而是问："今天怎么回来这么晚？"

"我去湖边了，"我暗自吸了一口气，平稳地回复道，"附近有一片人工湖，很大，水很蓝，有点儿像海城的海边。"

那湖也有点儿像江怀生家院子里的泳池。

"你想去看看吗，哥？"我问。

我们并肩走在湖边，秋天的月亮亮得不像话，嵌在远处的山间，但又不似冬天那样冷冰冰的，整个湖面笼着一层暖阳的光芒。尽管如此，路过一个坏掉的路灯下时，江沨还是提醒我说："看路。"

"哦。"我垂下眼，看着脚下一长一短的两条影子。

我知道江沨看出了我不愿再多说什么，尽管他指责我"避重就轻"，却仍旧主动越过了这个话题，大发慈悲地原谅了我。

人总是趋利避害的，我又一次利用了他对我的宽容，或许说纵容更恰当一些。就如同当年在江沨的纵容之下，我才得以走进他的生活。

我暗暗发誓，这一次无论如何我都不会再让他失望。

"冷吗？"绕湖走了一圈，江沨停下脚步问我。

"有一点儿，"我说，"哥，我们回去吧。"

那天晚上，江沨并没有跟我上楼，也拒绝了我陪他一起去接江玥的提议。他把我送到小区门口，伸手拦下了一辆出租车。

车灯从远处照过来，恍惚间我好像回到了高一他来给我开家长会的时候。学校门口的小吃车冒着袅袅热气，同学们三三两两地凑在一起嬉闹着，我叫住他，不知天高地厚地问他能不能等等我。

江汎怎么说的？他一手扶在车门上，隔着车身直直地望过来，说："好。"

出租车稳稳地停在我们面前，上车前，江汎催促道："上楼吧，早点儿睡。"

"好，晚安，哥。"

"晚安。"

在他迈上车前我又出声："哥。"

江汎动作一顿，转身看过来。

"我明天早上在学校门口等你。"我说。

他笑了笑："好。"

出租车很快融进了夜色中，我转身走进小区，路灯把影子拉得斜长。如果是在海城的话，梧桐叶马上就要落满地了，人踩上去会发出脆响。

我回到公寓时，时间还早，夏炎的电话打了过来。

我接通："喂。"

话音刚落，那边传来一阵急促的狗吠声，其间夹杂着夏炎断断续续的声音："你儿子想你了……哎哟，这是手机，别舔了。"

"凯蒂？"我小声地唤狗，尽管刚刚把它送走，现在却已经开始想它了。

我不禁放缓了声音："等我回来了就去接你哦。"

"你回来可能要先去给我买部新手机。"夏炎见缝插针地从狗吠声中插话，"已经被口水淹了。"

"啪"的一声，他拉开罐头哄着凯蒂，声音逐渐拉远："喏，吃吧，你最爱的……乖乖的啊。"

静了一会儿，那边的声音才清晰起来："你这阿拉斯加不会是吉娃娃串的吧，买的时候上当了。"

"这个年龄的小狗都很活泼。"我反驳他。

"它要是真活泼也不会这么胖了，就只有嘴活泼。"

我知道夏炎只是嘴上说说，他对小动物和小孩儿一向比我要耐心得多。

那边传来一阵窸窸窣窣的声响，应该是他在擦手机，声音又变得断断续续的："明天去秋游，东西都收拾好了吗？"

"嗯。"

"忘了跟你说，椿花山上蚊子特别多，尤其是这个季节，别忘了带驱蚊液。"夏炎一边叮嘱，一边"哗啦啦"地给凯蒂倒水喝，随即又补充道，"就你那细皮嫩肉的，被咬一个包半个月都下不去。"

家里没有驱蚊液，加上我这天精神过度紧张，我甚至难得有想要睡觉的疲惫感。我使劲眨了眨眼睛，还是点头应道："好，知道了。"

"你早点儿睡吧，"夏炎说，"我得带狗下楼遛遛，肥胖不利于狗狗健康，是不是，小狗？"

我踌躇着，不知道该不该告诉他江玥的哥哥是陆周瑜的事。虽然夏炎从来没有主动跟我提过，但是我一直忘不掉很多年前，在咖啡厅里撞见他们发生争执的那一幕。

"挂了啊。"

"明天我哥也一起去。"我赶在他挂电话之前说。

"怎么，江老师也要有监护人陪同吗？"他调侃道。

"上次跟你说他有孩子，其实孩子是他朋友家的小孩儿，现在在我班里，"我垂眼按了按掌心，解释道，"江汎只是暂时的监护人。"

犹豫再三，我还是没说出陆周瑜的名字。

夏炎应了一声，我催促他去遛狗就挂了电话。

睡意汹涌而来，我重重地把自己砸进床里。

大概是因为睡前想到了江汎来给我开家长会的事，半梦半醒间，我感觉身子在沉沉地下坠，越来越快，越来越快，最后摔在高中教室的课桌前，周遭全是自习课上翻卷子的声音。

我努力地想清醒过来，或者是换一场梦。过去的很多年里，我总是反复梦到少年时代，无论哪一场梦，江汎都从未缺席，甚至有些梦境会反复出现，毕竟我和他真正相处的日子非常少。我却从未梦到过高考冲刺的那段时间。

梦里，我不受控制地埋头拼命写着数学卷子，第一页却怎么也写不完。周围的人逐渐离开考场，最后整个教室里只剩下我一个人。我做题做得大汗淋漓，大滴的汗珠摔在卷子上，把写过的字迹洇成一团团的。

火烧云顺着窗户框慢慢攀上来，直到染红整间教室时，我才总算完成了整张卷子。起身时发现教室里空荡荡的，我攥着卷子不知道要交给谁，只觉得浑身脱力。

不知道过了多久，闹钟响起时，我几乎是迫不及待地睁眼起身，手心紧攥着被子的一角。

凯蒂不在，清晨的卧室难得清静，我光脚下床拉开窗帘。太阳将将升起，把天空照得透亮，一点儿也不像贯穿整个高中时期的日出前灰蒙蒙的天。

我现在想来，那段拼命学习的日子应该是很累的，只是当时为了能和江汎上一个大学的渴望轻而易举地压倒了所有障碍。

我愣神的工夫，太阳已经完整地挂在楼宇之间，满室被阳光映得通红。双手按在窗台上，我把上半身缓缓地探出去，长吸一口气，感觉自己像一株清晨含苞的植物，无端生出些明朗又热烈的东西来。

第七章 好久不见

在学校门口看到江飒和江玥时，我那颗慌慌的心才总算松懈下来。

江玥背着粉色的小书包，高高地举起一只手，声音清脆地喊道："江老师，早上好！"

"早上好。"我笑着回应她，将目光移到江飒身上，还没等开口，随之而来的便是此起彼伏的"江老师早上好"的声音。

我只好停下迈向江飒的步子，一个一个地跟小朋友们问好。等打完一圈的招呼，我已经被他们团团围住了。

"江老师，椿花山好玩吗？"班长举起小手满脸期待地问我。

"老师也是第一次去，"我顺手把他翻到外面的兜帽整理好，想了想说，"不过听说山里有小兔子，还有缆车可以坐。"

"哇——小兔子！"

"我要坐缆车！"

"我也要坐缆车！"

"江老师，你是不是还没有吃早饭？这个给你。"肉乎乎的小手塞过来一盒儿童牛奶，纸盒上还带着手心的温度。

"谢谢你。"我还没收下牛奶，马上又有饼干、薯片、花花绿绿的糖果被七手八脚地塞过来。我一一道谢，再将东西返还到他们手中，"老师吃过早饭了，这些我们留到爬山的时候再一起吃好吗？"

小朋友们异口同声："好——"

我的心不禁软塌下去一块，余光里我感受到了江飒的目光，一转头，正好对上他饶有兴味的眼神。想起和小朋友们说话时的样子可能全被他看了去，我的脸颊微微发烫。我避开他的目光，从书包里拿出点名册。

椿花山位于春城和临城的交界处，只是主干山脉的一条余脉，山势平缓，海拔不高，仅有三百米左右，因山上种满椿花而得名，并且离市区不远，车程一个半小时，是春城难得的郊游好去处。

上车之后我又点了一遍名，确定人员无误后叮嘱了一些乘车事宜。

"有哪里不舒服要马上跟老师说,知道了吗?"

"知道了——"

大巴车除了最后一排座位,其他都是双人位,家长带着小朋友刚好坐满。副班主任郑尧坐在第一排位子上,见我说完后,向我招手,把旁边的空位上的背包拿起来,塞进怀里,拍了拍座椅,说:"江老师,坐这儿吧。"

"我坐后面,一前一后好照应。"说着,我踱步走向车尾。

江汎这天没有把头发梳上去,刘海软软地搭在前额上,有点儿长了,遮住了大半眉头,狭长的眼皮轻合着。我刚走到最后一排位子前,他眼皮微微一动,随即睁开,露出一双黑白分明的眼睛。

"忙完了?坐吧。"江汎开口说道,音量不高,声音有点儿沙哑。

"嗯。"我紧挨着他坐下,后排的座位逼仄,他两条长腿塞在里面显得尤其勉强。

"书包。"他从我手里接过包,胳膊一抬,将包放在了行李架上。他的袖口宽大,随着动作滑到手肘处,露出一截线条紧绷的小臂。我这才后知后觉地意识到江汎这天穿着运动装,配上他的发型,看起来年轻极了,像个大学生一样。

"谢谢。"

"安全带。"他又出声提醒。

"哦,好。"

扣好安全扣后,我仰靠在座位上,座位狭小,我和江汎的肩膀靠在一起。江玥坐在最里面靠窗的位置,正兴致勃勃地和前面的小朋友交换零食,座位上方小小的出风口不遗余力地送着风。

车程过半时,车里总算安静了下来。江汎已经睡着了,我能准确辨别出他真正睡着和闭眼休息时的细微差别,这也是早在多年前练就的本领之一。

我放缓动作，正准备到前面巡视一圈，坐在前排的郑尧先一步站了起来。看到我的动作，他抬了抬下巴示意我坐着，一点点地从前排挪了过来，中途捡起了一只水瓶和一只小熊玩偶。

"嘿，一切顺利。"郑尧说着，坐在我旁边的空位上，"带小孩儿也没有想象中那么累嘛。"

我点头认同。

"对了，"他从上衣口袋里掏出一张卡片递给我，"差点儿忘记了，你的校园卡，谢了。"

"嗯？"卡片背面朝上，看不到名字，我一时没反应过来。

"上次我去食堂吃饭还没办卡，你借给我的，忘了啊？"郑尧把卡翻了个面，证件照朝上，再次递过来，"这不是你的照片吗？"

"是，不好意思，最近事情比较多，没想起来。"我接过卡片，想了想又问道，"你的已经办好了吗？"

"办好了。"他说，将目光从我的证件照上一掠而过，"这是你大学时拍的照片吗？看着年龄好小，有二十岁吗？"

感觉被勒得有些喘不上气了，我扯了扯胸前的安全带。

我竟然忽略了郑尧是个十分健谈的人。

"嗯。"

果然，郑尧又问："听说江老师大学是在芬兰读的？好远啊。"

我不得不回答："是的，因为喜欢看雪，所以就去了。"

本以为这个话题可以就此结束，但我显然忽略了郑尧的社交能力。

"确实，芬兰的极光也超美的。"他"啧啧"了两声，眼神突然闪烁起来，"我读研的时候和朋友一起去罗瓦涅米看过极光，真的太美了。我还顺便在当地过了圣诞节。哇，不愧是圣诞老人的故乡，去到那里我真的相信世界上有圣诞老人。"

我的太阳穴一下一下地剧烈跳动着，熟悉的地名仿佛触动了全身神经的开关,我却做不到让它们安静下来。

郑尧没有察觉我的异常,自顾自地大倒苦水:"不过我的相机丢在那儿了,可能是忘在雪地里了。雪那么深,我找了好久也没找到……"

他说得没错,罗瓦涅米是绝佳的观测极光的好去处,每年十月到次年三月,从市中心一路向北,一直到山脚总能追到极光的。运气好的话,甚至能追到罕见的、五级以上的极光。那些神秘的、变化着的绚丽景象,据说能让看过的人永生难忘。

我第一年到罗瓦涅米时,导游是个只会说蹩脚普通话的华裔。他告诉我,看到极光的人可以获得一辈子的幸福。

为此,我大学时期去过很多次,跟过极光团,找过当地的极光猎人,也一个人独自步行至漆黑的郊区里支顶帐篷坐了一整夜,却仍没有追到过极光。

"是很美,"短暂的眩晕感过去,我笑了笑,"雪也很厚。"

"不过——"他拖着长长的尾音话锋一转,"哪里也没有国内舒服,好吃的这么多,学校餐厅的饭让我天天吃都不会腻。"

不知道是郑尧总算看出了我不愿意再谈往事,还是他真的已经被餐厅的员工餐收买,总之毫无预兆地,话题从北极圈里那些变化莫测的绿光,被他拉回餐盘里的有机蔬菜上。

他涉猎广泛,嫁接换根、起垄栽培有关的事情都能说上两句,我也逐渐跟着放松了下来。

工作日的缘故,路上车并不多,车子很快下了高速路,郑尧起身坐回前排。我抬手看了一眼手表,再过十分钟就到目的地了。

我刚一解开安全带,江汎也醒了:"到了?"音色是刚睡醒后的沙哑。

"快了,已经进景区了。"我说,"哥,你再休息一会儿,我得去前面说一声。"

第七章 好久不见

"去吧。"他说。

大巴车顺利地停在山脚的酒店前,由于学校常年与景区合作,我们一下车便有工作人员负责安排我们入住。家长和小孩儿住一间,我和郑尧各一间单人房。江汛带着江玥去前台换了一间大套房。

上午的行程只安排了入住休息,午饭过后才开始户外活动,我把房卡依次发下去,并且挨个叮嘱好开饭时间。

把最后一张房卡递给郑尧后,我还没收回手,手腕便被他一把抓住。他诧异地问道:"江老师,你被蚊子咬了?怎么有个这么大的包?"

下车时因为天气热,我把袖口卷了上去,此刻看见小臂上有一连三个硬币大的包,已经肿得鼓了起来,其中两个已经连成一片,隐隐泛着青紫色。我想起昨晚夏炎的叮嘱,山里蚊子多,应该是进酒店前在外面被蚊子咬的。

"没事,没什么感觉。"我不动声色地把胳膊从他手里挣脱出来,"一会儿就消下去了。"

"这应该是山上的毒蚊子咬的吧,估计一时半会儿也下不去,我去问问谁带有花露水。"郑尧说。

"我有。"

江汛的声音在身后响起,不知道他什么时候又折回了大厅。他脚步不停,走到我身侧。

"被蚊子咬了?"他眉头微蹙,把我的胳膊抬起来看了看,"已经肿了,走吧。"他说着,另一只手提起我随手扔在沙发上的背包,在郑尧诧异的目光下,拉着我大步离开了大厅。

门被关上,屋子里静悄悄的。

"江玥呢?"我环顾一圈问他。

"又睡了。"他朝套间里的一扇门扬了扬下巴,然后不由分说地把我按在沙发椅上,自己拽来另一张塑料凳坐下。

他从背包里掏出一个小玻璃瓶,瓶身密密麻麻地印着字母。他拧开盖子,青草和薄荷的味道扑面而来。

江飒把绿色的半透明膏体挖在指尖上,又拉过我的胳膊。药膏刚碰到皮肤,冰得我条件反射地颤了颤,他立即停下动作,身体微微前倾:"疼?"

"不是,"我主动又把胳膊送出去,抬头冲他笑了笑,"就是有点儿凉。"

我的胳膊的整片皮肤都被薄薄地涂了一层药膏,最后他轻轻按了按最红肿的那个包:"连着被咬三个都没感觉吗?"

"没……"事实上,直到现在我也没感到痒或者疼,尽管被咬得皮肤上已经渗出了几个血点。

"可能是太紧张了,"我实话实说,"第一次带这么多小孩儿,很怕出差错。"

这时候我才意识到,从我们相识到现在,已经过去了十六年。我长大成人了,但仍然会不自觉地在他面前袒露脆弱的一面。

"紧张什么?"江飒闻言像是想起什么一样,轻笑了一声,"不是在看班主任管理方面的书吗?"

他说的是我放在公寓里的那几本临时抱佛脚买来的书。

我的脸一下热了起来,我有些难为情地开口:"是在看,但是理论和实践又不一样。"

"不用紧张。"他认真地说,"已经很棒了,江老师。"

"谢谢。"我挠了挠胳膊。

药膏涂好后,我准备回房间休息,江飒把药膏塞进我的书包的侧兜里。

"已经没事了,"我把袖子拽高,露出胳膊,鼓起的包已经消下去了一点儿，只不过颜色变成了深红，"你留着给江玥用。"

"拿着吧，包里还有一瓶，"他说完，又从口袋里掏出一只粉色手环，拎起我的手腕套进去，然后低头调整松紧。

早上我看到江玥的手上也戴了一个同样款式的儿童驱蚊手环。

戴好之后，江飒轻轻拽了一下，确认它不会掉，然后抬起头看我一眼，语气里是掩不住的笑意："去吧，别再被咬了。"

"我又不是小孩儿了，"我垂下眼盯着手腕，却完全阻止不住上扬的嘴角。

我把袖子垂下来，虚虚遮住手环，说："谢谢哥。"

午休之后，景区安排了专业的导游带我们进景区游览。椿花山的确不负盛名，秋天的美在这里体现得淋漓尽致。

步行过一段连廊，叫不上名的高耸古树以一种奇特的姿态矗立在两侧，树冠相连，将连廊密实地遮住了，偶尔有几束光透过来，洒在路上，像是碎金似的。

小朋友们的嬉闹声和鸟鸣声交相呼应，不知道谁起了头，大家手拉着手开始哼唱起儿歌来。

> 让我们荡起双桨
> 小船儿推开波浪
> ……………

我们行至山顶时，正好临近黄昏，山顶有一处专门修建的观景台，栏杆旁有三三两两的人拿着相机或画板。人站在观景台上往前稍走几步，山下的风光便能尽收眼底。

我俯视下去，春城变成了山下一幅小小的地图。华灯初上，将楼宇道路的轮廓点亮,像是夕阳温柔地倾泻在了城市里,更远处,天空逐渐晕染成了绛蓝色。

城市里难见到这样的景色,课本里再多的描绘远不及亲眼所见,小朋友们都发出惊叹和欢呼声。

在这样的美景中,春游的两天时间一晃而过。晚上跟导游核对好明天回城的车辆后,我回到房间里,发现班级群里已经被这几天游玩的照片刷满了。

手机的屏幕上显示有许多未读消息,其中有几条提到我的提示。我往上一翻,看到一位家长发了几张在观景台上抓拍的我的照片,都是我倚着栏杆望向山下的侧身像。

这位家长或许是学过摄影,照片的构图饱满干净,远、中、近景齐全,唯独身为模特的我没什么表情。

我随意翻着,再往后就是小朋友们做游戏的照片和一些风景照。我正准备退出时,手指一滑,一条新消息映入眼帘。

那是一张虚焦且曝光过度的夕阳照,但我的视线一下被照片右下角米粒大小的两条黑影抓住了。

我用手指放大照片,尽管照片模糊不清,仍能看出我和江沨并肩站在观景台上的背影。

这是我们的第二张合照,我长按屏幕,还没来得及保存,屏幕上却跳出消息已被撤回的提示。随即那位家长又发出一张高清的夕阳图,只不过右下角干干净净。

手指悬在半空中顿了顿,我关上屏幕,难免感到有些遗憾。

还不到睡觉的时间,我想了想,起身往天台走去。

通往天台的铁门半掩着,楼道里有极淡的烟味,可能刚刚有人来过。

楼道昏暗,我推开门时甚至被月光晃了一下,眯起眼睛,可围栏边的侧影又让我陡然睁大了眼,那是江沨。

他把一只胳膊搭在栏杆上,指间一点儿橙色的光忽明忽暗。我后知后觉地意识到恐怕楼道里的烟味也来自他。

江沨听到铁门打开的声音,扭头看过来,看到我时动作一滞。

"哥,你怎么在这儿?"

他晃了晃手里的半根烟:"房间里不能抽。"

"哦。"我点了点头,走过去。

酒店只有两层楼高,并且坐落在山脚下,哪怕在天台上,眼前也只有望不到边的山和树。我抬头看天,星空闪耀,丝毫没有被明亮的月亮掩盖住半分光芒。

"哥,"我抬手指着远处一朵缓慢飘来的云,问他,"你猜那朵云能遮住月亮吗?"

他顺着我的目光看过去:"能。"

"我觉得不能,今晚的月亮这么大。"

"那等它飘过来看看。"江沨说,语气里带了一点儿漫不经心之意。

不知道为什么,我直觉他有心事。等最后一口烟抽完,他把烟头投进台子上的一只易拉罐里,然后目视前方黑黢黢的山林,声音喑哑地说:"我还不知道你在国外上的学。"

我愣了愣,反应过来那天在车上和郑尧说话时,江沨已经醒了。

他此刻的语气不是质问,更像一句无可奈何的叹息,为此我的心脏紧紧地缩了一下,我沉默良久。

"那一年……就是我高考结束的那一年,我刚出考场就接到了外婆的电话。外婆让我回家一趟,说外公想我了,我回去之后外公却不在了。"我收紧抓在栏杆上的手指,"他去世了。"

"我知道。"江沨说。

"你知道?"我诧异地问。

"嗯。"江汛应了一声,停顿片刻,才缓缓地说道,"那天你打过电话后,我以为你还在外婆家,就去了一趟。"

他说的应该是我回到海城躲起来偷偷看着他,和他打的最后一个电话。

"不过院子是空的,隔壁邻居说外公去世了。我在那儿等了一个多月吧。"他说完短暂地笑了一下,似是自嘲,"除了那儿,我不知道你还能去哪里。"

"哥……"我怔在了原地,原来当时编造的谎话他通通没有相信,"我和外婆一起回她南方的老家生活。因为外婆要我好好上学,我就和夏炎——你们以前见过,你还记得吗?他竟然是我姨外婆的孙子——他出国读书,推荐我也去,我就和他一起去了。

"在芬兰的时候,听当地人说,看到极光会有好运,但是我去追了好多次,一次都没有看见过。可能我的运气真的很差吧,但是那天回来我梦到你,醒了之后就出门找你,差点儿被冻僵了。夏炎突然打电话,说他在春城看见你了。"

我搓了搓手,好像那天的寒气还滞留在指尖上:"我又觉得那个电话也许就是极光带给我的好运气,所以我想无论如何也要再见你一面……后面的事你都知道了。"

有时我不禁会想,如果那天不是夏炎偶然碰见了江汛,又偶然告诉了我,那我会不会就此被冻僵在雪地里,被雪埋起来?

风从远方汇入山谷,幼蝉蛰伏在地下十七年,刚刚用前足破开最后一层土壤,星星的光就从上亿光年外风尘仆仆地赶来了……

"好幸运,真的遇到你了。"我说。

我们在山上的三天,好像回到了我们曾经一起在外婆家住的日子,远离了一切。

最后一天回程的路上,我问江沨:"哥,国庆节我要回去看外婆,你能跟我一起去吗?"

他说:"好。"

从椿花山郊游回来后,我忙得焦头烂额,江沨则又回了海城。

我从新闻上看到江怀生整日昏迷,病情依旧不见好转,江沨大概是因为这个才去海城的。

"周末就回来。"昨天打电话时他这么说。

周末有两天假期,我计划可以带江沨在春城玩一玩,放松一下。可虽然我到春城的时间不短,但一直是两点一线地生活,往返在学校和公寓之间,我实在不知道有什么好玩的地方。

我睡觉前辗转反侧,看到夏炎转发的春城电影节的资讯时,心中一动,或许看电影是个不错的选择。

春城正在举办第二十四届国际电影节,为期十天。

春城国际电影节的规模盛大,每年影展期间能吸引上万影迷前来观影。春城的各大街道和商场提前许久都挂上了宣传海报。

我对电影并不非常感兴趣,也从未停下仔细地看过道路两侧的海报,夏炎却是个狂热的影迷。最近一段时间,他每天不厌其烦地转发电影节相关资讯,从发展历程到参展作品再到开票时间等。

课间休息时,我点进他转发的一条推荐片单,从中仔细挑选,其中有一部关于海洋的纪录片的介绍里言简意赅地写着:"从此不吃章鱼烧。"

我被这行字吸引,点进了购票链接,选好时间和场次后,手机屏幕上却显示该场次已售罄。我又换了几个时间,无一不售罄。

我只好截了个图发给夏炎。

图片刚发过去,他马上回了一个问号。

"这部纪录片还能买到票吗?"我问。

"有眼光。"

"国外著名影视公司十年巨制,国内首映。这部片子很抢手,国外各大平台的评分都是九分以上。"

他回得很快,随即又发来一条消息:"刚开票就卖完了,我也没抢到。"

"好吧。"我只好退出购票软件。

"你不是都不关注这些吗,怎么突然想去看电影了?"

"想和我哥去看。"

我看到对话框上一直断断续续地显示"对方正在输入中……",隔了好大一会儿,夏炎只发了一个"小青蛙端红酒杯"的表情包过来。

我没再回复消息,把手机放进抽屉里,准备去上课。

中午放学之后,我又一次点开了售票软件,想随便选一部其他的影片,却发现无论什么片子都已经售空了。怪不得夏炎每抢到一场的票就要大肆炫耀,我叹了一口气,不得已放弃看电影的想法,起身去吃午饭。

我在餐厅门口碰到了吃完饭出来的江玥,她两只手捧着一盒牛奶。

"江老师!"她跑过来,"你还没吃饭吗?"

"正要去,你吃完了吗?"

"嗯嗯!江老师你来得太晚啦,牛奶都被分完了,"她把手上的牛奶塞给我,模仿大人的语气叮嘱,"下次要早点儿来吃饭哦!"

我忍不住笑,把牛奶还给她:"好的,下次一定早点儿来。老师不喜欢喝牛奶,你喝吧,多喝牛奶才能长高。"

"那好吧,"她把牛奶装进口袋里,仰着小脸认认真真地说,"下次你再来晚不好好吃饭的话,我就回家告诉江爸爸!他说让我在学校里监督你好好吃饭。"

我愣了愣,随即笑着应答:"老师知道了,你快去午睡吧。"

第七章 好久不见

周五，公开课顺利结束，我不由自主地松了一口气，国庆节前最重要的工作总算告一段落。

下午出校门时，我看到夏炎穿着一套深灰色西服，正站在校门口等我。难得见他穿戴整齐，那头金发依旧耀眼。

"你怎么来了？"我走近了问他。

"给你打电话发现你手机关机，只能亲自跑一趟了。"他摊了摊手。

"刚刚上公开课我就关了，"我掏出手机打开，"怎么了？"

夏炎从上衣口袋里掏出一个信封，递过来，抬了抬下巴示意我接过去。

"什么东西？"

"电影票。"

我接过信封展开，从里面倒出两张电影票，正是我上午问他的那部纪录片——《死于深海》。

"买一送一。"他说。

"这个不是没票了吗？"我翻看电影票，有些惊喜，"你怎么买到的？"

他把两根指头往票根上敲了敲："我这么神通广大，你又不是第一天知道。"

"你不是也想看这部吗？"我把票装回信封，想还给他，却被他一把抓住手。下一秒，信封被塞进了我的口袋里。

"我得去趟海城，画展的主办方出了点儿问题。"他比画了一下自己身上的衣服，"明天回不来，不然怎么可能给你？"

我这才看到他身后有个灰色的登机箱，问："马上就要走吗？"

"嗯，"他拉起箱子，又突然顿住，"别忘了国庆节回外婆家，得提前订票。"

我点头："我来买票，你哪天有时间？"

"还不确定,我可能忙完先从海城过去,你先订你自己的就行。"

"好,"我把他送到路边打车,沉默了一会儿,说,"我哥可能会跟我一起回去看看外婆。"

夏炎闻言眯了眯眼,笑起来:"这么快就跟你哥哥和好了?"

"嗯,就是一起回去看看,我哥以前也跟我回过同里的那个家。"

"外婆会高兴的,她还问过我认不认识江渢、他去哪儿了、有没有回国之类的。"他把箱子的拉杆按下去,又补充道,"都是背着你偷偷问的。"

我张了张口:"是吗?"

出租车停在面前,夏炎把行李箱塞进了后备厢,跨上车跟我告别:"走了啊。"

我回过神,把信封拿出来摇了摇:"谢了。"

"认真看!回来我要问你感想!"他的声音从车窗内传了出来。

我踱步准备回公寓,走在路上想江渢明天会什么时候回来。他只说了周末,却没有提具体时间。

秋天确实到了,短短一段路走完,太阳光已经几近于无,路灯倏地亮起,视线由暗转亮,晃得我眼皮颤了颤。

再睁开眼时,我看到楼道口站着江渢。他只穿着一件T恤,看起来却毫无冷意,左手间夹着半支烟,烟雾在灯光下打着转。

见我过来,他把烟捻灭,丢进一旁的垃圾箱。

"哥!"我跑过去跟他面对面站定,"你不是明天才能回来吗?"

"忙完了,就提前回来了。"

"哦,你穿得好少,"我碰了一下他的胳膊,"不冷吗?"

"还好,外套忘在车上了。"江渢说。

我带着他上楼,门开之后,凯蒂热情地迎接了我们,然后咬着裤腿把我拽到他的水盆前,示意水被它弄洒了一地。

我看着那双清澈的狗眼，认命地拿拖把收拾，然后又给它重新添水。

江沨坐在凳子上斜斜地倚着扶手，看样子快要睡着了。

"嘘，安静一点儿，哥哥睡着了，我们下楼再玩儿。"我按着凯蒂的头把它挪开，俯身轻轻地叫江沨："哥，你去床上睡会儿吧，我去买晚饭。"

他睁开眼看过来，慢半拍地应了一声，却没有动作。我找出一件大外套披在他的肩上，给狗戴上绳子就出门了。

我在门口的小店里打包了两份粥和蒸饺，外加几份小菜。我回到家，见江沨侧躺在床上，身上披着我拿给他的外套，闭着眼，丝毫没被我们的动静吵醒。

我轻手轻脚地把晚饭摆在桌子上，怕粥凉了，走到床边弯下腰想叫他，离得近了才觉得他的气息很热。

察觉出不对劲，我把手背贴在他的额头上，果然发现已经隐隐发烫。

"哥，你好像发烧了，快起来，我们去医院。"我叫他。

我刚一出声，他便睁开眼"嗯"了一声，没有否认，然后说："没事，睡一会儿就好了。"

我听他这么说，没再强求他起来去医院，给他喂了点儿药，就自己上床睡了。

好像又下雨了，半梦半醒间，我听到了淅淅沥沥的雨声。

我猛地从床上坐起来，天已经亮了，江沨不在。

"哥？"我叫了一声，连忙下床找他。

"嗯。"江沨正好从浴室里出来，额前的头发还在滴水，"还早，你再睡会儿。"

现在是早上七点，也就是说我睡了整整十二个小时。我很久没睡过这么安稳的觉了，浑身都散发着软绵绵的舒适感。

"我睡饱了。"我起身下床，从床头柜里找出水银温度计，甩了甩递给他，"你昨天晚上发烧了，只吃了点儿药。快量一下，我们一会儿去医院。"

"已经没事了。"他说。

我仍然不放心，把他按到椅子上："还是量一下吧，你坐着，要量五分钟，我去把早饭热了。"

"好的，江老师。"江沨把温度计夹好，笑了笑。

我没忍住摸了摸他的头发："听话。"

趁着粥在微波炉里加热的空当，我从窗户望出去，看到路面残留着几处水渍，道路两旁的树叶被冲刷得油亮亮的。

看来昨晚真的下雨了。

早饭热好时，刚好五分钟过去了。

"哥，温度计可以拿出来了。"

"36.8摄氏度。"他汇报。

我从他手里接过温度计，举起来看："你有没有不舒服？头疼吗？嗓子疼吗？"

"没有。"

"这么快就好了？"我不放心，"还是去一趟医院吧。"

"昨天不是说过吗？"江沨说，"睡一会儿就好了。"

"好吧，不过你今天要多喝热水。"

"好。"

"抽屉里有感冒冲剂，吃过饭也喝一包吧。"

"好。"

"以后不能只穿短袖了。"

"好。"

无论我叮嘱什么,都被他一一答应下来。我趁机说:"今天我来当哥哥怎么样?"

只有这一条,江沨说:"不行。"

"从此不吃章鱼烧,"下午在影院排队检票时,我小声地跟江沨介绍这部纪录片的推荐语,"是不是听起来很有趣?"

"讲章鱼的吗?"他接过票根后低头仔细地看了看。

"我也不知道。"

影片从平静的海面开始,逐渐深入幽深而富饶的海底神秘世界,几乎所有镜头都是平视或仰视。

以海鬣蜥为首,巨大的水母群、露脊鲸、大白鲨、蓝环章鱼一一在眼前展现,哪怕隔着银幕,观众却仍旧能够感受到那些仿佛近在咫尺的生命。

"那堆石头里面有一只章鱼!它害怕了,是吗?"我们隔壁座位的小朋友小声地问,马上被他的家长捂上嘴:"嘘。"

那确实是一只章鱼,浑身裹满了贝壳和石头,把自己伪装了起来。

逐渐地,它放松了警惕,伸出触手试探。

镜头记录着这只小章鱼的成长。它抓捕螃蟹和龙虾,从背后袭击失败后,它学会了像一张网一样罩住龙虾;它用两条触手在海底走动,伪装成海藻,却会在遇到鱼群时张开触手和群鱼共舞;当它被鲨鱼死死咬住,扯断了一条触手时,所有人的心都被揪了起来。

然而一周后,它却拼命地又长出了一条新的可爱的小触手。

鲨鱼的第二次袭击来临时,它仍然勇敢而机敏地和鲨鱼展开搏斗。它把气味留在海藻上,趁着鲨鱼四处撕咬海藻的时候,从背后喷射而逃。

在场的所有人无疑都松了一口气。

章鱼的寿命不足一年,并且它们一生只能有一次繁殖机会,在交配完并产卵之后,雄性章鱼和雌性章鱼都会在大概一周的时间之后死亡。

当这只在镜头下被所有人关注着长大的小章鱼产下一串串晶莹饱满犹如葡萄似的卵时,我们才知道它是一只章鱼姑娘。

繁殖过后,它便寸步不离地守护着自己的孩子。等到小章鱼从卵壳里孵化出来时,它也已经耗尽力气,变得几近透明。

最终它被冲出石头缝,落向海底,被一只鲨鱼一口吞下。

影片结束,影厅里陷入了一片沉寂,唯有隔壁座位上的小男孩儿在为章鱼姑娘的死低声抽噎:"为什么鲨鱼要吃了它?"

我听到小男孩儿的妈妈抚摩着他的头,低声说:"小朋友,这才是真实的海底世界。"

我只有小时候在海城那几年见过海,印象中大海平静而壮阔,原来海底世界要更精彩,更迷人,也更残酷。

直到出了影院,我仍有些恍惚:"就算章鱼没有被鲨鱼吃掉,它也活不久了是吗?"

江讽停下脚步,侧过脸看着我:"科学的解释是,章鱼的视腺神经冲动造就了雌性章鱼自杀式的繁殖方式。如果最后没有被吃掉的话,它也会想办法自杀的——为了不吃掉她自己的宝宝。"

不等我开口,他又凑近了些,模仿着影院里小男孩儿的家长的口吻,说:"小朋友,死亡是章鱼的自我选择,不用太难过。"

"我没有难过。"我回过神,"你懂得好多啊,哥。"

"小时候在海洋馆,见过一只刚生产完拼命撞玻璃自杀的章鱼。"

"那它死了吗?"

"死了。"

我猜想亲眼看见那个场面一定比从银幕上看见要更加残忍,江讽也会像隔壁座位的小男孩儿一样为章鱼的死而哭泣吗？会有人告诉他这些都是章鱼的自然选择，不用太难过吗？

我不再追问，也强迫自己停止猜想。

想起那句影片简介，我说："以后再也不吃章鱼烧了。"

我们回到江沨的家，在我的坚持下，他又量了一次体温。确认没事之后，他去书房处理文件，我取下一本书，百无聊赖地趴在地毯上翻看。

过了不知多久，余晖从落地窗帘没拉紧的缝隙里投进一条细窄的暖光。

"准备什么时候回外婆家？"江沨似乎是处理完了工作，手指交叉握了一下，被他捏得"咔咔"响。

我合上书，在地毯上翻了个身，坐起来："我一号到七号放假，哪天都可以，看你什么时候有空。"

"那就一号吧，先订机票。"说完，他又在键盘上敲起来。

我起身走过去："外婆家在塘镇，没有直达的机票，要先坐到市区。"

江沨选好班次问："买几张？"

"买我们的就行了，夏炎在海城出差，忙完自己一个人回去。"

我看他熟练地填写我的信息，不禁回忆往事："哥，你记不记得小时候我回外婆家你帮我买票的事？"

"记得。"

"我当时还以为你想让我赶快走，所以才愿意帮我买票的，"我看向书房门口，好像又感受到了当年站在门口时等他帮我订票时的忐忑心情，"你那时候为什么要买两张票跟我一起回去？"

江沨拿出手机扫码付款，页面显示购票成功之后，他合上电脑，似乎是思考了几秒钟,说:"不知道,大概是怕你被拐卖吧。"

"哥,我当时都该上高中了。"

"你当时在我眼里和江浔一样,都还是小孩儿。"他笑了笑,从我的角度俯视下去,刚好可以看到他嘴角小小的酒窝。

"那如果当时不是因为外婆非让你把我带走,"我毫不讲理地假设,"你还会带我走吗?"

江汛没有回答,而是抬眼看向我问:"如果不是因为外婆,你会跟我走吗?"

我干脆地摇头:"但是我大概会继续攒钱,然后偷偷去看你,或者好好学习,考到你的大学里,跟你做一年同学。

"总之,我会去找你的。"

第八章
昨日永恒

深夜，我在一阵失重感中猛然惊醒，睁开眼时，看到房门外的江汛正拿着不断振动的手机。

他示意我继续睡，然后接通电话。

刹那间他僵在原地，握着手机的手背上青筋毕现。半晌，那些青色脉络隐了下去，他淡淡地"嗯"了一声，说："知道了，我现在过去。"

与此同时，我的手机也振动了一下，一则新闻出现在屏幕上。

密密麻麻的文字中，我看到了江怀生的死讯。

一条消息过后，接踵而来的各个平台的新闻推送瞬间挤满了整个屏幕，无论是经济版、娱乐版甚至教育版，都争先恐后地在凌晨时分报道了这一则新闻。

尽管江怀生是我生物学上的父亲，但他病逝的消息远比不上江汛此刻的愣怔样子更让我无措。

我把手机关了静音扣在床上，一时间不知道该如何开口，也不知道开口能说些什么。

我仰起头，看到江汛背对着我站着，我看不见他的神情。他的手机仍在振动，发出细微的声响，让室内不至于静得可怕。

静默片刻，我轻轻开口，叫了一声"哥"。

"嗯。"他极快地应了一声,像是什么都没发生一样拿起手机处理消息。

一直以来,我都认为江汎对江怀生是抵触的、厌恶的、淡漠的。出于责任和义务,江怀生病危时,江汎会到场帮忙处理相关事宜。只是此刻接到江怀生的死讯,我又觉得他似乎也有一点儿难过。

并非因同情或失去亲人难过,但具体是什么原因,我说不清。

江汎接了一通电话,说会尽快去海城。

"哥,我送你去,你换一下衣服,我去开车。"我飞快地把外套裹在睡衣外,抓过桌子上的车钥匙,"开快一点儿,天亮前就到了。"

"小晚。"我的肩膀被按住,江汎说,"我不能陪你回外婆家了。"

"我得去一趟海城,大概一周之后才能回来。"他冷静地说。

"我也去,我和你一起去。"

江汎把我按回床边坐下:"天还没亮,你再睡一会儿。"

差一点儿,我差一点儿又要被他游刃有余的样子给骗了。要不是看到新闻推送,我可能就会按照他的安排乖乖睡过去,丢他一个人去海城。

"哥,"我拽住他的衣角,指尖因为用力而颤抖,"让我陪你吧。"

十分钟后,我和江汎穿戴整齐后并排坐在宽敞的商务车后座上,江怀生以前的助理开车赶来接江汎。

助理似乎对江怀生颇为爱戴,一直细数江怀生对他的种种好,又谄媚地表示今后愿意跟随江汎,期待江汎接手江怀生的生意,做出更大的成绩,还叫江汎"江总"。

"我对他的生意没兴趣,你也不用这么叫我。"江汎靠在椅背上,闭上眼说。

凌晨的高速路上车流少,车速很快,再有不到两个小时我们就到海城了。

八岁时，江怀生亲手把我带到海城，离开七年后，我又因为他再次回到这里。

我想起了外婆说的"人与人之间只要相遇，有了交集，那一定是因为彼此是有缘分的"这句话。只是有些是善缘，有些是恶缘。缘分未尽，想逃也逃不开；缘分尽了，想见也见不到。

从小我就不愿意和江怀生有任何牵扯，可是这一刻，我开始有些相信外婆的话了。

不待我多想，那位姓王的助理突然出声："快到了，听广播吗？提提神。"

"不，"我压低声音制止他，"让我哥再睡会儿。"

车子进海城收费站时，天已经有了微亮的迹象，淡淡的青色从地平线上浮起来，月亮还没完全落下去。

王助理降下车窗去缴费时，海城特有的带着一丝海腥味的湿润空气涌了进来，车内本来的沉闷气息一点点消散。在他关上车窗前，我又深深地呼吸了两口空气。

"下个路口就到了。"车速逐渐慢了下来，车在离绿灯还有六秒的时候猛地停住了，后面的车鸣了长长的一声笛表示不满。

王助理置若罔闻，从后视镜里看向江飒："医院里现在到处是记者，他们都在等着您来，如果有记者问长风集团的问题——"

"我知道。"江飒打断他的话，"我自己走过去，麻烦你先把我弟弟送回家。"

江飒朝他说完，又看向我："小晚，你先回家。"

我知道江飒是不想我被拍到，然后再次被卷进江怀生的事件中，但是我不在意。

"我和你一起，哥。"

"听话，医院里人太多了。"江飒不容置喙地说道，"在家等我。"

我只好点了点头，目送他拉开车门，大步走入人群。

王助理重新发动引擎，但车仍停留在原地："你和江总关系挺好的，怎么以前都没见过你？你一直在春城吗？"

我听出他语气里的试探之意，直截了当地说："我不会要江怀生的任何东西，更不会抢我哥的东西。"

听了这话后，王助理悻悻地笑了笑："我不是那个意思，老江总虽然……但是之前待我们手下的人都不薄。你哥跟他不和，我们也清楚，但总归是一家人嘛，除了他，我们也不信其他人了。"

"江浔和陈阿姨呢？"

"都在国外，昨天出事之后都通知过了，最快她们也得明天才能到。"他长长地叹了一口气，"我送你到哪里？"

"我自己走。"我打断他的话，推门下车。

他叫住我："哎，你知道路吗？"

"知道，我小时候在海城住。"

我刚关上车门，那辆车便猛地蹿了出去，赶在绿灯的最后三秒冲过马路，消失在视线里。

我在原地站了几秒，走进路边的百货店里买了帽子和口罩。我压低帽檐，对着镜子照了照，确定看不出任何破绽之后，也朝医院走去。

踏进医院大门前，我又对着安保室外的暗蓝色玻璃照了照，确定帽檐完全遮住了眼睛才走进去。所幸医院人来人往，戴口罩和帽子的人不算少数，因此我的装扮倒也不算奇异。

循着指示牌的方向走进住院部，没费多大的力气，我就确定了江怀生住的那栋楼。

入口处，四扇双开的玻璃门有三扇挂着锁，只留半扇供人进出，两个年轻的护士把守在门口登记信息。

我把手插进衣兜,垮下肩膀,目不斜视地走到入口处,被其中一个短发护士拦下:"你好,请出示一下证件。"

"忘带了。"

对方狐疑的声音传来:"哪个病房的?"

我稍一仰头,视线从帽檐下方望出去,正好对上另一个护士的视线。

对方愣了愣,手里的笔滚落到地上。她马上蹲下身捡起来,神色如常地说道:"你来啦?徐主任早上还问起来呢。"

然后她转头跟短发护士说:"我们科徐主任的学生,来探望他的。"

说完她不待对方反应,低头在登记册上飞快地填完信息,推开半扇玻璃门示意我快进去:"走吧,我带你上去,徐主任今天换病房了。"

"好,谢谢。"我说。

我们一路穿过大厅,走到医护人员的专用电梯,刷卡进去后,她直接按下了顶层的按钮。电梯门关上,她才脱力般靠在梯厢上,试探地叫了一声我的名字:"江晚。"

我摘下口罩:"好久不见了。"

"果然是你,"杨小羊倏地站直了,急匆匆地说道,"你太乱来了,知不知道现在医院里有多少记者,被拍到怎么办?"

"没事。"我笑了笑,听到她仿佛从没变过的语调,感到一阵亲切,"没想到能在这里碰见你。"

"我猜你可能会来,没想到真的……"杨小羊一副有许多问题想问的表情,却在看了一眼电梯楼层之后,语速很快地交代,"按规定遗体需要尽快被移到太平间,江先生情况特殊,应该还在病房里,你快去吧,再迟一点儿可能就被拉走了。"

"谢谢你。"我诚恳地说。

杨小羊突然往前走了一步,双臂抬高,虚虚地搂了一下我的肩膀,然后又放开了。

"江晚,虽然这个场合说这些话不合适,但是能再见到你我真的很开心。"她说着,眼圈泛起淡淡的红,睫毛上下扇动着,"我以为这辈子都见不到你了。"

话音刚落,电梯"叮"的一声打开,不待我说什么,杨小羊直接按着我的肩膀把我推出电梯:"你快去吧,3001室,我还要下去值班,晚点儿见。"

电梯门缓缓地合上了,银色金属门上映出我的脸。我把口罩重新戴上,顺着指示牌走到走廊尽头处的3001室。

我被门口两个保镖拦下时,病房门正好从里面被打开,江汛朝他们一点头,我就被放进去了,他好似早就知道我会来一样。

这是一间很大的套房,因为在顶层,所以采光很好,整间屋子十分亮堂,完全看不出这里放置着一个死人。右边有一扇紧闭的门,江怀生应该就躺在里面。

"我能……看看他吗?"我问。

"能。"江汛拧开那扇门,室内的窗帘全拉着,唯有从推开的门外射进去的一道光沿着地面一路泻到病床上。

江汛拉过我的手臂,踏着地上的光走过去。

江怀生就安静地躺在那里,白布一路盖到他的下巴,只留一张脸露在外面。

距离新闻推送的死亡消息已经过去近五个小时了,他此刻应该已经浑身僵硬,身体开始慢慢分解,细胞在逐渐死亡。

不知道是不是这个缘故,我竟然有些认不出眼前躺着的这个人是江怀生,可能我熟悉的他的那一小部分已经被分解掉了。

我对江怀生好像从没有过完整的记忆,更多的是一些片段的模糊影像。我能感觉到那些影像也在逐渐碎裂,像羽毛一样轻飘飘地被风吹走了。

至此，我和他总算没有任何关联了。

"走吧。"江沨拉着我又回到了明亮的外间，桌子上还有冒着热气的早饭，"吃点儿东西。"

我摇了摇头："哥，你还好吗？"

江沨拿过一杯热豆浆塞给我，没有回答这个问题，而是说："上周我来的时候，江怀生清醒过一段时间。他说如果我能找到你的话，让我把海城的那幢别墅留给你。"

"我不要。"我条件反射地说。

"嗯，这个以后再说。"他按了按眉心，斜靠在落地窗旁的墙上望着窗外，整个人看上去被晨光照得暖洋洋的，我却隐隐约约地感觉到了江沨此刻心里并不好受。

"你没事吧，哥？"我走到他身边又问了一遍。

在我以为江沨要再一次把自己隐藏起来说"没事"的时候，他却难得地缓缓吐露了一点儿心事。

"我只是想是不是应该跟他说，我已经找到你了。"他转过头，把视线落在我身上，"抱歉，我知道你并不想跟他有牵扯。"

"没关系的，哥。"

一直以来，江怀生的问题始终横亘在我们中间，好像不提起的话，就能永远保持一种微妙的平衡，而我也渐渐被这种平衡给麻痹了。可天平总会有失衡的一天。

"从小我就知道我应该恨江怀生，可是那时候我根本没见过他。"

我把豆浆杯上小小的封口塞打开，一阵热气升腾而起，眼前的玻璃瞬间变得雾蒙蒙的。

"后来我的确恨过他一段时间，可是那个时候我又要攒钱，又要学习，只能分出很小的一部分时间恨他，甚至常常会忘记，每次忘记的时候我都会觉得对不起妈妈。"

玻璃上的水雾越来越厚,我伸手把它擦干净,手心里沾满了湿淋淋的水汽。

"我好像始终都把江怀生当成了一个符号来恨。离开海城后,我甚至完全忘了这个人……因为有更重要的人和事需要我去想。我觉得……妈妈如果知道的话,应该也不会怪我,而是为我高兴吧。"

我从楼下蚂蚁般密密麻麻的人群中认出了王助理。他脚步匆匆,身后还跟着几个推着推车的护士。

江怀生要被推走了。

江汛应该也看到了,我们并肩站在医院的最高层俯瞰,像看默剧一样,一切喧闹都离得很远。

直到王助理一行人消失在入口处,我才继续说:"哥,不用因为我而愧疚。只要你不难过,我就没关系。"

在安静片刻后,江汛说:"你先回家,或者我让司机送你回春城,明天不是还要上课?"

"我请过假了,一直请到国庆节后,凯蒂也有人照顾,我回家等你。"

我跨出医院大门,马路对面的一辆黄色的甲壳虫车窗降了下来,喇叭轻快地被按响了一声。

"江晚——"杨小羊在窗户里冲我招手,"快过来。"

"你不用值班了吗?"我扣好安全带后问。

"我现在在普外科实习,昨天是夜班。"杨小羊缓缓地发动了车子,让过两辆横穿马路的电动车之后才踩下油门,"下班的时候听到江先生的消息,我想,万一你会来呢?我就申请了在下面值班,刚好最近医院人手不够。"

"一晚上没睡吗?靠边停,我来开吧。"

"没事,习惯了,"早高峰的路况着实糟糕,杨小羊极有耐心地稳稳握着方向盘,"当年歪打正着竟然被临床医学专业录取了,我还以为自己捡了个大漏,现在想想也不知道是造了什么孽。"

听她说话,我感觉仿佛又回到了以前我们一起上学的日子。一路我们都没有聊江怀生的任何事,她不断讲着学校和医院里的趣事,有意让气氛变得轻松。

车子驶过我们的高中,正是上学时间,校门口热闹非凡。

杨小羊在斑马线前停下车,礼让学生:"我每天上下班都会路过这里,不知道是不是天天看的原因,感觉这里一点儿都没变。"

我往窗外望去,记忆也一点点浮了上来。

外墙被重新绘过,但还能看得出是校园内的风景;梧桐树又茂盛了,地上的落叶比往年要厚;校服仍是白绿相间。

"是没怎么变。"

"是吧,"杨小羊顺着我的目光一起望出去,笑着说,"每次路过这儿,我都觉得开慢一点儿的话还能看见你。"

"对不起。"我收回视线,一时不知道该如何解释当年的不告而别。

"嗐,没事。"她抽出手拍拍我的肩膀,反过来安慰我,"这不是又遇见了嘛,同桌。"

车子开出学校的区域后,路况总算畅通起来,杨小羊把握着方向盘的手指往上翘了翘,一枚戒指卡在指间。

"还没跟你说,我上个月结婚了。"

我愣了几秒,才理解了她说的话,随即止不住地开心起来:"真好,恭喜你。"

"谢啦,"她低头笑了笑,"是我的学长,他这个月下乡义诊了,等他回来介绍给你们认识。"

"好。"

"不过我还没毕业,婚礼得明年才办,你能来参加吗?"

"一定来。"我说。

车子缓缓地停在了小区门口,我邀请她:"要不要进去坐坐?"

"不了,你也一夜没睡吧,赶快回去睡觉。"

我不再坚持,推门下车嘱咐她开车小心。

"知道了,拜拜,江晚,下次见。"

大门半掩着,我轻轻推开它,熟悉的院子就像数学试卷最后一道大题的答案一样"呼啦啦"地掉在眼前。泳池、花盆、门厅、桌椅……每个位置都分毫不差。

"喵"的一声,一只壮硕的橘猫从散尾葵后面一跃而出,尾巴高高地竖起,背毛全部竖着,一副警惕的状态。

我认出它,蹲下身跟它交谈:"你不认识我了吗?"

"喵呜——"橘猫发出尖厉的叫声,越过我,直接蹿过大半个院子,躲进了房子里。

我没去追赶。多年不见,它不认得我也正常。院子里除了猫发出的动静外,再没有一点儿声音。

我沿着泳池走回小时候住的那间屋子,它外表被翻新过,竟然比记忆中还要鲜亮。门口的鸢尾花也仍在,花瓣被晨光照得几近透明,脉络都清晰可见。

我在门口站了一会儿才推开门。

屋里并没有想象中尘土漫天的景象,目光所及处都和印象里一一重叠。

这里就像我小时候和江渢一起拼过的乐高玩具,完成之后,被装进漂亮的玻璃柜里尘封保存了起来。

我轻手轻脚地走进去,唯恐惊碎任何一个零件,躺在床上慢慢睡着了。

再醒来的时候，屋子里一片漆黑，我习惯性地伸手去拍床头灯的开关，来回摸索了几次，都找不到位置。

迷迷糊糊间，听到铁门发出的"吱呀"声，我猛地一激灵，彻底醒了过来。

窗外在下雨，我以为是江汎回来了，连伞都来不及撑，就起身去开门。门外却站着一个长头发的女孩儿，一只手撑着伞，另一只手拖着行李箱。

还不待我反应，她丢开了手上的东西，一步跨上三级台阶，紧紧地搂住了我的腰，高兴地说："晚晚，真的是你。"

即使还没有看清脸，我也能确定她是江浔。我打开灯，把她带进了室内。

江浔像小时候一样，背靠着床盘腿坐在地毯上，只不过从进门开始眼泪就没断过，像断了线的珠子从眼眶里大颗地滚出，再顺着脸颊滑落到地毯上。

等我找到一块干净的毛巾给她擦头发时，地毯已经被洇湿了一小片。

印象中她小时候并不爱哭，我顿时手足无措起来。我用毛巾擦掉她挂在下巴上的泪水，也盘腿坐到地上，问："怎么哭了？"

"哥说你在家，我还以为他是为了骗我回来，不让我待在医院里。"她抽噎着说，攥住我的衣摆不松开，"我每次回家都会来找你，可是你每次都不在。"

"以后都在了。"我向她保证。

"真的吗？"江浔的眼泪总算停下了，但她仍然急促地喘着气，声音里满是被浸湿的委屈之意，"虽然我没有叫过你哥哥，但是在我心里你和哥是一样的，我真的好想你，晚晚。"

"我也想你。"我摸了摸江浔的头发，连续保证了三次后，她才勉强相信。

她把头仰在床上，不让我看她哭红的眼睛："对不起，刚刚我到医院的时候，他们正要拉爸爸去火化，哥不让我跟去，我太难过了，又见到了你，就更忍不住眼泪了。"

"没事，现在好点儿了吗？"

"嗯，还好你在家。"

没关严的门缝被一只猫头给挤开了，早上对我敌意满满的橘猫溜进来，长长地"喵"了一声，跳到了江浔的腿上。

"小晚，你来啦。"江浔听到声音抬起头，把猫抱在臂弯里一下一下地挠它的下巴，"你怎么又胖了？姐姐都快抱不动了。"

橘猫顺从地眯起眼，抬高下巴，从喉咙里发出"呼噜呼噜"的声音，跟早上的状态截然不同。

"这是以前那只猫吗？"我问，趁机伸出手摸摸它的毛。

"是呀，"江浔忽然想起什么似的，说，"它现在叫小晚，跟你重名呢。"

我愣了愣，问："谁起的名字？"

"哥起的，很奇怪吧，但是慢慢地就叫习惯了。"

我学着江浔把头后仰着枕在床上，听她和猫玩耍的声音。

渐渐地我又快睡着了，她的声音像是从很远的地方飘来。

"你走之后哥变了很多，就比如喂猫、给猫起名字这种事，"她停下来笑了笑，"以前的哥哥是绝对不会这么干的。"

我从鼻腔中"嗯"了一声，认同她的话。

"后来爸爸出事，妈妈要带我们出国读书，可是哥硬要留下来，谁都拿他没办法。其实我也不想走，但是妈妈总是哭，总是哭，所以我不得不走了。"

橘猫被彻底挠舒服了，挣脱了江浔的手臂，跳到床上，用爪子扒我的头发。见我不制止，它又蹭进我的颈窝里来回嗅。

"你看，小晚还记得你。"江浔说，"它记性很好，我每年才回来一两次，但它每次都记得我。"

我的心思却不在猫身上，只想着江浔的话，我一直以为，我当初离开海城的决定是对的。至少，没有我在，江泓能和江浔还有陈阿姨组成一个正常的家，过得更好一点儿，但是我没想到他一直一个人留在这里。

江浔继续说道："哥刚开始工作的时候经常要出差，都没时间管小晚，我就求他能不能让我把小晚带走，但他说不行。"

"嗯？"我慢慢回过神，把手贴在猫的肚皮上。它没有反抗，不知道是否真的想起来了我是它曾经的主人。

"因为哥说，猫还在的话你也会回来的，原来是真的。"

"你是不是还没有吃饭？"我起身快步走到门口，说，"我去买晚饭，你先休息一会儿。"

不顾江浔疑惑地叫我的声音，我赶紧关上门，像小时候一样抱着膝盖坐在台阶上，眼泪止不住地流。

渐渐地，除了院子中央那一大块蓝黑色的泳池外，我什么都看不清了。

江怀生的葬礼于遗体火化三天后举行，地点选在城外一座半山腰上的墓园里，是他很多年前就买好的。

他早早地规划好了自己死亡后的墓地、墓碑等事宜，甚至还请了两位寺院的法师来为他超度。

我到墓园的时候葬礼已经开始了，墓碑被黄白相间的菊花围绕着，一尊菩萨像被供奉在红木桌上，两位法师身着黄褐相间的袈裟站在队伍最前方，低声吟诵佛经，时而敲响一声桌上的木鱼。

我两手空空地站在吊唁人群的后面，只能看到一片黑压压的后脑勺儿。

江溆站在队伍最前面。早上从家里出发时，他说我不想来就不用来。我当时点了点头，可不知道出于什么原因，最终还是跟来了。

据说人死后七天内逝者的亡灵都还会徘徊在肉身周围，因此这七天内要请大师进行超度，洗涤逝者生前的罪孽，让逝者前往新生。

我并不信奉佛教，也不认得面前慈眉善目的菩萨是哪一尊，更不觉得江怀生的罪状能够一笔勾销。

经书要诵七遍，中间休息时，我趁人群混乱时走到菩萨像前低头观摩它细长的眉眼、宽厚的鼻唇。它双腿盘坐在莲花上，给人一种沉静、神秘的感觉。

所以说那些常常去寺庙里求愿的人，虔诚地跪拜，上奉供品，捐赠香火，真的实现过愿望吗？

我望着木桌上的菩萨像许愿。我既没有皈依，也从未供奉，可是如果菩萨真的能宽恕江怀生的话，能不能也保佑一下江溆，只要让他一生平安就够了。

法师过来把桌上被风扑灭的香烛重新点燃，见我在一旁站着，双手合十行了个礼就要离去。

"师父，"我学着他的动作双手合十回礼，出声叫住法师，"能否冒昧问您个问题？"

"请讲。"

"如果不信佛可以许愿吗？"

法师从手腕上抹下来一串檀木佛珠手串拿在手里捻着，说："若有慈敬于佛者，实为大善。能够诚心礼佛就已经结下善缘了，缘即是愿。"

"如果是罪孽深重的人呢？"我继续追问，"放下屠刀就能立地成佛吗？"

"诸佛菩萨对待一切众生皆平等慈悲，"法师手中捻转的动作不停，他并没有对我冲撞的话语感到不悦，"屠刀是人的诸般恶行，放下屠刀是指能舍去人世间的一切是非情仇，那么就大彻大悟了，也就是所谓成佛。"

我听得一知半解，谢过法师后，偏过头看正在与宾客寒暄的江渢和他身旁的陈阿姨。

她似乎是感受到了我的目光，头一转正好和我对视上。我悄悄地点头示意，不动声色地收回目光。

法师开始准备诵最后一遍经，见我欲言又止的表情，说道："但问无妨。"

"如果……舍不去呢？"

"万法由心生，心中无恶念，则不会受到恶报。至于七情六欲，是人之常情，佛只度苦难之人离苦解脱，你不觉得苦，不舍去便是了。"

"谢谢师父。"我再次行礼感谢。

七遍超度经文在七七四十九声木鱼声里吟诵结束，人群散开，江渢逆着人流走过来，黑发黑衣，衬得他肤色冷白。

"怎么过来了？"他问。

"来看看。"

他走近了一步，正要说话，被身后一位中年人叫住，那人把视线在我们两个人脸上扫过，才开始说些节哀的话。

"哥，你先忙。"我说完主动退出话题圈，却在转过身跨出第一步时开始后悔。陈阿姨正在不远处望着我。我不知道她站了多久，大概从江渢走过来的时候她就在了吧。

我一时之间进退两难。

这几天她和江渢都在忙着江怀生的葬礼的事情，除了第一天见面时我和她匆匆打过招呼，在我的有意回避下，我们没有任何交谈。

她开口叫了一声"小晚",好像没出声,只是做了个口型,但我看到了,只好走近几步。

"陈阿姨。"

"好久不见了。"

我们同时开口,说完又同时沉默。

静了静,我点头道:"是挺久了,您节哀。"

"长高了。"她突兀地拍了拍我的肩膀,"印象里你还是个小孩儿呢,长大了。"

我不知道说什么,只能继续"嗯"了一声。

陈阿姨似乎是意识到了自己的动作并不合时宜,笑了笑,放下手:"听小汎说你一直在国外读书,一个人很辛苦吧?"

"还好。"

"那……"她的睫毛颤了颤,整个人似乎陷入了某种情绪中,过了一会儿她才轻声问,"那你这次回来,还走吗?"

我的心脏一缩,我不该来的。

"江老师!"

江玥穿着一身黑色小套裙跑过来,好奇地睁大了眼看着我:"江老师,你怎么在这里呀?你前几天都没有来上课,大家都好想你!"

我对陈阿姨歉意一笑,低头对江玥说:"那大家有没有乖乖上课呀?"

"有,郑老师说我们乖一点儿,你就马上回来了。"江玥的小脑袋认真地点了点。

"好久没见了,小晚。"

来人站到江玥身后,两只手搭上她的肩膀,冲我挤眼一笑,然后换成标准微笑,转头对陈阿姨问好:"阿姨也好久没见了。"

陈阿姨停顿了几秒,说:"小陆啊,阿姨差点儿认不出来。"

"变得更帅了吗?"陆周瑜问。

"哥哥好自恋。"陈阿姨还没回答,江玥先说道。

"那你说,你们班里有比哥哥还帅的男生吗?"

"有啊,"江玥攥住我的衣摆,"江老师就比你好看!"

陈阿姨见插不上话,便说:"你们先聊,我去送送人。"说罢,她看我一眼才转身离去。

待她走远,陆周瑜说:"这么久不见,小晚都变成江老师了。"

他和江玥一前一后地站着,仔细一看眉眼确实相像。想起江玥在海城被绑架的事,我问:"带她来没关系吗?绑匪有没有线索?"

"有监控拍到了一辆摩托车和半块车牌,警察还在排查,应该快了。"陆周瑜说完,长叹了一口气,"假期我一直带着她,不会有事,开学再回春城。"

我点点头,也只能这样了。

葬礼最后,宾客散得差不多了,江渢和陆周瑜几个青年一齐帮法师把各类用品抬下山,我则被安排看江玥。

"江老师,"江玥拉了拉我的小拇指,"我们能不能去看一下哥哥的妈妈?"

我不解地被她牵着手指绕到山背面的墓园,在一座白色墓碑上,我看到了和陆周瑜除了眉眼外几乎长得一模一样的照片。

"这个是哥哥的妈妈。"江玥指给我看。

我恍然大悟,原来陆周瑜和江玥是同父异母的兄妹。

"我们摘一些花给阿姨吧,哥哥说她最喜欢的是这种花,"江玥指了指小路两侧的茂盛的淡黄色马兰菊,"不过我忘了叫什么了。"

"马兰菊,"我说,"我妈妈也喜欢这种花。"

我正摘着,突然听到一阵引擎声,我的心毫无预兆地猛跳了一下。

我直起身环顾四周，山背面这片墓园修建的年份比较早，路很窄，不可能有汽车开上来，周遭除了我和江玥也没有其他人。

我掏出手机，却发现这半面山没有一点儿信号，不知道为什么我隐隐觉得不对劲。

江玥发现了我的异常，问："江老师，怎么了？"

"我们先回去。"

我话音刚落，引擎声由远及近，仿佛在耳边轰鸣一样。

我猛地反应过来，是摩托车！

我抱起江玥沿原路狂奔。余光里，我看到摩托车已经顺着小路冲了上来，车上的两个人戴着头盔，我看不清面貌。

迟了。

我看向来路，心里飞快地算着江沨他们应该已经搬完东西回来了，这里走过去要十五分钟，如果跑快一点儿，大概要八分钟。

江玥趴在我的肩膀上被吓得浑身哆嗦，我快速地在她耳边交代："一会儿老师说跑，你马上往回跑知道吗？不要回头看，快去找你哥哥他们过来。"

"江老师……我好怕……"她带着哭腔，一句话被颠得说得断断续续的。

"不要怕，老师在呢。"没有时间了，我刹住脚步放下江玥，"快跑！不要回头看！"

江玥一边大哭，一边沿着来时的那条路拔腿就跑。我用目光四下搜寻，捡起路边的一只空啤酒瓶，伸手拦在路中央。

几秒钟的时间，摩托车急停在我面前，掀起一阵带着尘土的风。

"让开。"前座的头盔下面传来两个字。

我握紧手中的瓶子，从头盔的护目镜上看到变形了的自己。我必须为江玥争取到八分钟的时间。

见我不说话，车后座上的人掏出一把弹簧刀在手心里来回地转，说："我们只要那个小姑娘，你现在让开这里就没你一点儿事，否则……"

"不让。"我说。

摩托车猛地一加速，直直地冲着我开过来。我蹲下身，把手里的瓶子狠狠地砸在地上，玻璃瓶瞬间碎裂，碎片弹得到处都是。

我无暇顾及，握紧瓶颈处照着飞驰而来的车轮往前一扑，把尖锐的玻璃捅了进去。

"我去，还来真的啊。"摩托车上的人似乎没料到我的动作，又是一个猛刹车。

我的手腕传来一阵尖锐的痛，腕骨仿佛断掉一样，麻痹了一秒钟，我来不及停顿，双手握住瓶颈处把玻璃拔出来，再重重地扎进轮胎里。

可惜摩托车的轮胎很硬，玻璃扎进去十分，有八分碎在了外面。

第二下拔出瓶颈后，我的后脑勺儿上的头发被狠狠揪起，紧接着胸膛挨了一脚，不重，但我被钳制住，毫无躲避的余地。

又一脚跺在胸口上，这一下五脏六腑都被牵连了，我没忍住干呕了一下，喉咙里生出一股腥甜。

"她跟你有什么关系啊？"摩托车上的两个人已经下来了，一前一后地围着我，"你没必要这么拼命，我们又不想要你的命。"

"喀……"我咽下去一口血，"我已经报警了。"

"逗谁呢？这山上一点儿信号都没有。"拿着弹簧刀的那个人不屑地啐了一口，"既然你不让开，那就一起吧。"

一阵天旋地转，我被拦腰掂起放上摩托车，被那两个人一前一后地夹击着。

八分钟到了吗？不知道是不是被踹到胸口的缘故，我感到氧气匮乏，思考都变慢了。

引擎声再次响起来的时候,我推断出大概才过了三分钟,尽管这三分钟是如此漫长。

见我不再挣扎,开车那人边打火边侧过头警告我:"冤有头债有主,我们只要那个小姑娘,你想保命的话就老实点儿,明白了吗?"

透过护目镜,我隐约看到他凶煞的眼和额间的一条长疤,从眉心一直延伸到头发里。

我小幅度地点点头,示意明白了。

摩托车猛地冲出去,巨大的惯性让我往后狠狠一栽,后脑勺儿撞在头盔上,又是一阵眩晕。

身后那人暴躁地揉了一下我的肩膀:"坐好!"

我趁势整个身体往前一扑,拿出捏在手心里的碎玻璃片,狠狠地扎到握着车把的那只手上。

一声呻吟声在耳边响起,车把猛地失去方向,冲着右边的山坡冲了下去。

我的身体一阵腾空,没有跌下山的痛感,反而像八岁那年不小心掉进泳池一样,越来越轻,越来越轻。

可是这一次没人来拉我的手。

失去意识前,我想,如果这里就是终点的话,菩萨不必来度我,我并不觉得苦难,只要保佑江沨永远平安、快乐就够了。

我再睁开眼时,眼前明晃晃的全是白色,接着鼻子才嗅到淡淡的消毒水味。

我这是在医院。

我想挪动一下几乎失去知觉的四肢,却发现浑身上下唯一能动弹的只剩下左手和眼珠,左手手背上还扎着输液针。

我尽力瞥向窗外,枯黄的树叶"簌簌"地扫在玻璃上。我还活着——这前因不搭后果的念头突然蹦出来,我花了几秒钟才消化。

尽管摩托车翻下去的那一瞬间我就做好了死的准备,甚至向菩萨许了愿,但还能活着真好。

只不过室内太静了,护士铃在右边,我尝试着抬起右手,从掌心到腕骨再到手肘,牵起一阵迟来的剧痛,我甚至怀疑整条胳膊都碎了。

门被轻轻推开,我一抬眼,正好和杨小羊瞪得溜圆的眼睛对上。

"江晚!你终于醒了!"

她穿着白大褂快步走到病床前,把我刚探出被子的半条胳膊又塞进去,恐吓道:"乱动什么?你身上的骨头全断了!"

"我……"喉咙里像堵着一团血,我刚说出一个字喉咙就被粘住了。

"好了,好了,吓你的,"杨小羊翻开手中的病历,指给我看,"轻微脑震荡、手腕骨裂、肋骨骨折、踝关节扭伤、软组织损伤……一页纸都写不下。"

"江玥呢?"我费力地开口问。

"那个小姑娘吗?放心吧,她就是被吓着了,昨天在你床边哭了一天,今天让她出院了。"

我的嗓子出不了声,我眨了眨眼,示意知道了。

杨小羊低头填了几页单子,坐到我旁边说:"我实习这两年,见过不少血腥的场面,从来没像昨天那么怕过。"

她吸了吸鼻子:"你浑身都是血和土,脸上也是,衣服上也是,没一块儿好地方。江晚,你也太狠心了,一走就是七年,好不容易见面了,又把自己搞成这样。"

她瞪过来:"你必须配合治疗,赶快好起来,我还等着你来参加我的婚礼。"

"好。"我用气音答应她。

"你摔下去的那段山坡是最陡的,前几天下了雨,路又滑又窄,等救护车和警车到的时候,你哥已经把你背上来了。"

"被送来医院的时候,你浑身是血,你哥也好不到哪儿去,全身都是被树枝、石头划的口子……我还以为是你们一起摔下去了。"

"他……人呢?"我不知道哪儿来的力气,猛一抬头,眼前一阵黑。

"别乱动!"杨小羊急忙说道,"他人没事,都是皮外伤,守了你一天一夜,早上发高烧晕倒了,在隔壁输液呢,还没醒。"

听她说完,我才稍稍放心,躺回了枕头上。

杨小羊说:"头开始晕了吧?正常,你再睡会儿,我去给你开点儿消炎药,晚点儿再过来。"

门被关上之后,病房里又变得寂静,一会儿的工夫,我的四肢好像解冻了一样,能小幅度地动弹,只不过痛感也随之醒来了。

哪怕江沨在隔壁,以我现在的状态,我想去看看他也是天方夜谭。

头是晕的,意识却很清醒,这种状态下越想睡觉只会越睡不着,我索性睁着眼,透过玻璃看树叶缝隙里的一片云。

门又开了,以为是杨小羊折返,我就没有扭头看。直到来人走到床边时都没有出声,我察觉到不对劲,转动脖子,就看到了陈阿姨。

"小晚,好点儿了吗?"她坐上床边的凳子。

我心里又是一紧,她这像是要长谈的架势,而我已经无处可躲。

"好多了。"我说。

陈阿姨三两句话讲明了前因后果。

陆周瑜的爸爸的司机撞了一辆横穿马路的电动车,电动车上的小姑娘当场死亡,事故后警方判定电动车负全责。小姑娘的爸爸一心想用江玥为女儿报仇,就策划了这出绑架案。

出事之后,那两个人已经被警方带走了。

"小陆的父母托我谢谢你,他们本来也要来的,但是我想你刚醒,应该要多休息,所以婉拒了。"

"谢谢阿姨。"

我不太适应躺着和她对视,把视线移到输液管上,一滴一滴地数着。

"小晚,"余光里,她调整了一下坐姿,"我明天就得回去了。"

我迟缓地意识到她说的是要回去国外,海城已经不是她的家了。

"可是我哥,江浔还病着,而且江怀生刚去世,"我觉得自己的眼眶有些发酸,"为什么你不能留下陪陪他?"

"他不需要我。"陈阿姨说,神情有些落寞。

我的头脑昏沉到无法思考,因此我猜不到她话里的意思,只能着急而无力地用目光恳求她留下。

"你高考结束,我找你的时候,说想给他还有小浔一个正常的家。后来江怀生入狱,你又不知去向,我想带他们两个走得远远的,小浔却不肯走。"

我听江浔说过,低低地"嗯"了一声。

"小浔从小就很会照顾自己,他坚持留下,我只好带走小浔,"陈阿姨哽咽了一下,"但是有一次我回来,看见桌子上有张处方单和几盒药,都是治疗睡眠障碍的。"

我紧紧地攥住床单,艰难地开口:"后来呢?"

"我请了半年假留下,每周带他一起去看医生,但是除了开药之外,他什么都不说。"陈阿姨似乎是陷入了回忆中,眼眶里倏地聚满了泪,隔了许久才接着说,"前几天医生给我打电话,说小浔已经好几周没去拿药了……应该就是从你回来之后。

"他那时候不愿意走,可能是在等你吧。"

说完,陈阿姨仰起头飞快地把眼泪抹掉,看了一眼已经空了的吊瓶,声音有些哑:"我去叫医生来拔针。"

我一直认为,不管我在不在,江浔都是能自己过得很好的人,会一如既往地生活、工作，做自己喜欢的事。哪怕他话不多，但仍会有很多朋友，不会缺少爱和陪伴。

事实证明，他的确表面上过得很好，连我都差点儿被他骗过。

我的眼眶酸胀得厉害，视线也逐渐模糊，我连抬手的力气都没有，任凭泪珠滚落在枕头上。耳朵里好像也进了水，闷闷的，我分不清这是陈阿姨说话的声音，还是我自己身体里的声音。

"快点儿好起来吧，他这些年很担心你。"

输完水之后，我又额外吃了一大把花花绿绿的药片，药效起得很快，痛感逐渐消失，眼皮也耷拉了下去。

我决定不再硬撑，遵从药效睡了过去。

冰凉的手从脖子两侧滑下去，似乎是绕过了什么东西，细微的触感滑过后脖颈，我一惊，睁开了眼。

江汜正站在床边，弯下腰在我的脖子上系东西。

"哥？"

他不作声，将绳子系紧之后才直起身。我看到他穿着和我一样的条纹病服，袖口有点儿短，手腕和手背上结了痂的细小伤痕全都露了出来。

大概是生病的缘故，他整个人都褪去了带着温度的颜色，头发和皮肤黑白分明得厉害，像是雪地里的枯树枝干，轻轻一掰就会断掉。

"你烧退了吗，哥？"

他说："退了。"他的胳膊一抬，我脖子上的东西就从领口滑进去贴在皮肤上，凉凉的。

我低头看过去，那是江汜曾经亲手给我系上的那只平安锁。后来我解下来还给了陈阿姨，没想到兜兜转转，又被他重新系到了我的脖子上。

江汜顺着我的目光看下去："别再摘下来了。"

拇指大的玉石贴着胸口,稍一会儿就染上了我的体温。

"杨小羊说,是你把我从山下背上来的,你受了很多伤……"我看着他下颌上的一道伤,"疼吗?"

"不疼。"他坐在床边,"吃过饭了吗?"

我点头:"吃药前喝了粥,然后才睡的。"

江汛帮我把病床摇起来,当我再一次正面看着他的时候,迟来的恐惧感气势汹汹地涌了出来:"我以为再也见不到你了,哥。"

"不怕,没事了。"江汛说。

"其实摔下去的时候我一点儿都没有害怕,"我告诉他,"因为我跟菩萨许了愿,如果我不在了,就换你平安、快乐。"

"瞎说什么。"江汛皱起眉头,"不管你在不在身边,我都能平安活着,并且活得很好。但如果你不在了,就什么都没有了,你明白吗?"

他说这些话的时候,并没有用很严肃或庄重的语气,就只是像问有没有吃晚饭一样自然而然,以至我停滞了许久才彻底明白。

我靠回病床上,护士推门进来,看到病房里有两个人时愣了一下:"是谁换药?"

"他。"江汛让开病床旁的座位。

我外伤最严重的地方是右手手心,因为握玻璃片握得太紧,被割开了深深的一道口子。纱布被揭开,伤口已经被缝合了,像一条高高隆起的蜈蚣。

"很丑。"我蜷了蜷手指。

"不丑。"江汛说。

"就是,哪里丑了?"护士也说。

用碘酒和双氧水清洗完伤口,换好新的纱布,护士叮嘱完注意事项后就离开了。

我重新靠回病床上。

自我换药开始，江沨的表情就显得严肃，我叫了他一声："哥。"

"嗯？"

"我不只想要你平安，我还想让你开心。"

江沨垂下眼，盯着我手心里那块方正的纱布看了许久，又抬头看向我，露出了这天的第一个笑容。

尽管笑意并不明显，但他整张脸都因此重新有了温度。

他站起来，对我说："快好起来吧。"

在杨小羊的坚持下，我回家养伤的申请被驳回，我在医院躺了近一个月，除肋骨还没痊愈之外，身体几乎没什么问题了。

我住院以后的活动范围只剩下病房和后花园。

傍晚，我决定出去走走，踏出医院大门那一刹那，身体都轻盈了起来。

午后下过一场阵雨，地面仍湿漉漉的，所有的霓虹灯、夕阳和晚霞都被映在了地上，有种时空倒错的感觉。

我走得很慢，却并不着急，路过人行道上堆满了鲜花的三轮车时停下看了会儿。

"要买花吗？"摊主问我。

"嗯，我想送人。"

我挑了其中最漂亮的一束花，抱在怀里，一抬头，看到江沨正站在马路对面。

他穿着黑色的运动外套，喘着气，刘海微微汗湿，贴在额前，像是跑过来的一样。他的背后是大团大团燃起的云。

或许地上的某个水坑是时空倒错的隧道，而我不小心踏进去，回到了十几岁的时候。

那时候的江沨也喜欢穿黑色外套，背着黑色书包，在漫天的火烧云压下来之前回到家，和我坐在一起吃晚饭。

曾经我所追寻的不过是能站在他身边，为此我一刻不停地朝前跑着。

只是某一刻我忽然意识到，我苦苦追寻的那个结果，实际上也只是小小的一个过程而已。

我看到他、认识他、追上他，和他并肩前行，这琐碎的过程才令我真正感受到生命的意义。

绿灯亮起，我示意江汎在原地等着。

无数个昨日从眼前呼啸而过，定格成永恒。

我迈出步子走向他，只不过这一次不再匆忙，因为他一直站在那里等我。

在昨天，在今天，晚风里，日落前。

番外一
日记本

1

杨小羊的婚礼定在八月中旬,她为此特意加班一个多月,调出来了五天假期。

在医院实习三年,她从没有休过这么长时间的假,但是对准备婚礼来说,时间还是略显仓促。

幸运的是,六月初,江晚把一年级的小朋友送到二年级之后,就从春城小学辞职,重新搬回了海城。

因此他正好帮了杨小羊不少忙。

布置新房、寄送请柬、预订酒店等繁杂程序,都由两位新人的父母全权包办,江晚分到的只是分装喜糖和挑选伴手礼这样琐碎的工作。

即便如此,杨小羊仍然十分过意不去,五天假期的第一天就特意来登门致谢。

她不是第一次到江晚家,却是第一次在家里同时见到江晚和他哥哥。

她推开院子门,还没走近,就看到江晚正盘腿坐在客厅的落地窗旁,四周摆满了花花绿绿的糖果。他挑几样抓起来,再装进一只小纸盒里，最后指尖一动，系上个蝴蝶结。

杨小羊站在原地看着他，只觉得这么多年过去，江晚一丁点儿都没变过。上学的时候他也是这样，无论做什么事都认真又平静。

他要是多笑一笑就更好了，杨小羊这么想着，一时忘了要进去。她再回过神的时候，看到江晚的哥哥已经走到落地窗旁。

几乎是第一时间，江晚就仰起头笑了。他的头发随着动作全部散到耳后，整张脸都暴露在阳光里，眼睛眯得只剩一条弯弯的缝，像只猫似的。

江沨弯腰拾起一只包装好的盒子，似乎是问了什么，江晚点了点头，从四周散落的喜糖里挑了一颗白色包装的，抬高胳膊递到江沨面前。

白色的糖应该是牛奶味儿吧，杨小羊猜测。

她看到江沨接过那颗糖笑了一下，撕开包装塞进嘴里，然后坐在江晚对面，捡起一只空的纸盒，装好糖果，又递出去。

江晚很自然地接过纸盒，封好口，系上蝴蝶结。

他们也没有过多交谈，就这样配合默契地分装喜糖。等到杨小羊回过神的时候，色彩缤纷的糖果盒已经将两个人围绕。

很显然，江晚也发现了这点，指了指周围，示意江沨看，然后两个人一起笑了。

杨小羊红了眼眶。从孩童时代认识江晚起，她就觉得江晚很少有真正开心的时刻，为此她挂念了很多年。

再次重逢，她一直想问江晚"你过得好吗"，但此刻窥到的一幕已经给了她答案。

杨小羊没问过江晚消失七年的原因，但是也模模糊糊地猜到和他的家庭有关。

他能重新回来真是太好了。

更何况他和他哥哥长得这么像,好像生来就是为了走散之后更好相逢一样。

2

接到杨小羊的电话的时候,江晚刚从春城搬回海城。

他并没有带很多东西,两个中号行李箱都没装满。他拉着箱子往小屋去的时候,江飒什么也没说,径直从他手里接过行李箱,提到了楼上的房间里。

江晚跟在江飒身后上楼,站在门口打量。

房间的布局和他的小屋很像,只是书柜旁多了一架展示柜,上面孤零零地摆着那座《哈利·波特》的城堡。

江飒把他的行李箱打开,把衣服拿出来往衣柜里装。

江晚看了会儿才踏进去:"哥,我自己来。"他拉开另一只箱子,里面大部分是和考研相关的资料。

从春城小学辞职之后,他就准备考"海大"的研究生。既然他回到了海城,那就慢慢地把所有的遗憾都补上吧。

杨小羊的电话就是这个时候打过来的,她先提了自己这天可以早点儿下班,给江晚接风,又支吾了一会儿。

"婚礼有什么需要我帮忙的事尽管说。"江晚主动开口。

"谢了。"杨小羊松了一口气,拜托他帮忙挑选喜糖和伴手礼。

"好,你喜欢什么样的?"江晚边答应,边把书搬进书柜,其中夹杂了江飒的几份文件。他抽出来走到隔壁房间,发现江飒却不在。

江晚走进去,把文件放在书桌上,一旁的书柜的门敞着,大部头的专业书籍把架子压得微微下凹。上面除了书就是各种档案盒,大概是一些工作上的案件材料。

他扫过露出一角的图案花哨的本子时,视线忽然停下。他无端觉得那图案有点儿眼熟,并且和整座书架上的书的风格都格格不入。

"颜色鲜艳一点儿的吧,"杨小羊说,"我也不太懂,随便啦,实在是太麻烦你了。"

"没事,挑好我发给你看。"

挂掉电话,江晚捏着那一角把本子抽出来,仔细辨认着泛黄封面上的几行字迹。

看到自己的名字时,他才猛然想起这是自己小时候落在江渢的房间里的日记本。

他怔了怔,隐约能回忆起自己写了什么,就拿在手上没有翻开,用指尖轻轻地抚过书页。

他准备把它塞回书架上时,江渢正好进来,看见他手上的本子,眉毛微微挑起,问:"怎么偷看小学生的日记?"

江晚觉得他不讲道理:"哥,这是我的日记本。"

"放在我这儿就是我的了,"江渢神色自若地走近,把本子翻开,指着满页稚嫩字迹的其中一段,"这上面还有我的名字。"

> 对了,江渢是我的哥哥,我今天突然有了一个哥哥。
>
> 他很好看,比电视上还好看,弹钢琴也很好听。他和我一起搭积木,说送给我当生日礼物,等他送给我的时候,我一定要说"谢谢哥哥"!
>
> 不知道为什么,跟哥哥在一起我突然就不害怕了。

江晚觉得他幼稚,也为小时候的话语感到难为情,合上本子塞回原位,转移话题:"我以为这个本子早就丢了,怎么会在这儿?"

他塞的时候太过匆忙，日记本的一角被掀了上去，江渢把它抽出来，抚平折痕才重新放回去。

"一直都在这儿。"他说，

3

江渢说完，看到江晚站在原地，垂下头不说话了，只剩下小小的发旋朝上。

他无端地想起很多年前海城下暴雨的那几天，他把江晚带进房间里。看到书架上那个他们曾经一起拼过的《哈利·波特》的城堡时，江晚也是带着难以置信的语气问他："那个城堡怎么会在这儿？"

"一直都在这儿。"

自己当时也是这么说的。

隔了会儿，江晚才把头抬起来，慢慢地"哦"了一声。

江渢看得出他想哭，可能是觉得在自己面前流泪太丢脸，所以又拼命忍住了，眼睛睁得圆溜溜的，像是罩着层水似的，又清又亮。

长大之后，除了某些特殊的场合外，江晚就很少坦然地在他面前哭了，大多数时候是像现在这样，把眼睛藏在一层水后面，眼眶都憋红了也绝不落泪。

江渢想起小时候第一次见到江晚的情景，江晚满脸泪痕地被江怀生牵在手里，一双眼珠子和现在几乎没有差别，把小手伸过来，羽绒服袖子上也都是大片的泪痕。

他真爱哭啊，江浔都没这么爱哭。那时候江渢想着，但还是把他滑腻腻的小手包进了手心里。

江渢小时候确实是很想有个弟弟的，因为妈妈总说妹妹要好好呵护，所以很多游戏都不能一起玩。因此看见江晚的第一面，他就觉得亲切又高兴。

只不过他们刚走进房间，这个新来的弟弟就又哭了，他哭的时候泪是先堆在眼眶里，等到眼眶实在盛不住了，所有的泪珠子再一齐落下，看起来格外可怜。

离得近了，江汛才发现他的眼珠是带着一点儿蓝颜色的，一颤一颤的，像只小鹿。以为他是害怕，江汛捧着他的脸，小心地帮他擦掉了眼泪。

江汛也记得江晚不小心跌进泳池里溺水住院的那两天，他守在床边看着这个弟弟，看到他闭着眼睛时跟自己很相似的下半张脸，才缓缓地理解了"弟弟"是和江浔一样需要自己照顾的、会奶声奶气地叫自己"哥哥"的人。

想起江晚满眼是泪的样子，江汛轻轻地摸了摸他脸侧贴的纱布，俯下身在他耳边小声说："快好起来，哥哥带你一起玩。"

江晚出院的第二天，江汛早上一出门，就看见他抱着膝盖出神地坐在台阶上，也看见了他脸侧贴的那块纱布上浸满了水。

江汛走过去时，江晚浑身瑟缩了一下，想赶快逃走。

江汛有些失落，却仍坚持着说："纱布不要沾水。"看到他点头江汛才放心地去上学。

很多年里，江汛一直觉得江晚是非常怕自己的，尤其是跟他说话的时候，那双眼睛就会更加小心翼翼地颤动。

直到江晚第一次叫他"哥哥"，那是在一个分外美丽的黄昏，江晚拉住他的衣角，声音轻得像是能被风吹走，但毫不迟疑。

"哥，我的东西你全部都留着吗？"江晚突然出声打断了江汛的回忆。

听出他在"全部"这两个字上用了重音,江沨装作不知道地回:"还有什么?"

江晚闻言咬了咬嘴唇:"我不知道。"

"那就没有了。"

"你又骗人。"江晚把胳膊伸到江沨面前,把手掌向上摊开。他的掌心里放着一张褪了色的合照,是他们曾经一起在江晚的外婆家拍的他们的第一张合照。

"我不是故意翻的,是它自己从书里露出来的。"

江沨不觉得自己是个恋旧的人,也从不会专门去收藏什么,但是江晚的东西的确全部都被留下了。

除了城堡模型、日记本、旧照片,还有一枚古铜币,也是在外婆家时江晚送的,应该在书架上的某个盒子里。

江沨没有主动坦白,或许有一天江晚会偶然发现,也或许不会,但无论如何,它们一直都被江沨好好地保存在这里。

番外二
好运气

春节这天，中午就开始飘雨，江浔从考场里出来后裹紧大衣，不顾同伴避雨的提议，埋头冲回了住处。头发丝上罩满了一层水雾，她打开电脑，调出春晚的直播页面后才顾得上擦头发。

网络照旧不太通畅，缓冲条一直在转。

江浔记不清这是第几年不在海城过年了。

她出国之后，每年的春节都挤在考试周的间隙里匆匆而过。由于时差，春晚开始的时间正好在中午，错过直播再看她就觉得年味寡淡了。

她有点儿想念小时候，每到新年，院子里总是挂满大红灯笼，哥哥会抢着去点鞭炮，把引线点着之后飞快地跑回来。

他从来不捂耳朵，江浔记得他把下巴仰起来，不屑地说："这有什么好怕的？"

说这话时，他的眼睛里映着一只小小的红色灯笼。

江浔边擦头发边给江汎打电话，听到关机的提示音时才想起，他和江晚这个春节一起去芬兰度假了，现在应该正在飞机上。

江浔握着手机站在原地想了会儿，隐约记得去年春节时他们去了江晚的外婆家。

她点开江晚的朋友圈,对方没有设置条条框框的权限,但是页面里也没什么内容,上一条还是去年春节时拍的一桌年夜饭,文案写着:"在外婆家过年。"

照片右上角有半只握着可乐罐的手不小心入镜,江浔认出是江汎的手。

这条朋友圈下面的第一个赞也是江汎点的。

原来哥也会看朋友圈啊。江浔一度怀疑过他并不知道有这个功能。

退出朋友圈的时候她指尖一顿,反应过来什么似的,看着他们两个方方正正的小头像,正好是家里的那一猫一狗。

江浔一直觉得江晚的确像一只猫。

她忽然想到很早之前他们都还小的时候,江汎常常会坐在院子里看书,于是自己也抱本书挨在他旁边,只是自己都慢吞吞地翻了三页了,江汎手里的书却不见动静。

一抬头,她就看见他的视线落在泳池对面的几株散尾葵上。

院子里没风,散尾葵的叶子却在微微地抖动。

"哥,你在看什么?我过去看看。"江浔把书一合就要跑过去。

"别过去,那儿有只小猫。"她被江汎拉住手腕,一直被拖到了屋子里。

江浔扭头的时候分明看见晚晚从花盆后面溜了出来,哪里有猫?

不过后来家里真的多了一只猫。

退出朋友圈,她给江晚发微信:"晚晚,玩得开心哦!"

两个人抵达江晚说的那座雪山脚下时,天已经黑透了,车里暖气打得很高,外面的雪还在下着,窸窸窣窣地拍打到玻璃上,不过并没有吵醒副驾驶座上正酣睡的人。

江汎擦了擦窗户上的雾气,往外望去,只能看到很远处有几盏车灯亮着,大概都是来追极光的游客。

只是突然降雪,恐怕他们能看到极光的概率不大,极地气候的预测网站上面显示未来四个小时都将持续降雪。

把大灯关上,车里只留下昏黄的暖光,江沨侧过头端详江晚熟睡的脸——他的头发长了,遮住了一半眼睛,眼下微微泛青。他感冒了,鼻子呼吸不畅,所以轻张着嘴巴呼吸。

昨天匆匆抵达这座北极圈内的小镇后,江晚就显得很兴奋。他鲜少外露这种情绪,拉着江沨去坐驯鹿雪橇的时候一蹦一跳像个小孩子。

即使江沨已经看着他吃了感冒药,症状也不见好。不过看他高兴的样子,江沨最终没有拒绝。

外面的风忽然大了起来,雪粒从四面八方涌来拍打着越野车,车窗外白雾茫茫,什么也看不到了,好像把他们卷入了一座孤岛。

江晚只是睫毛颤了颤,没有醒。

出发时看到天气预报显示有雪,江沨就提议今晚不要过来了,在酒店好好休息,江晚却坚持一定要来。因为假期有限,他们之后还要赶回去陪江晚的外婆过年,因此错过这次极光,就不知道下次什么时候才能看到。

那就再等一会儿吧,反正只有他们两个人在这儿。

江沨伸手把车后座上的毛毯拿过来,抖开之后,把江晚严严实实地裹了起来,只露一颗脑袋在外面。

江沨长久地盯着江晚安静的睡颜。之前江晚再次住院时,他也因为精神紧张加上体力不支病倒了。

妈妈来探望时,拿了一只沉甸甸的小布袋,江沨把里面的东西倒出来,里面是他曾经亲手系在江晚的脖子上的那只平安锁。

"当年小晚离开是因为我……"她并没有说完,站起来拍了拍江沨的肩膀,换了句话,"以后要过得开心一点儿。"

江汛握着那只平安锁，后知后觉地想怪不得江晚当年离开得那么决绝。

他趁医生没来查房之前，罔顾医嘱，擅自下地，一点点地挪到了江晚的病房里，看着他弟弟浑身绑着绷带躺在那里，脸色苍白到几乎与被子融为一体，俯下身听见那人平缓的呼吸时才松了一口气。

风更强了，江汛重新打开天气预测的网站，原本预计下四个小时的小雪已经变成了整夜中强降雪。

他摇了摇江晚的肩膀，低声唤醒他："小晚，回去了。"

"嗯？"几乎瞬间，江晚就支起脖子，像只受惊的猫一样浑身激灵了一下。他回过神看到是江汛，又软了下去，把头往毛毯上蹭了蹭，"哥，是你啊。"

江汛打开保温杯，把热牛奶倒在盖子里递给他，氤氲的热气四散开来："喝一点儿，然后我们回去了。"

"啊？"车里太暖和，导致江晚完全忽略了窗外呼啸的风雪。他转过头擦掉玻璃上的一小块雾气，问，"还要多久雪才能停啊？"

"一整夜都会下。"江汛把手机屏幕展示给他看，上面的一串雪花图标一直持续到明天中午。

"好吧。"

江汛听出了他语气里的失落之意："不是都看过雪了吗？"

江晚遗憾地说道："可是看到极光会有好运，我想让你看。"

江汛笑了："我已经有好运了。"

把掉落的毯子重新给他盖好，江汛发动车子，说："回去了。"

车在风雪中开得极慢，二十分钟的车程大概开了一个小时，他们才看到前方不远处镇子上朦胧的灯光。

江晚吸了吸鼻子，又捧起保温杯的盖子喝了口牛奶，无奈地叹了一口气："白跑了一趟，开车很累吧，哥？"

江沨闻言把车靠边停下，整条道路上大概只剩下他们这一辆车了。他把远光灯打开，照亮前方一整片完好的、没有被车轮碾压过的积雪，雪粒泛着细碎的光。

"也不算白跑，"江沨指着车外的一处地方，"看窗外。"

"什么？"江晚依言扭过头去。

"极光。"

"哪里？"江晚的语调瞬间毫不犹豫地上扬。

江沨觉得有点儿好笑，他弟弟好像从来都对他的话都是百分之百地相信。

"你又骗我，"半晌，江晚才反应过来，扭过头控诉，"哪里有……"

"那里。"

江沨转动江晚的脑袋，调整到正确的方向，透过车窗，远处的雪已经停下了，瑰丽的绿色极光蔓延开来，像是从世界尽头抵达他们眼前。

番外三
除夕夜

　　江晚读研二的那年冬天,寒假来得比往年要早许多。

　　他难得清闲,便待在家里逗猫、遛狗、读书、看电影、做寒假课题,尽量充实自己,但仍觉得空落落的,像拼图偏偏缺失了最后一块。

　　彼时江飒正忙于一起年底大案,每日早出晚归,三天两头地出差,睡得少,吃得少,露出了从未有过的憔悴模样。

　　因此江晚收起那些细枝末节的情绪,把江飒当作一只大猫精心照料:给他做营养餐,接送他上下班,每晚窝在沙发上等他回来,两个人吃过晚饭,再一起看电影。通常看到一半,江飒就会悄无声息地睡着。

　　实际上,江飒提过很多次,让他不需要这么仔细地对待自己,好好享受假期,也可以多出去玩一玩。

　　江晚嘴上答应,实则觉得没什么事比这个更有意思——照顾哥哥的机会并不是随时都有,他从中获取了前所未有的成就感。

　　临近年末,有一次电视上正好播放到一部滑雪运动的纪录片,那天江飒或许不太累,也或许是对滑雪感兴趣,一直到片尾都全神贯注。

　　江晚一直认为江飒的气质和雪完美契合,又冷又柔软,所以也理所应当地认为他一定十分擅长雪上运动。

　　婉转打听到律所的放假时间后,江晚在隔壁市的滑雪场预订了两张除夕当天的门票,并顺带选了有温泉池的雪景房。

事无巨细地做好安排后,他开始期待着除夕夜的到来。

他原本的计划是,在除夕的前一天下午,他开车去接江沨,劝江沨在车上补觉,然后趁机一路开到滑雪场。

为此,每天下午遛狗时,他反复在心里模拟着路线。

但是计划赶不上变化。

除夕来临的前两天,江晚接到导师的电话,告知他上学期写的一篇儿童心理健康科普作品入围了海城市政府举办的科普大赛。原本那只是一个小学期作业,他参赛时没想过会入选,也就没有准备复赛材料。

得到消息时,已经临近材料提交截止时间,小组成员不止一人,因此他不能任性地弃赛。

江晚只好重回学校,每天泡在教研室里准备复赛材料。

计划中的滑雪之行也就此泡汤了。还好没有提前告诉江沨,江晚边做演讲文档,边尽量乐观地想,起码这样失落的也只有自己。

无独有偶,原本要放假的江沨,也因为案件新进展而被绊住脚,两个人的除夕夜分别在各自的工作中度过。

除夕夜当晚八点,江晚总算卡点提交上所有材料,给江沨打电话时,听见那边乱糟糟的。

"在开庆功会。"江沨说,声音有一点儿模糊,"你结束了?"

"结束了,哥。"江晚猜测他或许喝了酒,回答的语速放慢。

"那在学校等我,我去接你。"江沨说,然后声音远了一些,和其他人告别。

待电话那头的告别声消失,江晚说:"哥,还是我去接你吧。"

说服江沨后,他挂掉电话,直直地走到停车场,才想起这天限号,早上没有开车出来。

从停车场拐出来,江晚脚步匆匆,到校门口打车,不想让江沨多等哪怕一秒。但再一次事与愿违，街道上空荡荡的。有可能是侧门偏僻，到大路上更好打车，江晚飞奔起来，围巾在风里飘飞。

从侧门一口气跑到正门口，远远地能看到车灯时，江晚才停下，做出招手的动作。

一辆纯黑色轿车停在面前。

车窗降下来，驾驶座上是比江晚高一届的师兄，谭谊。

"谭师兄，除夕快乐。"江晚跟他打招呼。

"除夕快乐。"谭谊把车窗全部降下来，身体越过副驾驶座，从窗户里探出头，问他，"这么晚了还在学校里？"

"来做参赛材料。"江晚说，"正准备回家。"

谭谊点了点头："上车吧，我送你回去。"

"不用了，我打个车就行。"江晚朝他笑着摆了摆手，"这么晚了，师兄快回家过年吧。"

"你家不是也在新区吗？刚好顺路。"谭谊说，"路口有一起车祸，堵了，你在这儿打车要等很久。"

江晚闻言稍一思考，就对他说："谢谢师兄，太麻烦你了。"然后拉开车门坐进了副驾驶座的座位。

谭谊爽朗地笑了笑："不麻烦，正好上次你帮我代课，一直找不到机会答谢。"

江晚告诉他律所的地址，说"去找我哥"，谭谊没有多问，一路开得快而平稳。

车停在写字楼下，江晚再次郑重向他道谢后，推开车门下车了。

谭谊也跟着下来，扬了扬手里的烟盒："抽根烟再回去，省得味太大挨骂。"

江晚点了点头。

谭谊夹着烟缓慢地吞吐品尝，似乎不舍得抽完。他解释："我老婆每天只让抽一根。"

江晚有些惊讶于他已经结婚的事实，但没有问出口，站在写字楼的台阶下，向上看。

"哎，别动。"谭谊咬着烟，突然把手伸向江晚，一把抓起即将掉在地上的围巾，绕回他的脖子上，"围巾挨着地了。"

"谢谢师兄。"

临近九点，谭谊一支烟还没抽完就接到电话。他边笑边熄灭烟，说："老婆，我马上回去。"

道别后，他驱车离开了。

江晚重新理了理围巾，一仰头，正好见到江沨从楼里走出来。

江枫穿着黑色长款呢子大衣，显得整个人更加高大、挺拔，脸上没什么表情，一步一步地走近。

"哥。"

一直到完全走下台阶，江沨才应了一声，目光远远地投向谭谊离开的方向。

"哥？"江晚又叫了他一声，"怎么了？"

江沨自顾自地帮他把围巾系紧，又打了个结，认真地叮嘱："不要和陌生人说话。"

江晚先是诧异，随即反应过来，打过电话后，江沨大约是喝酒了。

江沨喝醉后，眼神变得单纯，路灯在他漆黑的眼睛里洒下了一片光。江晚觉得好笑又心软，放缓了语气说："哥，我已经长大了，不是小孩儿。"

"是吗？"江沨后退了一步，看着他，似乎是在打量，然后又走上前，放平手掌，比画江晚的个头。

"是的。"江晚告诉他。

许久，江沨才低低地"嗯"了一声，说："是长大了。"语气很轻，声音甚至被风吹走大半,但听上去竟十分柔软,像是一句感叹。

江沨喝醉了酒,回到家后先睡着的却是江晚。

江晚再醒来时,隐约听到什么东西接二连三炸开的声音。

江晚从床上坐起,光着脚下床,走入客厅后就看到江沨在厨房里忙碌的背影。暖融融的灯光里,江沨穿着睡衣,把袖口卷起,带花边的围裙在腰后系了个潦草的蝴蝶结。

空气中原本的酒气被暖甜的香味取代。

不用走近,江晚就知道江沨在做牛奶醪糟汤圆。

去年在外婆家过年,外婆提起过江晚小时候最爱吃这个。回来之后,江沨就一声不响地学会了。

又一道砰然炸开的声音响起,窗外,一朵绚烂烟花腾空而起,落下千千万万道昳丽的光。

一猫一狗闻声赶来,挤进厨房,凯蒂对着窗外长号,收获一下猫拳。

零碎的喧闹声中,江沨的背影始终停留在厨灶前,他缓缓用手搅动着汤锅。

烟花声落下,取而代之的是气泡翻滚的"咕噜"声,踏实又厚重。

新年的钟声从遥远的地方传来,新旧交替,坍塌重构。

江晚踩着倒计时的钟声,一步一步地走进厨房。

"醒了?"听到脚步声,江沨侧过头问,"吃点儿东西吧?"

自己嘴上说着长大了,却好像还是要哥哥照顾。江晚感到眼眶发热,闷声说:"哥,新年快乐。"

江沨笑了笑:"听说新年这天哭的话,一整年都会哭啊。"

"我没哭。"

"那笑一笑。"江沨说。

嘴角的笑容还未绽开,江晚就听到江沨对他说:"新年快乐。"

番外四
夏令营

自从看了一本名为《金色少年》的儿童刊物，江晚便对夏令营产生了前所未有的兴趣。

他反复翻看书中插图，问妈妈："你小时候参加过夏令营吗？"

"没有，"妈妈正在看一档摩托比赛的节目，闻言调小了音量，转头看他，想了想又说，"不过外公教过我搭帐篷。"

"想不想去院子里搭一个？"她提议道，"我们晚上可以睡在里面，很好玩的。"

可是夏令营都是在海边搭帐篷的，江晚想，但妈妈已经关了电视站起来，他也只好合上杂志，正准备跟上去，被外婆一把按回了原位。

外婆塞给他一块苹果，朝妈妈挥手："要去就自己去，我们小晚才不去。"

"好好的床不睡，跑去外面吹冷风，"她掷地有声地说道，"我看你是医院还没有住够！"

江晚急匆匆地咽下苹果，小声为妈妈辩解："是我想——"

话没说完，妈妈眨了眨眼，无声地打断了他的勇敢坦白。

"下次。"她悄悄做了个口型，重新坐回沙发上，紧挨着外婆，再三保证绝不带坏小孩儿后，也讨到了一块苹果。

"你们啊,什么时候才能让我省省心。"外婆长吁短叹,脸上却是挂着笑的,妈妈也跟着笑。

莫名地,江晚又觉得,即使不能参加夏令营,不能去海边睡帐篷,在院子里搭也很好,这里有妈妈,还有外公和外婆。

即便这样想了,临睡前,江晚还是再次翻阅杂志。其实关于夏令营的那篇文章他看了太多遍,几乎能背下来了,但不知道为什么,那些文字和图片像有魔力一般,无时无刻不在吸引着他。

"海城,"他轻轻摩挲图注上的陌生地名,问妈妈,"是不是离我们很远很远?"

"是很远,但不是很远很远,坐飞机就可以到。"妈妈回答。

江晚想了想,说:"那等我长大了,再坐飞机去吧。"

一年级的最后一天,江晚到学校领了成绩单和作业,正式开启暑假生活。

背着书包快走到家时,正碰上妈妈推着行李箱从小巷里走出来。

行李箱是外公的,很大一只,她推得有些吃力,看到江晚,连忙招招手:"放学啦?快来帮我推一把,这条路也太不平了。"

两个人一起把行李箱推到大路上,江晚拍拍手,问妈妈:"你要去哪儿?"

"你猜我们要去哪儿?"妈妈神秘地反问。

江晚不懂她的意思,"啊"了一声。

"恭喜我们家的小学生从一年级升入二年级,"妈妈说,"虽然还不算长大,但已经很厉害了。"

江晚攥了攥书包带,想起因作文失误而不算漂亮的成绩单,有些羞愧地低下头。因此在听到妈妈说"我们去海边搭帐篷"时,江晚一度怀疑是自己错听了。

直到坐上飞机,一切才开始有了踏实感。

江晚转头看窗外飘浮的白云,觉得自己也变得轻飘飘的,他晃了晃悬在半空的腿,又转回来看妈妈。

飞机起飞后不久她就睡着了,头仰靠在椅背上,头发蹭得有些乱。江晚抬手轻轻帮她理好,一时间又担忧起来,妈妈的身体不是很好,外婆总是命令她不准做剧烈的运动,尤其是骑摩托车。

坐飞机算是剧烈运动吗?江晚思考着这个问题,渐渐地也睡着了。

虽然没有去过海边,但是家附近有很大的一片湖泊,妈妈常常趁外婆不在,骑摩托车载江晚到湖边吹风。

海或许就是更大一点儿的湖,在没有亲眼见过大海之前,江晚心里这样想。直到真正地站在海边时,他才知道海比湖大得多,也凶得多,浪扑过来时,几乎要把他整个人都拍倒了。

"小心。"一个高高的男孩儿及时拉住了他的胳膊,把他带离被海浪拍打的沙滩。

即便如此,衣服还是被海水打湿了,粘在身上,江晚扯了扯衣摆,仰头说"谢谢"。

太阳即将落下,天空是浓稠的橙色,背着光,江晚看不清救命恩人的脸,道谢之后,他也没有任何回应,只是朝江晚身后望过去。

以为他没有听见,江晚又说一遍"谢谢",并尝试着加了一个称呼:"哥哥。"

他似乎正要开口,闻言顿了一下,"嗯"了一声,又问:"你的家长呢?"

"我妈妈在那里。"江晚心虚地指了指沙滩上的一排躺椅。他撒谎了,实际上他是趁妈妈在酒店休息,留了字条,一个人跑来海边的。

顺着江晚指的方向,男孩儿扫视一眼,不知道是信还是不信,只叮嘱道:"不要一个人在海边,很危险。"

"我知道,"江晚点点头,他在杂志中读到过相关知识,"会有离岸流,能把人卷到海里。"

"嗯,"男孩儿点了一下头,说,"回去吧。"

说完,他朝沙滩上人群聚集的地方走去。

江晚心里清楚妈妈应该快要睡醒了,自己得赶快回去才对,但仍亦步亦趋地跟在他身后。

走到有灯光的地方时,江晚抬头,看到他的T恤背面印有暑期夏令营的字样,一时惊喜,问:"哥哥,你也是来参加夏令营的吗?"

男孩儿转过头,江晚终于看清了他的样子。

虽然个子很高,但他看上去年龄并不大。瞬间,江晚便对他亲近起来,在得到肯定的答复之后,他主动问:"我可以跟你一起过去看看吗?"

"我不捣乱,"他补充道,"我没有参加过夏令营,想去看一看。"

男孩儿没有立刻回答,但江晚并不担心,他直觉自己不会被拒绝。

果然,在片刻的安静后,男孩儿说"可以"。他朝沙滩躺椅的方向扬了扬下巴:"不过你得去跟你妈妈说一声。"

"哥哥,对不起,"江晚一瞬间愧疚无比,"我骗了你。"

"我妈妈在酒店里休息,我偷偷跑出来的。"他坦白,又后知后觉地紧张起来,怕错过期待已久的参观夏令营的机会,于是又道了一次歉。

男孩儿垂头看着他,并没有因受骗而生气,只是用平稳的语气问:"你出来多久了?"

江晚答不出具体时间,摇了摇头。

太阳即将没入海平面,天空变成了很深的蓝色,时间的确很晚了,即便遗憾,江晚还是说:"哥哥,我还是回去吧。"

男孩"嗯"了一声,站在原地,风把他的T恤吹得鼓鼓的。

"哥哥,再见。"江晚对他挥了挥手,走向沙滩的另一侧。

走出几步，他又停下来，忍不住回头看，男孩儿还站在那里，额前的头发也被风吹了起来，露出黑黑的、好看的眉毛和眼睛。

不知道是不是错觉，江晚总觉得曾经在哪里见过他，因此在原地停了停。几秒钟后，昏暗的天光下，江晚忽然看到他很轻地笑了，眼角弯起一点儿弧度。

江晚不明白他笑什么，只发觉他笑起来更好看了，像是电视广告里的明星。

他招了招手，江晚便愣愣地原路返回，仰起头问他："怎么了，哥哥？"

也许是自己的模样太呆，他的笑更明显了些，伸手揉了揉江晚的头发："记得你妈妈的电话号码吗？"

"记得。"

他从口袋里掏出一只手机，递过来："你打电话给她，如果她同意，我就带你去。"

江晚"啊"了一声，随即反应过来，连连点头："谢谢哥哥。"

"不怕我是坏人啊？"他问。

"你不是，"江晚认真地说，"我见过你。"

"是吗，"他的语气依旧淡淡的，"在哪里见过？"

正要回答，电话接通了，江晚把手机放到耳边，问："妈妈，你好点儿了吗？"

下飞机后，妈妈的身体感觉不适，吃过药就在酒店休息，因此江晚才没有叫醒她，一个人到海边来。

妈妈并没有批评他的擅作主张，反而抱歉地说："对不起，小晚，没能陪你去海边，我现在过去，好吗？"

握着手机，江晚转头看了看不远处的男孩儿。自江晚接通电话后，他便礼貌地走远了一些，面朝大海，安静地站着。

江晚向妈妈说明事情的原委，希望能征得她的同意，到夏令营里去看一看。

"只是看看，"他强调，"看看就回去。"

妈妈没有直接拒绝，只说："你把手机给那个哥哥，让他接一下电话，可以吗？"

江晚依言走过去，拉了拉男孩儿的衣角，说："哥哥，我妈妈想跟你说话。"

"可以吗？"他问。

男孩儿"嗯"了一声，接过手机，说"阿姨好"。

江晚觉得自己也不应该听别人讲话，即使电话那边是他妈妈，于是准备走远一些，只听见男孩儿说："我叫江沨。"

通话大约持续了两分钟，江沨收起手机，叫江晚："走了。"

"我妈妈同意了吗？"江晚小跑到他身边。

"同意了，"江沨说，"我把位置告诉她了，我们先过去。"

江晚高兴地原地跳了跳，见江沨在看自己，又立刻停下了。

江沨笑了笑，说："这么高兴。"

江晚用力地点点头，跟他一起走向营地，走了几步，又突然想起那通电话，问："哥哥，你也姓江吗？三点水的江。"

江沨说"是"。

"我也姓江，我叫江晚。"江晚惊喜地问，"哥哥，你的名字是枫叶的'枫'吗？"

"是三点水的'沨'。"

"噢，"江晚停下来，用手指在沙滩上写了部首，又顿住了，仰头对江沨说，"这个字我还没学过。"

江沨蹲下去，帮他补全字的另一半。

"哥哥，你上几年级？"江晚又问。

"六年级。"

"好厉害,我才一年级,不对,我该上二年级了。"

"嗯。"

"哥哥,夏令营晚上会睡在帐篷里吗?"

"会。"

也许是同姓的缘故,使得江晚对江渢又亲近了许多,一路上问个不停。相较于江晚的喜悦,江渢显得很平静,但也都一一答了。

一直快走到营地时,江渢才主动问:"你说见过我,在哪里见过?"

"我不记得了,"江晚挠了挠头发,猜测,"可能是在杂志上,我经常看《金色少年》,里面有夏令营的照片。"

"哥哥,你上过杂志吗?"他问。

"没有。"江渢说。

"奇怪,但是我真的见过你。"江晚想了想,继续猜测,"也有可能是在我的梦里。"

"我一直很想有一个哥哥。"他告诉江渢。

江渢闻言又笑了,说:"是吗。"

听出他的怀疑,江晚有些着急,强调:"是真的。"

他不止一次地在日记里写到过虚构出来的哥哥,只是表达能力有限,作文从来没有得过高分,因此不好意思告诉江渢,只囫囵地下定论:"你和我想要的哥哥一模一样。"

好在江渢并没有过多追问,一手搭在江晚的肩膀上,向下按了按,说:"好。"

江渢的语气带着笑意,但江晚却有些泄气。他觉得江渢仍是不信,但自己无法解释清楚。

江晚对夏令营的流程早已熟记于心,只是除了江渢,他谁都不认识，因此拘谨地不敢上前参加活动，直到有热情的带队老师来邀请他。

江晚犹豫地看向江沨。

"去吧。"

江沨扬了扬下巴，江晚便跟着走了。妈妈后来也来了，和带队老师一见如故，被拉去篝火边跳舞。

一整个晚上，江晚体验了夏令营的所有环节，江沨却没怎么参与其中。据江晚观察，他并不是人缘不好，相反地，有不少人邀请他，只是都被拒绝了。他一直坐在原地，离火堆不远的地方。

江晚停下步子，望过去，在心里叫了一声"哥哥"。像是有感应似的，江沨忽然抬头和他对视，火光在他的脸上跳动。

有一瞬间，江晚觉得他像是被投影仪或其他什么机器投射出来的幻影，是一个假的、不存在的人。他惊恐地跑过去，伸手碰了一下江沨的脸，感受到被篝火烘烤得有些过高的温度时，才长长地松了一口气。

赶在江沨询问他之前，江晚抢先问道："哥哥，你晚上也睡帐篷吗？"

"嗯。"江沨回答。

"那我和你一起去领吧，"江晚说，"我还可以帮你搭。"

时间很晚了，沙滩上已经支起了不少帐篷，有的还在门上挂了灯。

江晚跟在江沨身后，路过有笑声传出的帐篷时，忽然意识到，这似乎是一场亲子夏令营，所有小孩儿都至少有一位家长陪伴，有的甚至举家出动，只有江沨一直是一个人。

没做太多思考，江晚问："哥哥，你的爸爸妈妈还没有来吗？"

江沨的步子没有停顿，他只是稍稍侧过脸，向江晚陈述："他们不来。"

他说完，就继续自顾自地向前走了。江晚停在原地，看他沉默地不断经过有欢声笑语的帐篷，突然难过起来，觉得夏令营也不是那么好玩了。

走了一段路,似乎是见他没有跟上来,江沨停下了,转过头问:"怎么了?"

江晚摇摇头,快步跑过去,擅自攥住了江沨的衣角,问:"哥哥,我和妈妈的帐篷可以搭在你旁边吗?"

江沨愣了一下,但没有拒绝,说"好"。

抵达帐篷的领取点后,江沨做了登记,派发帐篷的老师大概认识他,和他打了招呼,看见江晚,好奇地问:"这是谁呀?"

"我弟弟。"江沨自然地回答。

江晚把准备好的自我介绍咽下去,心却轻飘飘得像要飞起来,又觉得夏令营实在是好,江沨更好。

晚上休息前,软磨硬泡地征得妈妈的同意后,江晚得以"入住"江沨的帐篷。

他抱着枕头,站在江沨的帐篷外叫"哥哥"。像是早有准备似的,门帘被拉开了,江沨说"进来吧"。

帐篷顶有一扇透明天窗,江晚躺在睡袋里,看深蓝色的天空和星星,也听到了海浪的声音。

"哥哥,你睡了吗?"他轻声叫江沨。

"没有。"

帐篷里没有灯,江晚侧过身面朝江沨,却只能看到模糊的轮廓。

他告诉江沨:"妈妈说,我们明天就要回家了。"

黑暗里,江沨似乎也动了动,"嗯"了一声,又问:"你家在哪里?"

江晚报上地名,怕江沨不知道,又补充道:"离这里很远很远,我是坐飞机来的。"

"这里很好,但我只能等长大以后再来了。"他说。

江沨没有回应,不知道是不是睡着了。等了一会儿,江晚也困了,但他还不想结束对话,含糊地问:"哥哥,等我长大了再来,还可以找你玩吗?"

几秒钟后,江沨回答:"可以。"

"那你别把我忘了啊。"江晚不放心地叮嘱道。

"不会忘。"江沨说,语气认真,像是在保证。

再睁开眼时,夜空和星星都不见了,取而代之的是屋里的天花板。

头和四肢都沉沉的,江晚撑起身体,从怀中掉落一本杂志,先是落在沙发边,他没按住,杂志又掉到了地板上。

他垂头,盯着那本名为《金色少年》的杂志封面。杂志是江晚在储物间收拾旧物时偶然翻到的,发刊日期在二十年前,书页已经微微焦黄了。

原本只是随手翻翻,直至看到一篇描写《夏令营》的文章,江晚隐约觉得熟悉,把杂志拿回客厅,认真地读了一遍后就睡着了,梦到了像是身处平行时空里的另一个自己和江沨,没有掺杂大人间的恩怨,普通的相遇。

正在回忆梦境,江沨回来了,走到沙发边捡起杂志,似乎是注意到日期,微微愣了愣。

"哥,"江晚叫他,"这是你小时候订的杂志吗?"

江沨翻了翻,说:"应该是。"

"我小时候也看过这本。"江晚说,"看过这篇讲夏令营的。"

"哥,"他告诉江沨,"我做了一个梦。"

"什么梦?"

"梦到小时候,我和妈妈来海城,我在海边玩,浪很大,差点儿把我卷走,是你救了我。"

听到他夸张的说法,江沨笑了笑,问:"然后呢?"

"然后我就赖上你了,"江晚半真半假地说,"叫你哥哥,跟着你,还睡你的帐篷。"

"是吗,"江沨坐到沙发上,说,"我回来的路上也做了一个梦。"

"什么梦?"

"梦到我在海边拉住了一个快摔倒的小孩儿,然后被他赖上了,叫我哥哥,跟着我,睡我的帐篷,还让我别忘了他。"

江沨说话时的语气总是平淡的,没什么起伏,一开始,江晚还以为江沨在模仿他,逗他开心,直到听到最后一句话,他心口一跳。

"哥,你也梦到了吗?"江晚坐直了追问,并急切地想要得到印证,"那你怎么说的?"

杂志还摊放在手边,书中插图上的大海宽广辽阔,沙滩上的帐篷有亮有暗,月亮低悬。

江沨看着他,说:"我说,不会忘。"

图书在版编目（CIP）数据

昨日今朝 / 钱塘路著 . -- 武汉：长江出版社，2025.5. -- ISBN 978-7-5804-0080-2

Ⅰ. I247.5

中国国家版本馆 CIP 数据核字第 2025WP3134 号

昨日今朝 / 钱塘路 著
ZUORI JINZHAO

出　　版	长江出版社
	（武汉市解放大道 1863 号　邮政编码：430010）
市场发行	长江出版社发行部
网　　址	http://www.cjpress.cn
责任编辑	陈　辉
特约策划	周　周
特约编辑	周　周
封面设计	玖时柒
印　　刷	三河市九洲财鑫印刷有限公司
版　　次	2025 年 5 月第 1 版
印　　次	2025 年 5 月第 1 次印刷
开　　本	880mm × 1230mm　1/32
印　　张	8.5
字　　数	220 千字
书　　号	ISBN 978-7-5804-0080-2
定　　价	49.80 元

版权所有，侵权必究。如有质量问题，请与本社联系退换。
电话：027-82926557（总编室）　027-82926806（市场营销部）